KB054648

# 난곡유고

# 난곡유고

蘭谷遺稿

송희일 저
김문갑·이규춘 공역

문현
Mun Hyun

# 《난곡유고(蘭谷遺稿) 서문》

내가 스무 살 즈음 선배 어른들을 따라다닐 때 난곡(蘭谷) 송공(宋公)께서 당시 큰 명망을 받으며 유림의 으뜸이라는 말을 들었다. 또 이어서 그 더불어 같이 어울리는 사람은 누구인지 물었는데, 곧 대답하기를 "천방공(天放公) 송치기(宋致沂)[1] 어른이 문중의 지기이면서 말고삐를 나란히 잡고 앞서거니 뒤서거니 하신다."라고 하였다. 두 분은 모두 큰 재주와 높은 지식이 있어 일찍이 과거에 뜻을 두었다. 그러나 누차 유사(有司, 과거시험 담당관)에 의해 좌절을 겪으시며 세상에 자신들이 등용될 수 없음을 헤아려 자신들 또한 세상을 구할 수 없음을 깨달았다. 이에 강호에 은거하여 너그러이 심신을 기르며 혹은 음풍농월 시를 지으셨다. 산수 좋은 곳을 찾으며 태곳적 일민(逸民)처럼 지내면서 조금도 원망하거나 후회하는 마음이 없었으니 이것이 어찌 천명(天命)을 알고 천리(天理)를 즐기는 군자가 아니고서야 가능한 일이겠는가.

그 뒤로 수십 년 동안 두 분이 평소에 하시는 일을 살펴볼 수 있었는데, 비록 전체의 진면목을 상세히 알 수는 없었으나 한 두 마디의 말씀이 사람들에게 전해져 입에 오르는 것만으로도 그 풍도와 모범의 대강을 상상할 수 있었다. 난곡공의 높고 옛스러우며 맑고 넓으심과 천방공의 크고 깊으며 뛰어나심은, 기상과 말씀이나 모습에서 드러나는 것이 혹 다름이 없지는 않았으나, 그 일세를 굽어보고 천년을 달관하며 희희낙락 도도히 형체 밖을

1 천방공(天放公) : 송치기(宋致沂)로 본관은 은진(恩津)이다. 송희일과 친구였던 정재규(鄭載圭, 1843~1911)의 문집인 《노백헌집(老柏軒集)》에〈신안사에서 최 남계에게 주며 겸하여 천방 송치기에게 전한다[新安社呈崔溪南兼簡宋天放致沂]〉라는 시가 실려 있다.

방랑하면서[2] 시와 술에 즐거움을 부치시니, 씻은 듯 티 없는 가슴과 즐거이 자득한 풍취로는 일찍이 같지 않음이 없었다. 참으로 예로부터 이르던 호걸지사라 하겠다. 한 시대의 어진 선비들로 교유하며 따르기를 원하지 않는 자가 없었으니 허 후산(許后山),[3] 정 백헌(鄭柏軒),[4] 권 석오(權石梧)[5] 같은 여러 선비들이 모두 난곡공에게 마음이 기울였다.

그런데 난곡공이 여러 선비들에게 존중을 받은 것이 어찌 다만 도의의 사귐뿐이라 하겠는가. 돌아가셔서 장례를 치르고 제사를 지낼 때 여러 선비들이 애도문을 짓고 제물을 올리는데 가히 불후의 명문으로 오래 전해져도 아무런 문제가 없을 것이니 이에 공을 알 수 있으리라.

자고로 문학으로 이름난 선비들을 가만히 살펴보면, 좋은 스승을 만나 직접 배워 자신의 재능을 이룬 자는 많으나, 사숙하며 홀로 실행하여 평소의 뜻을 이룬 자는 드물었다. 공은 스승으로부터 직접 배우는 것이 쉽게 공을 이룰 수 있는 길이요 홀로 공부하는 것은 어렵고 힘이 드는 길이라는 것을

2 왕희지(王羲之)의 《난정서(蘭亭序)》 에서, "무릇 사람이 세상에 태어나서 하늘을 우러르고 땅을 굽어보며 한평생을 살아감에, 어떤 이는 회포를 끌어내어 벗들과 한방에 마주앉아 이야기하기도 하고, 또 어떤 이는 자기에게 기탁된 사상을 근거로 육체 밖에서 마음대로 놀기도 하였다. [夫人之相與 俯仰一世 或取諸懷抱 悟言一室之內 或因寄所託 放浪形骸之外]"하였다.

3 허 후산(許后山) : 허유(許愈, 1833~1904)로 자는 퇴이(退而), 호는 후산(后山) · 남려(南黎), 본관은 김해(金海)이다. 경상남도 합천군 가회면(佳會面) 덕촌(德村)에서 살았다. 한주(寒洲) 이진상(李震相, 1818~1886)의 문인으로서 스승의 심학(心學)과 주리(主理)의 설을 굳게 따라서 영남의 한주학파(寒洲學派)의 이론 확립에 기여하였다. 저서로는《후산선생문집》,《성학십도집설(聖學十圖集說)》,《신명사도명혹문(神明舍圖銘或問)》 등이 있다.

4 정 백헌(鄭柏軒) : 정재규(鄭載圭, 1843~1911)로 자는 영오(英五) · 후윤(厚允)이며, 호는 애산(艾山) · 노백헌(老柏軒) · 회송(晦松)이다. 조선 말기의 유학자로 기정진(奇正鎭)의 문인이었다. 을사조약이 체결되자 면암 최익현과 의병을 일으키기로 약속했으나 실행하지 못했다. 저서로 『노백헌집(老柏軒集)』 49권이 있다.

5 권 석오(權石梧) : 생몰년 미상이다. 권봉희(權鳳熙)로 본관은 안동(安東), 호는 석오이다. 사간원 정언과 홍문관 수찬 등을 역임했으며, 당시의 정치를 비판하는 상소를 올려 흑산도로 유배되었다. 이후 석방되어 홍문관 수찬에 임명되었다. 뒤에 진주에서 의병에 참여하였다.

알지 못했던 것은 아니었으나, 다만 가세(家世)가 청빈(淸貧)하여 멀리 유학할 계책이 없었다. 그러나 이렇게 자주 텅 비는 밥그릇6에도 편안해하며, 오히려 힘써 배우는 일을 게을리하지 않았다. 손수 여러 경전과 제자백가를 섭렵하여 두루 관통(貫通)하여 통철(洞徹)하지 않음이 없었으니 성큼성큼 진보하기가 마치 봄바람과 때에 맞는 비에 만물이 화생하는 것 같았다. 어찌 스승에게 직접 배워 재능을 이룬 자들에게 양보하겠는가! 그 나아감의 올바름과 공부의 치밀함은 도리어 세속의 선비들이 "우리 스승"이니 "내 제자"니 하며 떠드는 자들보다 더 뛰어났으니 바로 맹자께서 말씀하신 '사숙하여 스스로 수양하는 방법'이야말로 공을 빼고 누가 있겠는가.

아아, 지금은 공이 돌아가신 지 64년 세월이 흘러 그 당시 공의 문하에서 수학하던 자들마저 또한 모두 서로 이어가며 돌아가셨으니 공의 훌륭한 덕의 실상과 그 전형을 장차 어디에 인연하여 열에 일곱이나마 비슷한 것을 찾을 수 있으리오. 크게 탄식하고 크게 탄식하노라.

글을 짓고 서술하신 원고조차 모아 둔 것이 없으니 이는 덕을 숭상하고 문장을 숭상하지 않았던 공의 본래 성품 때문에 그렇게 된 것이지, 절대로 문장을 멀리하시어 그리 한 것은 아니다. 이 원고는 바로 아들과 손자들이 다른 사람의 집에 버려져 있던 것을 모은 것으로 참으로 심하다 싶을 정도로 간략하다. 그러나 시(詩)의 운(韻)은 맑고 뛰어나며 호탕하면서도 상쾌하고, 문장 또한 아름답고 씩씩하며 질박하면서 옛스러우니, 세간에서 평론할 줄 아는 선비가 언급할 수 있는 것이 아니다. 이 또한 후인들에게서 충분히

6 밥그릇 : 원문의 단표(簞瓢)는 밥을 담는 그릇과 물을 뜨는 표주박으로, 선비의 청빈함을 상징한다. 공자(孔子)가 안회(顏回)를 두고, "한 그릇의 밥과 한 바가지의 물로 누추한 곳에 사는 것을 사람들은 그 근심을 견디지 못하는데, 안회는 오히려 그 즐거움을 바꾸지 아니하니 어질도다, 안회여![一簞食一瓢飮 在陋巷 人不敢其憂 回也不改其樂 賢哉回也]"라고 칭송한 말에서 유래하였다. 《논어(論語) 옹야(雍也)》

인정되리라 믿어 의심치 않는다.

만시(輓詩)와 제문(祭文) 등의 글을 첨부하여 책 한 권을 편찬하고서는 공의 증손과 현손들이 장차 인쇄하여 오래 전하고자 하면서 나에게 서문을 부탁하여 책의 앞머리에 두고자 하므로 드디어 감히 사양하지 못하고 또 서문을 짓는다. 송(頌)하여 말하노라.

| | |
|---|---|
| 난초여 난초여 | 蘭兮蘭兮 |
| 그윽한 골짜기에 있도다 | 在幽谷兮 |
| 홀로 빼어나거늘 | 獨有秀兮 |
| 사람들은 알지 못하도다 | 人不識兮 |
| 곧고 깨끗하여 | 貞且潔兮 |
| 혼탁한 세상에 물들지 않았도다 | 不染濁兮 |
| 속진은 침노하지 못하고 | 塵莫侵兮 |
| 향기는 그대로일세 | 香自若兮 |
| 난초 꼬아 허리에 차고 | 紉而佩兮 |
| 기꺼이 옷 해 입네[7] | 服無斁兮 |
| 꽃빛을 자랑하지 않고 | 華不誇兮 |
| 그 덕을 숨기지만 | 隱其德兮 |
| 향기는 멀리 퍼지고 | 流芳遠兮 |
| 음덕은 가이없도다 | 蔭無極兮 |

7 난초……입네 : 초나라 굴원(屈原)의 〈이소(離騷)〉와 《시경》〈갈담(葛覃)〉을 차용하여 난곡 선생의 정결한 모습을 형용한 말이다. 굴원이 참소를 받고 조정에서 쫓겨난 뒤 상강(湘江)에 은거하며 지은 〈이소〉에 "강리와 벽지로 옷을 해 입고, 가을 난초 엮어서 허리띠 매었네. [扈江蘺與辟芷兮, 紉秋蘭以爲佩.]"라고 한 구절과, 《시경》〈갈담(葛覃)〉의 "굵고 가는 갈포 옷을 지어, 기꺼이 몸에 걸치네. [爲絺爲綌, 服之無斁.]"라고 한 구절을 차용한 것이다.

봄이 가고 다시 가을이 오도록　　春復秋兮
푸르게 번성하리　　青且郁兮
난초를 알고 싶다면　　欲知蘭兮
이 책을 볼지니라　　視此册兮

갑진년(1964) 입추절 방계 후손 송 이옥(宋爾玉)은 서문을 쓴다

蘭谷遺稿[8]序

余弱冠時 從先行長老之後 獲聞蘭谷宋公之負當時重望 而爲儒林巨擘也 又從而問其所與同進 則曰 天放公爲宗黨知己 而弁轡焉上下矣 二公皆以宏才達識 早有意於時文擧業 累見屈於有司 度世之不我用 而悟我之不世求 乃笹遯丘園 優養心神 或吟弄風月 登臨山水 剩作上世逸民 而無一分怨悔之意 此豈非知命樂天底君子而能之乎 其後數十年來 求觀二公平日事行 則雖不詳知其全體眞面 然以其片言隻句之傳人口誦者 而可想其風範大槩矣 蘭谷公之高古淡蕩 天放公之雄深俊伊 見於氣象言貌者 或不無有異 而其俯視一世 達觀千古 熙熙陶陶 放浪乎形骸之外 寓樂乎詩酒之中 灑然無累之胸 怡然自得之趣 則未嘗不同也 眞古所謂豪傑之士也 一時賢士 莫不願從

8 『난곡유고(蘭谷遺稿)』: 조선 말기의 문인인 송희일(宋熙馹)의 문집이다. 송희일의 본관은 은진(恩津), 자는 승언(升彦), 호는 난곡이다. 1837년(헌종3) 1월 13일에 태어나서 1901년(광무5) 9월 29일에 세상을 버렸다. 고조부는 송함전(宋咸傳)이고, 증조부는 송석기(宋錫沂), 조부는 행천재(杏泉齋) 송일룡(宋一龍)이다. 아버지 매은당(梅隱堂) 송인근(宋仁根)과 어머니 거창 유씨(居昌劉氏) 사이에서 태어났다. 어려서부터 자질이 남달라 쉽게 문의(文義)를 깨달았으며 장성해서는 경사(經史)에 능통하였다. 모친상을 당하여서는 예를 극진히 하였고 검소한 생활을 즐겨하였다. 문집으로 『난곡유고(蘭谷遺稿)』가 전해진다.

其遊而如 許后山 鄭栢軒 權石梧諸公者 皆傾心於蘭谷公 而蘭谷公之見重於諸公者 豈但謂道義之交而已哉 其沒而葬祥也 諸公之執誄而奠侑者 可謂不朽之信筆 而傳久無弊也 斯可以知公矣 窃觀自古文學之士 得師親炙而成就其材者多 私淑獨行而能遂素志者少 蓋公非不知親炙之易爲功 而獨行之難爲力也 但家世淸貧 無計爲遠方遊學 而安此屢空之簞瓢 愈不懈於肘案而手卷群經百氏 靡不淹貫洞徹 而駸駸乎春風時雨之化矣 何讓乎親炙而成材者哉 其趍向之正 用工之密 反有加於俗士之 曰師曰弟子云者 則孟子所謂私淑艾者 舍公而于誰也 嗚呼 今距公沒六十有四年之久 而那時受學於公門者 又皆相繼而作九原矣 則公之貫德典型 其將緣何而尋 求其七分髣髴也耶 浩歎浩歎 著述之無畜稿者 是公尙德不尙文之素性 然而絶非有踈於辭章而爲之也 此稿者乃其子若孫之收拾於遺落人家者 而須甚簡略 然詩韻淸絶豪爽 文亦雅健樸古 有非世儒能言者之所可及 而亦足以徵信於來後矣 附以挽祭等文字 編成一册 公之曾玄孫輩 將謀印壽傳 囑余敍次而弁卷 遂不敢辭 而又爲之頌曰

蘭兮蘭兮 在幽谷兮 獨有秀兮 人不識兮 貞且潔兮 不染濁兮 塵莫侵兮 香自若兮 紉而佩兮 服無斁兮 華不誇兮 隱其德兮 流芳遠兮 蔭無極兮 春復秋兮 靑且郁兮 欲知蘭兮 視此册兮

歲靑龍立秋節傍裔爾玉序

# 난곡유고 목록

蘭谷遺稿目錄

## 1권

### 시(詩)

## 편지[書]



## 잡저(雜著)



## 서문[序]



## 상량문(上樑文)



## 제문(祭文)



## 행장(行狀)

## 2권

### 부록(附錄)

### 만사[挽]

## 제문(祭文)

## 행장(行狀)



## 발문[跋]



## 삼가[三嘉]

# 난곡유고 1권

## 蘭谷遺稿卷之一

## 시

## 詩

## 스스로 비웃다[自嘲]

| | |
|---|---|
| 묻노라 그대 오활한 늙은이여 | 問爾迂闊叟 |
| 얻은 것도 없이 책 속에서 늙었구나 | 得無老於書 |
| 풍상만 부질없이 실컷 겪고 | 風霜謾飽喫 |
| 이와 머리칼은 남아있지도 않네 | 齒髮欲無餘 |
| 고집스런 품성에 마음 준 벗은 거의 없고 | 性狷心友少 |
| 홀아비 신세로 꿈속 넋마저 외롭네 | 身鰥夢魂孤 |
| 속마음 더불어 이야기 나눌 이 없이 | 中情無與說 |
| 한평생 스스로 장부로 살았건만 | 一生自丈夫 |
| 늙은이 되어 무슨 일을 하리오 | 老夫何事業 |
| 어리석게 책상만 바라보고 있네 | 癡望一書床 |
| 쇤 머리카락 도포 자락에 날리는데 | 衰髮與縫腋 |
| 옛집은 천연 그대로구나 | 天然完古堂 |

# 상원갑자[9]의 해에 짓다[上元甲韻]

| | |
|---|---|
| 등극하신 해 천운이 갑자년을 만나니[10] | 甲折之初運會子 |
| 상원의 정기 하늘에서 내려오네 | 上元精氣自天申 |
| 요임금의 홍성한 세월을 바라며 | 庶望堯君興月己 |
| 애오라지 헌기[11]에서 별자리를 살피네 | 聊將軒紀察星辰 |
| 선기옥형[12] 가리키는 곳이 어찌 곤궁한 변방이리오 | 璿機斡處寧窮戍 |
| 더욱이 신일을 점쳐 파종 제사 거행하네[13] | 穀種祈時更卜辛 |
| 우리들 어찌 늙어서까지 살기 힘들겠는가 | 吾輩何須生苦晚 |
| 아침 햇살 고운 정월 초하루로다 | 朝暉鮮出夏正寅 |

**9** 상원갑자(上元甲子) : 상수학(象數學)에서는 180년을 1주기로 삼아 상원갑자(上元甲子), 중원갑자(中元甲子), 하원갑자(下元甲子)로 나누었는데, 그 중 제1갑자 60년을 말한다. 임금의 즉위를 종묘에 고하는 등 왕실이나 국가의 중대한 일을 행할 때 사용하였다.

**10** 등극하신……갑자년이라 : 고종이 등극한 1864년이 갑자년이라는 말이다. 실제로 고종은 1863년 12월 14일에 등극의 예를 치렀고, 1864년을 고종 1년으로 삼았는데, 이를 말한 것이다.

**11** 헌기(軒紀) : 고대의 황제 헌원씨(黃帝軒轅氏)가 고정(固定)했다는 역서(曆書)인데, 여기서는 《주역(周易)》을 비롯한 천문(天文) 역서(曆書)를 가리킨다.

**12** 선기옥형(璿機玉衡) : 원문의 "선기(璿機)"는 일월성신(日月星辰)의 운행을 관찰하던 천문관측기(天文觀測機)인 선기옥형을 가리킨다.

**13** 더욱이……거행하네 : 그해 첫 신일(辛日)에 풍년을 기원하는 제사를 지낸다는 말이다.

# 갑진년[14] 정월 초하루 2수[甲辰元日韻二首]

| | |
|---|---|
| 도소주[15] 손에 들고 사양하지 못하면서 | 手把屠蘇讓不得 |
| 내 젊은 시절 헛되이 보냈는지 두려워하네 | 恐余虛度少年時 |
| 요행히 거북점 잘 나와 운세 거듭 빛났고 | 幸逢龜脅重光運 |
| 가벼운 목숨도 순조로운 의례 만나 이로웠네 | 利占鴻毛遇順儀 |
| 애써 한 해 보내고 맞고자 일찍 일어나 | 强爲送迎推枕早 |
| 또한 부모 연세 생각하니 자식 노릇 늦었구나[16] | 且緣喜懼過庭遲 |
| 좋은 날 백성들 고통 아마도 위로되리니 | 令辰庶慰臣民痛 |
| 동쪽 조선 변방 특별한 이씨 나무 기이하구나[17] | 仙李東邊別樹奇 |

| | |
|---|---|
| 흙덩이 오두막에 어느새 초하루 되어 | 塊伏窮廬忽告新 |
| 산골 아내 술 데워 권하는 맑은 새벽 | 山妻煖酒勸淸晨 |

**14** 갑진년(甲辰年) : 1874년으로, 송희일의 나이 38세 되던 해이다.

**15** 도소주(屠蘇酒) : 사악한 기운을 물리치고 건강을 기원하며 정월 초하루에 마시는 술 이름이다. 도소주는 나이가 어린 사람부터 먼저 마셨다.

**16** 또한……늦었구나 : 원문의 '희구(喜懼)'는 기쁘고 두렵다는 말로, 부모에 대한 지극한 효성을 상징한다. 《논어》〈이인(里仁)〉에 "부모의 나이는 알지 않으면 안 되니, 한편으로는 기쁘고 한편으로는 두렵다. [父母之年 不可不知也 一則以喜 一則以懼]"라고 한 공자의 말에서 유래하였다. 원문의 '과정(過庭)'은 '뜰을 지나간다'는 말인데, 가정 교육을 가리킨다. 공자(孔子)가 뜰을 지나가는 아들을 불러 시(詩)와 예(禮)를 배울 것을 가르친 고사에서 유래하였다. 《論語 季氏》

**17** 동쪽……기이하구나 : 조선왕조의 유구함에 특별한 감정을 실어 읊은 것으로 보이는데 자세하지는 않다. 선리(仙李)는 대개 이씨(李氏) 성을 지닌 걸출한 인물이나 이씨 왕조를 가리킨다. 노자(老子)가 오얏나무 아래에서 태어나서 성을 이(李)로 했다는 전설에서 유래하였다. 이씨가 세운 중국의 당(唐) 왕조는 스스로 노자의 후손을 자처했다. 참고로 두보의 〈겨울날 낙양성 북쪽 현원황제 노자의 사당을 알현하며〉에 "선리의 서린 뿌리 크기도 하여, 걸출한 후손들 대대로 빛났다. [仙李蟠根大 猗蘭奕葉光]"라는 구절이 있다. 《杜少陵詩集 卷2 冬日洛城北謁玄元皇帝廟》 여기서 선리는 조선왕조를 가리키는 것으로 보인다.

| | |
|---|---|
| 요임금 명엽[18] 다 떨어져 어저께 섣달그믐 되고 | 堯蓂盡落俄除夕 |
| 섣달에 내린 눈 한기 남았어도 이미 봄 되었네 | 臘雪餘寒已建春 |
| 하늘 위 별자리 도수를 옮겨 가고 | 天上星辰移度數 |
| 문 앞 매화 버들도 정신이 곱절로 새롭네 | 門前梅柳倍精神 |
| 은근히 집안일을 이야기하다 보니 | 慇懃語及家間事 |
| 일 년 계획이 초하루 아침에 있네 | 爲道一年計在寅 |

**18** 요(堯)임금 명엽(蓂葉) : 명엽은 요임금의 궁궐에 있었다는 신비한 풀로, 매월 초하루부터는 매일 한 잎씩 났다가 16일부터는 매일 한 잎씩 떨어졌다고 한다.

## 또 짓다 세 운자로[又咏三韻]

| | |
|---|---|
| 물같이 흐르는 세월 사람 위해 머물지 않고 | 年光如水不留人 |
| 반평생 뜬 세상에 다만 새해를 느끼네 | 半世浮生只感新 |
| 원컨대 신선의 오묘한 술책 배워 | 願學仙家靈妙術 |
| 오늘 아침 홀로 계신 어버이 오래 살게 하고 싶네 | 今朝使我壽偏親 |

## 또 짓다 두 운자로[又咏二韻]

| | |
|---|---|
| 집집마다 새해 맞는 느낌 어떠냐고 물으면 | 家家歲色問何如 |
| 즐거움이 모두 예전만 못하다고 하네 | 遊樂皆云倍減古 |
| 사흘 와병에 인사가 아니어서 | 病臥三朝人事非 |
| 문방사우 친구삼아 괴로움 잊으려 하네 | 須從四友欲忘苦 |

## 입춘날 옛 일에 감동하다 2수[立春日感舊韻二首]

| | |
|---|---|
| 하늘의 조화도 생을 좋아하여 | 天翁造化好生仁 |
| 하루저녁 봄바람이 만물에 고루 불었는데 | 一夜東風萬物均 |
| 애석하구나 오늘 아침 세상사 | 可惜今朝人世事 |
| 청춘이고 백골이고 먹빛만 새롭구나 | 青春白骨墨淸新 |

| | |
|---|---|
| 태화원기 흩어져 바람 되더니 | 太和元氣散爲風 |
| 동쪽 회나무 가지마다 머리 내미네 | 點檜枝枝首出東 |
| 가가호호 집집마다 밤새 문 활짝 열고 | 萬戶千門開一夜 |
| 봄맞아 복 비는 글 쓰며 아이들에게 알려주네 | 迎春祝福教書童 |

## 갑진년 선달 그믐에[甲辰除夕]

| | |
|---|---|
| 천도는 순환하여 일 년을 보내고 맞으니 | 天道循環好送迎 |
| 오늘 저녁 한 해의 공로가 이루어짐을 알겠도다 | 從知今夕歲功成 |
| 봄날은 지나가고 사람은 늙어가지만 | 韶華去去人須老 |
| 한 말 술 가득하니 즐거움이 절로 생기네 | 斗酒盈盈樂自生 |
| 졸음 팔아가며 매산제 준비는 아녀자의 일이요 | 賣睡埋山兒女事 |
| 등불 밝히며 새벽 보려 함은 젊은이의 정이려네 | 燃燈達曙少年情 |
| 병중에 일어나 앉아 게을리 시 읊조리는데 | 病中起坐吟詩懶 |
| 애써 위나라 노래에 화답하며 태평성대 기억하네 | 强和衛謠記太平 |

## 또 섣달 그믐날에 짓다[又咏除夕]

| | |
|---|---|
| 술에 취해 한 해 보내고 맞는 일도 잊었는데 | 醉來忘却歲迎送 |
| 사람들은 말하기를 내일 아침이면 또 한 해라네 | 人曰明朝又一年 |
| 새벽닭 우는 소리 들리지 않으니 아직은 작년이라 | 未聽晨鷄猶是舊 |
| 아이 불러 시구 찾으며 억지로 잠을 쫓네 | 呼兒覓句强無眠 |

## 위의 운자를 사용하여 느낌이 있어 짓다[用右韻感吟]

| | |
|---|---|
| 인생사 아득히 꿈 속 같아 | 人生寄世杳如夢 |
| 지금 어느 새 칠십 년이 되었네 | 到此居然七十年 |
| 이 모습 지나온 길 다시 보기 어려워 | 形路陀來難復見 |
| 눈에 눈물 가득 고인 채 잠들지 못하네 | 眼眶含淚不成眠 |

## 생일날 느낌이 있어 짓다[晬辰有感]

| | |
|---|---|
| 지난 날 어린 아이였던 나 | 昔年我爲孩提童 |
| 오늘 사람들이 환갑 노인이라 하네 | 今日人稱六一翁 |
| 가장 한스럽기론 부모님 은혜에 보답 못 하고 | 最恨爺孃恩莫報 |
| 더욱 슬프기론 형제마저 수명을 같이 못 했음이네 | 更悲昆弟命難同 |
| 쓸쓸한 색동옷 놀이[19] 한갓 느낌만 더하고 | 零星彩戲徒增感 |
| 넋 나간 듯 술 취해 노래하며 궁핍함을 위로하네 | 落魄酣歌自慰窮 |
| 원컨대 새벽닭 빌려 새날 불러 | 願借新雞喚新日 |
| 다시 동해 바다에 밝아오는 새날 보고 싶구나 | 復看陽界海天東 |

**19** 색동옷 놀이 : 원문의 '채희(彩戲)'는 '색동옷 놀이'란 말로 지극한 효도를 뜻한다. 춘추 시대 초나라의 은사(隱士)인 노래자(老萊子)가 칠십의 나이에 부모님을 기쁘게 해 드리기 위하여 색동옷을 입고 재롱을 떨었다는 고사에 유래한다. 《初學記 卷17 引 孝子傳》

# 헌수를 사양하며[辭獻壽]

| | |
|---|---|
| 천수에 헌수가 어찌 상관있으리오 | 天壽何關獻不獻 |
| 푸른 남산 모습 잔 속에 비치네 | 南山依樣倒杯青 |
| 뜬세상 바쁜 나날 붙잡지도 못하는데 | 浮生未挽悤悤日 |
| 늘그막에 쓸쓸한 신세 부질없이 슬퍼라 | 晩境空悲落落星 |

# 또 느낌이 있어 죽은 아내를 추억하며 짓다
## [又有感憶亡室作]

| | |
|---|---|
| 이십삼 년 동안 끼니 챙겨 주던 사람 | 二十三年中饋人 |
| 지금 못 본 지 이십 년이나 되었네 | 于今不見二十春 |
| 처음 동갑이라 고락을 함께 하려 했는데 | 始謂同庚同苦樂 |
| 그대 먼저 돌아가고 나는 넋조차 잃었네 | 君先康了我傷神 |

| | |
|---|---|
| 육십 년 동안 얼굴 펴지 못했어도 | 六十爾來未展眉 |
| 보고들은 층층으로 괴이하기 짝이 없네 | 見聞層出怪乖奇 |
| 굴원의 장년 나 또한 바랬으나 | 屈子長年吾亦願 |
| 사람들 응당 끝날 때가 있으리라 | 時人應有出場時 |

## 진사 남우지가 지은 이산재 벽 위의 시에 차운하다 소서를 함께 쓰다[次南上舍雨之尼山齋壁上詩韻 幷小序]

도굴산(闍窟山)은 의춘(宜春)과 가수(嘉樹) 두 고을의 경계에 있는데 마치 태산(泰山)이 제(齊)나라와 노(魯)나라 사이에 있는 것 같다. 발니산(鉢尼山)과 음양을 이루어 실로 산맥이 흘러 내려오는데, 산세가 높이 서려 있기론 마치 숨어 사는 군자가 머물러 있는 것 같고, 솟아올라 동쪽으로 달리는 것은 마치 잘 달리는 말이 머리를 들고 있는 것 같으며, 우뚝 솟아 남쪽에 서 있는 것은 마치 붓끝이 뾰족하게 드러난 것 같다. 또 길게 이어져 서쪽으로 들어간 것은 마치 갔다가는 돌아온 듯 차곡차곡 쌓여 넓고 우뚝하니 자리하고 있는 것이 바로 발니산이다.

산 아래 계곡 사이에 평평한 터가 있으니 곧 진사 남우지의 거처가 있는 곳이다. 서실 몇 칸을 짓고 문미(門楣)에 편액을 걸기를 니산재(尼山齋)라고 하니 대개 땅이름으로 인해 이름을 지은 것인가? 성인이 탄생하신 신령한 곳을 사모하는 마음에 기탁한 것인가?[20] 성인의 말씀에 어진 자는 산을 좋아한다 하였으니[21] 산을 즐기는 뜻이 있어서 그것을 취한 것인가?

남우지가 삼가현 묵동에 살고 있을 때 처음에 나와 잘 지내게 되었는데 내가 그 의논을 이끌어서 평소에 뜻을 말하는 구절을 들을 수 있었으니, 큰 뜻은 경전과 역사서를 쌓아두어 자손에게 물려주어 대대로 아름다운 사업을 지키게 하고, 금과 옥을 저장하여 화려한 치장에 힘쓰는 것은 좋지 않게

20 성인께서……것인가 : 공자가 출생한 곳이 이구산(尼丘山)이기 때문에 이렇게 말했다.

21 성인의……하였으니 : 《논어》 〈옹야(雍也)〉에 "지혜로운 사람은 물을 좋아하고, 어진 사람은 산을 좋아한다. [知者樂水, 仁者樂山.]"라고 하였다.

여기는 일이었다. 내가 비록 그 집에 올라가 그 아름다움을 흠뻑 느낄 수는 없었으나 함 첨의 고기로도 솥 전체의 맛을 생각할 수 있듯이 감탄하며 칭송하기를 오래오래 하였다.

이미 여기에서 오랫동안 임시로 거처하지 못할 것을 알고 있었는데, 지금 과연 문득 따라갔으니 니산에서는 얻은 것이 되겠으나 이 땅에서는 슬프기가 마치 잃어버린 것 같지 않겠는가. 노자(老子)는 "어진 자는 다른 사람에게 좋은 말을 해 준다."라고 했는데, 나는 남우지가 돌아갈 적에 애석하게도 어진 자가 주는 좋은 말을 줄 수가 없었다. 그러므로 끝내는 입 다물고 있을 수가 없어 전날에 들은 벽에 쓴 시를 따라 화운하여 보낸다. 진실로 뇌문포고(雷門布鼓)의 조롱[22]을 면할 수 없는 것을 알지만 다만 훗날 서로 그리워하는 자료로 삼을 수는 있을 것이다.

闍窟山據宜春嘉樹兩邑之界 若泰山之齊魯乎 陰陽鉢尼山實其來脉 勢前峁盤回 如有隱君子人 盤旋於其間焉 其踊躍東走 有若快馬之軒擧者 峭攢南立有若筆穎之尖露者 又有迤邐西入 如往而復 蘊藉而磅礴者 乃鉢尼山也 山之下板谷址卽上舍南雨之攸芋也 築書屋數間 扁其楣曰尼山齋 蓋因地而偶名之者歟 慕聖人誕靈之所而感寓之者歟 聖人言曰 仁者樂山 抑有樂山之志而取之者歟 雨之之僑於嘉墨也 始與予 善爲予道其議 而得聞其平日言志之句 則大要以貯經史 貽子孫世守美業 而以藏金玉務芬華者爲可薄 予雖未

22 뇌문포고(雷門布鼓)의 조롱 : 뇌문은 중국 회계(會稽)의 성문으로 뇌문 위에 있는 북은 소리가 대단히 커서 낙양에까지 들릴 정도였고, 포고는 베로 만든 북으로 소리가 나지 않는 북을 가리킨다. 뇌문포고의 조롱은 훌륭한 능력자 앞에서 작은 재주를 자랑하다가 당하는 일을 비유한다. 한(漢)나라 때 왕준(王尊)이 동평왕(東平王)의 상(相)으로 있을 때, 동평왕의 태부(太傅)가 왕 앞에서 《시경》〈상서(相鼠)〉의 시를 강설(講說)하자, 왕준이 태부에게, "베로 메운 북을 들고 뇌문을 지나가지 말라. [毋持布鼓過雷門]"고 했던 고사에서 유래하였다.

遑乎升其堂飽其美 而一臠可以想全鼎之味也 嘆賞久之 已知其不能久僑於茲也 今果旋邁 則於尼山爲得 而於玆土得無 悵然如失者乎 老子曰 仁者贈人以言 予於雨之之歸也 惜無以仁者之贈贈之 故終不欲嘿如也 追步前日所聞壁上韻 以呈固不免雷門布鼓 不足爲音而可以爲後來相思之者爾

니산은 천고에 푸르니 尼山千古碧
돌아보면 이름만으로 성인을 추앙하는 마음 알겠네 顧名仰聖心
원컨대 어진이 좋아하는 곳 향하여 願向仁者樂
사모하는 소리 아끼지 않게 하라 毋使慕音金

# 산재에서 우연히 짓다 2수[山齋偶咏二首]

| | |
|---|---|
| 텅 빈 산엔 서늘히 낙엽 지고 비 내리는데 | 寥落空山葉雨凉 |
| 한가로이 흩으러진 머리 빗으며 아침 햇살에 앉았네 | 閒梳蓬髮坐朝陽 |
| 헤진 책 뒤적이며 마음의 눈을 열고 | 須從破册開心目 |
| 애오라지 찬 샘물 마시며 뱃속을 적시네 | 聊挹寒泉潤肺腸 |
| 소반에 거친 나물 담백하니 달고 | 苜蓿盤中甘澹泊 |
| 노을 낀 골짝은 고질병이 되었네[23] | 煙霞洞裡苦膏肓 |
| 이 속에 이 맛을 함께 의론할 이 없으니 | 此中此味無人議 |
| 소동파 기다려 길고 짧음 대보려네[24] | 留待坡翁較短長 |

| | |
|---|---|
| 산에서 입는 옷 볼품없고 허리띠는 헐렁헐렁 | 山服尨凉帶孔寬 |
| 어떤 책이든 읽을 수 있으니 나의 즐거움일세 | 何書可讀做余歡 |
| 학처럼 마른 몸 아침에 거울 보기 싫고 | 癯形似鶴朝嫌鏡 |
| 무수리처럼 빠진 머리 대낮에도 관을 쓰지 않네 | 禿髮如鶖晝不冠 |
| 평생의 뜻 천년토록 얻지 못하고 | 志慮生平千未得 |

**23** 노을……되었네 : 속세를 떠나 깊은 산중에 사는 삶을 좋아하는 마음은 고질병처럼 고칠 수 없다는 말이다. 원문의 연하(煙霞)는 연기와 노을로 대개 속세를 떠난 은자(隱者)들이 사는 곳을 상징적으로 나타내며, 고황(膏肓)은 병이 깊이 고칠 수 없는 고질을 말한다.

**24** 이 속에……대보려네 : 니산재에서 느끼는 산중 풍취가 비교할 수 없을만큼 좋음을 예찬한 말이다. 동파(東坡) 소식(蘇軾)이 중국 여산(廬山)의 서림사(西林寺)에 묵으며 쓴 〈제서림벽(題西林壁)〉에 "가로로 보면 고갯마루 세로로는 봉우리, 원근고저 따라 모습은 제각각. 여산 진면목을 알 수 없음은, 그저 이 몸이 이 산중에 있어서겠지. [橫看成嶺側成峯 遠近高低各不同 不識廬山眞面目 只緣身在此山中]"라고 하였는데, 니산의 풍취가 소동파가 읊은 여산의 그것과 비교할 만하다는 감상을 읊은 것으로 보인다.

| | |
|---|---|
| 이 몸의 계획은 늙을수록 어찌 싸늘한가 | 身謀老去一何寒 |
| 들사람 가장 다정하여 | 野人最是多情者 |
| 술병 들고 깊은 산중 찾아주니 너무 좋구나 | 攜酒深林却好看 |

# 고향으로 돌아가는 안 연암을 송별하며 절구 12수를 짓다[25] 소서를 함께 쓰다
# [送安燕庵還鄕詩十二絶 並小序]

기사년(1869) 겨울 안형 3형제가 가수현(嘉樹縣)의 병수(幷樹)에서 노친들을 모시고 어린 애를 데리고서 다시 함안(咸安)으로 돌아갔는데, 함안은 가수에서 140리가 된다고 하니 그 사이는 너무 멀지도 않고 너무 가깝지도 않다. 그러나 함안 땅은 바로 안형의 선영이 있는 곳이고 친척들이 사는 곳이며, 집과 농토가 본래 있던 곳이니 함안이 진실로 고향이지만, 병수에 이사 와서 살았던 것이 10여 년이 되니 병수 또한 안형의 병주(幷州)고향[26]이 될 것이다.

문중이 장대하고 마을 이웃들과 화목하며 벗들과 깊이 사귐이 함안보다 조금도 줄어들지 않을 것이지만 하루아침에 이곳을 버리고 돌아가니 고향으로 돌아가고 싶은 생각은 사람의 정이 진실로 그러한 것이며, 우리들의 만남과 헤어짐에 욕망하는 바가 있어서 그러한 것이 아니겠는가. 아직도 잘 모르겠구나.

바야흐로 그가 떠날 즈음에 이곳에 사는 사람들 중에 현인이든 불초한 자든 사람을 가리지 않고 안타깝게 여기지 않는 사람들이 없었다. 하물며

25 고향으로……짓다 : 이 시는 《한국고금한시선집(韓國古今漢詩選集)》에 선정되어 수록되어 있다.

26 병주(幷州)고향 : 타향이지만 오래 살다가 보니 고향처럼 정이 든 곳을 비유하는 말이다. 당나라의 가도(賈島)가 화려한 장안을 떠나 서북쪽 변방인 병주에 부임하여 10여 년을 지내다가 다시 장안으로 돌아갈 때, 병주 경계를 흐르는 상건하(桑乾河)를 건너서 뒤돌아 병주를 바라보며 지은 〈상건하를 건너며[度桑乾]〉에 "돌아서 병주를 바라보니 이게 고향인가 하노라. [却望幷州是故鄕]"라는 구절에서 유래하였다.

나는 5·6년 동안이나 서로 사랑하며 지내던 정이 아직도 다른 사람에 비해 곱절 혹은 다섯 배가 되니 140리나 서로 떨어지는 이별의 한을 어찌하겠는가. 어쩔 수 없이 매번 만나는 세 동지와 함께 논덕산(論德山) 아래에서 이별주를 마시며 각각 말하기를 "고향으로 돌아가는 일은 비록 진실로 아름다우나 송별하는 정은 참으로 슬프도다."라고 하였다. 잠시 뒤에 하인을 앞세우고 길을 떠나는데 이별의 선물로 줄 것은 없고 겨우 12수의 절구로 삼가 드리며 뒷날 서로를 그리는 추억거리로 삼고자 할 따름이다.

歲己巳冬 安兄仲叔季三人 自嘉鄕之幷樹 奉老携幼 復歸于咸 咸之於嘉 百四十里云爾 則其間不甚相遠 而亦不爲甚近矣 然而咸之地迺安兄先塋之所在 親戚之所居 家庄之素所奠也 則咸固故也 而移卜于幷樹者十有年所 則幷樹亦可爲安兄之幷州也 其門閭之張大 隣里之和睦 友朋之深許也 於咸小無減焉 而一朝舍此而歸 無乃還鄕之思人情之固然歟 吾人之離合有欲而然歟 是未可知也 方其臨發之際 玆土之居人者 無賢不肖 而莫不慨惜焉 矧余五六年相愛之情 尙有倍蓰於人者 則百四十里相別之恨 顧何如也 不獲已與每三同志 飮餞于論德山下 各曰還鄕之奉 雖信美矣 送別之情 良可悵然矣 俄而僕夫啓行 無物爲贐 菫以十二絶 仰呈適足爲後日相思之資耳

정암강[27] 물은 아침저녁으로 흐르고 鼎巖江水暮朝流
나그네는 달 아래 배에서 서로 노래하네 行旅相歌月下舟
누구 집안 더욱이나 고향 가는 꿈 꾸는지 誰家剩做還鄕夢

27 정암강(鼎巖江) : 경북 함안과 의령을 남북으로 가르며 흐르는 강 이름이다. 진주성 남쪽을 휘돌아 흐르는 남강의 다른 이름이다.

때맞춰 옛 나루터 찾아 왔는가 正好來尋古渡頭

갠 하늘 휑하고 북풍은 찬데 霽天寥廓北風寒
가는 자나 오는 자나 정한은 한가지 人去人來恨一般
이르나 늦으나 함께 돌아가자며 굳게 손잡은 약속 早晩同歸攜手約
말은 얼마나 쉬우며 일은 어찌나 어려운가 言何容事(易)事何難

이렇게 함안 땅 백 여리로 떠나니 此去咸鄕百里餘
이제부터 만날 일 너무 늦을까 두렵도다 從今逢着恐虛徐
오륙 년간 이야기 많았건만 五六年來多少話
바삐 이별할 제 다시 주저하네 悤悤臨發更躊躇

포구엔 구름 같은 회포 피어나고 나그네길 아득한데 浦思雲懷杳杳程
아침노을은 비 머금고 산성을 지나가네 朝暉帶雨過山城
온 집안 별 탈 없이 사는 곳 옮기니 渾家無恙搬移地
할아버지와 아들 손자 또한 조카와 형제들이네 祖子孫兼姪弟兄

작은 시냇가 버들은 아직 그늘지지 않는데 小溪楊柳不成陰
가시는 길 멈추고 내 거문고 소리 들으시라 爲駐征驂聽我琴
양춘곡[28] 연주하려 하나 들어 줄 귀 없으나 陽春欲奏人無耳

28 양춘곡(陽春曲) : 백설곡(白雪曲)과 함께 춘추시대 초(楚)나라의 고아(高雅)한 가곡 이름이다. 따라 부르기가 어려워, 한 나그네가 하리(下里)와 파인(巴人)을 부르니 수천 명이 따라 부르고, 양아(陽阿)와 해로(薤露)를 불렀을 때는 몇백 명이 따라 불렀지만, 양춘과 백설은 겨우 몇십 명 밖에는 따라 부르지 못했다고 한다.《文選 宋玉對楚王問》

| | |
|---|---|
| 소리가 마음에 있다면 그 음을 알 수 있으리[29] | 聲在心中便解音 |

| | |
|---|---|
| 논덕산 앞에서 돌아가려 하는데 | 論德山前欲輙歸 |
| 거문고와 바둑 시와 술 함께할 친구 드물겠구나 | 琴碁詩酒友朋稀 |
| 꽃 피는 아침과 달 뜨는 저녁을 어찌 보내나 | 花朝月夕那堪度 |
| 이제 서로 그리는 마음 꿈속에 아른거리겠구나 | 此際相思夢枕依 |

| | |
|---|---|
| 발돋움하고 동쪽 바라보면 나그네 길 아득하고 | 跂予東望路稀微 |
| 머리 돌리면 매잠[30] 달빛 옷에 가득하네 | 回首梅岑月滿衣 |
| 작은 다리 건너 찾아올 사람 없으니 | 小橋踏盡無人訪 |
| 게을리 서재에서 일어나 사립문 닫으리 | 慵起書樓尙掩扉 |

| | |
|---|---|
| 강 남쪽도 강 북쪽도 기러기 소리 아직 들리지 않는데 | 江南江北鴈聲遲 |
| 손길 따라 갈대꽃은 양쪽 언덕에 드리웠네 | 指點蘆花兩岸垂 |
| 백년 인생 만나고 헤어짐에 미리 정해진 건 없으련만 | 百年離合無前定 |
| 산재에서 함께 했던 시간들은 얼마였나 | 追逐山齋正幾時 |

| | |
|---|---|
| 문성이 밤에 은하수 건너고 | 文星夜渡漢之濱 |
| 형제들 문장 뛰어나고 유덕하여 이웃 있었네[31] | 連棣藻華德有隣 |

**29** 소리가……있으리 : 고사 지음(知音)의 주인공인 종자기(鍾子期)가 백아(伯牙)의 거문고를 이해한 것처럼 자신을 알아줄 것이라는 말이다.

**30** 매잠(梅岑) : 서한(西漢) 말기 남창현(南昌縣) 현위(縣尉)를 지낸 매복(梅福)이 은거한 산 이름을 가리키는 것으로 보인다. 본래 이름은 비홍산(飛鴻山)인데, 매복이 왕망(王莽)의 전횡을 피해 은둔한 뒤로 매령(梅嶺)으로 바뀌었다고 한다. 여기서는 안 연암이 기거하던 산을 가리키는 것으로 여겨진다.

가는 곳에서 풍류 즐기며 응당 잠 못 이루리니　到底風流應不寢
고향 선비들과 날마다 친히 지내겠지　故園高士日相親

금성이 비록 즐거우나 돌아옴만 못하리　錦城雖樂不如還
누가 말하는가 삼산이 별세계라고　誰道三山別界環
봄이 오면 또 도원을 찾으시려나　春來更覓桃源否
꽃은 기쁜 마음 알 테고 새는 내 얼굴 익숙하겠지　花識欣心鳥慣顔

월여봉 정상은 마치 사람 같아　月如峰上月如人
밤마다 그대 그리며 몇 번이나 새벽을 맞았던가　夜夜思君度幾晨
고향 땅은 바다 가까우니 응당 먼저 보겠지　鄕山近海應先得
여물 먹인 망아지 타고 가서 나루를 물으리라　言秣着駒去問津

오솔길 미끄럽고 바위엔 낙숫물 소리　山蹊氷滑石溜鳴
이별의 잔 서로 잡고 천천히 기울이네　手把離樽淺淺傾
우리들 이별할 제 무슨 말을 하리오　吾輩相分何語贈
모름지기 거경사성[32]하시게　也須居敬又思誠

**31** 형제들……있었네 : 안 연암의 형제들이 문장이 뛰어나고 덕이 있었다는 말이다. 원문의 연체(連棣)는 형제를 뜻하는 말이다. 《시경》 〈상체(常棣)〉에 "활짝 핀 아가위꽃, 얼마나 곱고 아름다운가. 이 세상에 누구라 해도, 형제만 한 이가 없나니. [常棣之華 鄂不韡韡 凡今之人 莫如兄弟]"라고 한 데에서 유래한다. 원문에 '德有憐'이라고 하였는데, 문맥상 '德有隣'으로 고쳐 번역하였다. 《논어》 〈이인(里仁)〉에 "덕이 있는 사람은 외롭지 않고 반드시 이웃이 있다. [德不孤 必有鄰]"라고 한 말에서 유래한다.

**32** 거경사성(居敬思誠) : 공경한 마음으로 지내며 항상 정성스러운 하늘의 이치를 생각하라는 말이다.

# 정금당[33]의 시에 차운하다[次淨衿堂韻]

| | |
|---|---|
| 명승지에 여름 경치 좋은 곳 | 名區盛夏景 |
| 봉성 동쪽에 있음을 아네 | 知在鳳城東 |
| 조촐한 집에선 한여름 더위 잊고 | 堂淨忘炎暑 |
| 옷깃 풀어 상쾌한 바람 느끼네 | 衿開覺爽風 |
| 그늘은 시골 노인 머물기에 넉넉하고 | 陰餘留野老 |
| 시내는 아이들 빌려 목욕하네 | 溪借浴街童 |
| 빽빽한 숲에 매미소리 일어나 | 樹密蟬聲起 |
| 석양에 귀머거리 되려 하네 | 夕陽耳欲聾 |

**33** 정금당(淨衿堂) : 삼가현 객관 남쪽에 관수루(觀水樓)가 있었고, 그 서쪽에 정금당이 있었다.

# 다른 사람이 지은 〈사천〉시에 차운하다[次人斜川韻]

| | |
|---|---|
| 지는 해 시내 위 비추니 | 斜日臨川上 |
| 포말 꽃에 또 다른 봄이 있네 | 泡花別有春 |
| 버들 따라 시 읊는 나그네 | 吟詩隨柳客 |
| 물고기 보며 술잔 드는 사람 | 攜酒觀魚人 |
| 발 씻으니 속세의 근심 상쾌해지고 | 濯足塵愁爽 |
| 마음 씻으니 도의 맛이 새로워라 | 洗心道味新 |
| 마음 속 노래 한 곡 | 所懷歌一曲 |
| 이슬 맺힌 갈대는 완연히 진나라 노래일세[34] | 葭露宛然秦 |

34 이슬……노래일세 : 《시경(詩經)》 〈진풍(秦風) 겸가(蒹葭)〉를 차용한 구절이다. 시에 "긴 갈대 푸르고 흰 이슬이 서리가 되었네. 저기 바로 저 사람이 물 저편에 있도다. [蒹葭蒼蒼 白露爲霜 所謂伊人 在水一方.]"라고 하였다.

## 삼가 종조부의 〈천작[35]경연〉시에 차운하다 [謹次從祖父天爵慶筵韻]

조정의 남은 경사 백성을 위로하니　　朝家餘慶慰元元

치덕을 간직하고 작록도 높아라[36]　　齒德攸存爵亦尊

남극성[37]은 지평 위 삼십도에 있고　　出地南星三十度

하늘의 뜻을 따라 나라에서 한 번 은혜를 입었네　　膺天東國一資恩

첫 잔치에 온 마을 사람들이 축하했고　　初筵賀語同鄉里

늘그막엔 자손들이 함께 영광스러웠네　　晩境光華共子孫

다시 봄 술 따르니 무엇을 바랄까　　更酌春醪何所祝

오래토록 우리 가문에 참된 귀함 많기를　　長令良貴滿吾門

**35** 천작(天爵) : 하늘이 준 벼슬이라는 말로, 도덕적 완성을 이룬 인격자를 가리킨다. 《맹자》 〈고자상(告子上)〉에 "천작이라는 것이 있고 인작이라는 것이 있는데, 인의 충신과 선을 즐거워하여 게을리 하지 않는 것, 이것이 천작이고, 공경대부, 이것이 인작이다. [有天爵者 有人爵者 仁義忠信 樂善不倦 此天爵也 公卿大夫 此人爵也]" 하였다.

**36** 치덕을……높아라 : 맹자가 말한 삼달존(三達尊)을 갖추었음을 읊은 것이다. 삼달존은 세상 사람들이 존중하는 세 가지로 작록[爵]과 나이[齒]와 덕(德)을 말한다. 《孟子 公孫丑下》

**37** 남극성(南極星) : 인간의 수명을 관장한다는 수성(壽星)으로, 노인성(老人星)이라고도 한다. 이 별이 나타나면 그 고장의 사람들이 장수하고 그 나라가 잘 다스려진다고 한다. 《史記 卷27 天官書》

## 최 계남의 〈자련음〉시에 받들어 차운하다 소서를 함께 쓰다 [奉和崔溪南自憐吟二首 幷小序]

계남 형이 나에게 〈자련음〉을 보내와 여러 번 읊어볼수록 사람을 감탄하게 하니 대개 동병상련(同病相憐)의 뜻에서 나온 것이다. 평생의 재주가 부끄럽게도 가련한 늙은이밖에 되지 못했으므로 그 말에 되돌려 화답하면서 또 스스로 가련한 늙은이를 면하기 어렵다고 생각했으므로 또한 〈자련음〉을 바탕으로 연구하는 중에 한 번 웃음거리로 삼는다.

溪兄寄余以自憐詩 諷詠屢回 令人感嘆 蓋出於同病相憐之意 而生平伎倆恥作可憐翁 故反其辭以賡之 又自念可憐翁之難免 故亦自以自憐吟效嚬 以資研究中一笑耳

기수의 진경에 머무니 무슨 근심 있으리오　　沂源眞境何愁淹
밝은 촛불 노년에 꺼진다고 한탄 마시라　　炳燭衰年莫恨熸
공부는 시간을 더해가며 쉴 수 없는 것이지만　　工到加時工不闕
병은 잘 조리하면 더 심해지지 않는 것이라네　　病於調處病難添
새로운 지식이 가슴속에 자리잡으면　　新知若使心胸着
옛 습관이 어찌 폐부에 붙어있으리오　　舊習安能肺腑黏
늙어가며 서로 위하는 진중한 뜻 아름답고　　老去相憐珍重意
내 눈에 빛나는 구슬처럼 영롱한 시에 감사하네　　瓊華多謝纈吾瞻

| | |
|---|---|
| 물의 성질은 매우 느려서 머물게 할 수 있지만 | 水性太緩因作淹 |
| 불의 성정은 항상 급해서 문득 꺼지곤 하지 | 火情常急便成熸 |
| 사사로운 마음은 오랑캐 쫓아내기 보다 어렵고 | 私心難似夷戎逐 |
| 공변된 도는 세월 가는 것보다 더한 것 없네 | 公道無如歲月添 |
| 운명이 싫기는 뒷간에 떨어진 꽃 같고 | 賦命却嫌花溷墜 |
| 처신이 가소롭기는 진흙에 붙은 버들솜 같도다 | 處身堪笑絮泥黏 |
| 속마음 세상과 맞지 않은 지 오래되었으니 | 肚皮不合時宜久 |
| 보고 들음에 털끝만큼도 위로가 되지 않네 | 未有纖毫慰聽瞻 |

## 운곡재[38]에서 추파 정응규[39]와 송고 이두의와 함께 짓다[雲谷齋與鄭秋坡 應圭 李松皐 斗儀 共賦]

| | |
|---|---|
| 작년에 왔을 때 계곡 안 구름에 앉았었지 | 昔年來坐谷中雲 |
| 신선의 인연 아까워 다시 그대를 찾았네 | 爲惜仙緣更訪君 |
| 온화한 바람 얼굴 스쳐 꽃을 기다리고 | 和風襲面花相待 |
| 가랑비에 발소리 잎새가 저절로 듣네 | 細雨添跫葉自聞 |
| 뜨락의 대숲 다시 보니 그늘 많은데 | 再看庭竹多餘蔭 |
| 처마 밑 매화는 세 번 불러도 아직 향기 나지 않네 | 三喚軒梅氣未芬 |
| 더 말해 무엇하랴 술 마시며 시 주고받는 날에 | 何況樽筵酬唱日 |
| 만난 친구들 모두 글 잘 하는구려 | 會中諸友摠能文 |

38 운곡재(雲谷齋) : 경상북도 칠곡군 동명면 가천리에 있는 재실이다.

39 정응규(鄭應圭) : 본관은 초계(草溪), 노백헌(老柏軒) 정재규(鄭載圭)의 종형이다.

## 집안 어른 가언씨 만시 2수[挽門長可言氏二首]

| | |
|---|---|
| 가수현 백리 안에서 가장 오래 사셨지 | 百里嘉鄕壽第一 |
| 정녕 하늘의 보답이 어진 자를 증명했네 | 丁寧天報驗於仁 |
| 문중 맹세 이미 두터우니 정다운 이야기 찾아가고 | 宗盟已厚尋情話 |
| 아량은 마침내 덕 있는 이웃을 보았네 | 雅量終看願德隣 |
| 삼가 가업[40]을 지키며 글공부 부지런히 하였고 | 謹守遺氈勤筆硯 |
| 한가할 때는 집을 깨끗이 하며 정신을 길렀네 | 閒居淨室養精神 |
| 영주에서 약을 캐고 가학을 익히며[41] | 瀛洲採藥趍庭鯉 |
| 분명 효성스럽게 어버이를 모셨네 | 孝思分明待二親 |

| | |
|---|---|
| 교남에 은거하던 선비 | 喬南隱處士 |
| 백수 되어 청산으로 돌아갔네 | 白首歸青山 |
| 서리 내리고 별이 지는 밤 | 霜天星隕夜 |
| 선학이 구름 사이에서 오열하네 | 仙鶴咽雲間 |

**40** 가업 : 원문의 '전(氈)'은 선비들이 사용하던 모포를 가리키는 말로, 보통 가업을 비유한다. 진(晉)나라의 명필 왕헌지(王獻之)가 방에 누워 있을 때 도둑이 들어와 물건을 모조리 훔쳐 가려 하자, 헌지가 "도둑아, 푸른 모포는 우리 집안의 유물이니, 그것은 놓고 가 주면 좋겠다. [偸兒青氈我家舊物 可特置之]"라고 하였다는 고사에서 유래한다. 《晉書 卷80 王羲之傳 王獻之》

**41** 영주(瀛洲)에서……익히며 : 부모에 대한 효성이 지극함을 말한 것이다. 영주는 동해에 있는 삼신산(三神山) 가운데 하나로 제(齊)나라 사람 서복(徐福)이 진 시황의 명을 받아 수천 명의 동남동녀(童男童女)를 데리고 불사약을 구하러 갔다는 곳이다. 《사기 권6 진시황본기》 원문의 '추정리(趨庭鯉)'는 공자의 아들 리(鯉)가 뜰을 지나가다가 공자로부터 가르침을 받았다는 말로, 어버이로부터 학문을 익혔다는 의미로 차용되는 고사이다. 《논어 계씨》

## 운오 조성집[42]을 곡하다 작은 서문을 함께 쓰다
## [哭趙雲塢聖執 幷小序]

아아! 인생의 모임이 이렇게 어렵단 말인가. 운오가 우리 마을에서 산 것이 거의 십 년이었고, 고향에 돌아간 뒤에 드문드문 만난 것이 또 십 년에 가까운데 이제 천고의 이별을 하게 되었다. 운오처럼 영특하고 건강한 자도 또한 이미 조화의 이치를 따라 돌아갔으니 하물며 나처럼 연약한 몸으로 이 세상을 쓸쓸히 살아가는 자들이 어찌 낙엽이 되어 떨어지는 슬픔을 면할 수 있겠는가. 점점 더욱 심히 쇠약해져 스스로 위로할 시간도 얼마 남지 않아 애써 긴 노래를 지어보는데, 이 노래가 상여 매는 자들의 수고를 더는 일에 도움이 되기를 바란다.

嗚呼 人生會合 若是其難歟 雲塢之卜居鄙閈 董十年矣 還鄕落落難合 又近十年 今又作千古別 以若雲塢之英豪康健 且已乘化歸盡 況吾蒲柳殘質 踽凉斯世 那得免搖落之悲耶 衰朽轉甚 惟以不幾時自勞 而强構長歌 歌律以助執紼者 斥苦

| | |
|---|---|
| 애면글면 빈 집 지키며 옛 사귐을 추억하니 | 矍守空堂憶交遊 |
| 교유하던 친구들은 모두 산속 어둠 속으로 돌아갔네 | 交遊盡歸山之幽 |
| 운곡으로 가서 운오를 찾고 싶었으나 | 欲向雲谷訪雲塢 |
| 운오여 운오여 좀 더 머물지 않는구나 | 雲塢雲塢不少留 |

42 조성집(趙聖執) : 조성숙(趙性璹, 1843~1898)으로 본관은 함안(咸安)이고 자는 성집이며 호는 운오(雲塢)이다. 함안 출신의 학자로 정재규 등과 교유하였다.

| | |
|---|---|
| 구슬피 가을하늘 바라보며 눈물 뿌리는데 | 悵望秋天一洒淚 |
| 흩어진 구름 정처 없고 허공만 아득하네 | 決雲無定空悠悠 |
| 언젠가 팽려호[43]에서 흔쾌히 술잔 나누자는 약속 | 早晩彭蠡浮白約 |
| 내가 먼저 저버렸으니 다시 누굴 원망하리오 | 我先辜負更誰尤 |
| 예전에 매화 핀 초가집의 일 추억하니 | 憶昔誅茅梅下宅 |
| 일생에 만남은 겨우 십 년 정도였네 | 一生會合董十秋 |
| 여지 오른 소반 위에 곳간지기 없어도 | 茘枝盤上無倉卒 |
| 죽엽주 동이 앞엔 친구가 있네 | 竹葉樽前有朋儔 |
| 북해엔 긴 무지개 호기롭게 걸쳐 있고 | 北海長虹豪氣貫 |
| 남주엔 높다란 의자 예우가 넉넉하네[44] | 南洲高榻禮數優 |
| 약간의 재주와 예의는 모두 보잘것없는 일 | 如干伎禮皆餘事 |
| 한없는 술잔만이 근심을 잊게 하는도다 | 無量杯酌是忘憂 |
| 진준은 몇 번이나 우물에 수레 비녀장을 던졌고[45] | 家井幾投陳子轄 |
| 위응물의 배는 나루터에 이리저리 흔들렸지[46] | 野渡終橫韋郎舟 |
| 경륜을 품고 있어도 시험하지 못해 탄식하며 | 捲懷經綸嗟未試 |
| 이 한 몸 구제함은 자유에 맡겼네 | 一身康濟任自由 |

**43** 팽려호(彭蠡湖) : 중국 강서성(江西省)에 있는 파양호(鄱陽湖)를 가리킨다고 하는데, 대개 매우 큰 호수를 비유한다.

**44** 남주(南州)엔……넉넉하네 : 교우가 특별히 넉넉하다는 말이다. 후한(後漢) 말기에 진번(陳蕃)이 오직 남주의 고사(高士)로 존경받던 서치(徐穉)가 내방할 때만 높이 걸어두었던 의자를 내려놓으면서 돈독한 교유를 이어간 데서 유래하였다.

**45** 진준(陳遵)은……던졌고 : 한나라의 진준이 손님을 맞이할 때마다 그들이 타고 온 수레의 비녀장을 빼내어 우물 속에 던져 넣어 바로 돌아가지 못하도록 하였다고 한다. 《漢書 卷92 陳遵傳》 비녀장은 바퀴가 빠지지 않도록 굴대 머리 구멍에 지르는 큰 못이다.

**46** 위응물(韋應物)의……흔들렸지 : 당나라의 시인 위응물의 〈저주서간(滁州西澗)〉에 "봄 물결비를 띠어 저물자 급해지고 들판 나루터엔 사람 없고 배만 절로 비껴 있구나. [春潮帶雨晩來急野渡無人舟自橫]"라고 한 구절을 인용한 말이다.

| | |
|---|---|
| 진실하도다 선현으로 이름난 조상의 후예 | 允矣先賢名祖裔 |
| 훌륭한 자손이 가업을 이었도다[47] | 鳳子麟孫襲箕裘 |
| 북풍에 함께 손잡고 가리라 생각했는데 | 意謂北風同携手 |
| 어찌 세상일 모두 부질없이 될 줄 알았나 | 那知世事摠浮休 |
| 한 번 이사 간 뒤로는 너무 멀리 떨어져 | 一自搬歸參商隔 |
| 좋은 친구와 어울리지 못했네 | 好友還似不相求 |
| 무단히 정암강 물은 | 無端鼎巖江中水 |
| 밤낮으로 재촉하며 세월 흐르는구나 | 日夜催送歲月流 |
| 이 세상의 오랜 이별도 감당하기 어려웠는데 | 陽界闊別尙難耐 |
| 하물며 황천길 또 간단 말인가 | 況復重泉路且脩 |
| 나보다 여섯 살이나 적었는데 먼저 갔으니 | 少我六齡先我去 |
| 내 인생 즐겁지 못함이 흔들리는 갓끈 같아라 | 我生靡樂若綴旒 |
| 한탄스러워라 저 청산은 홀로 늙지 않아 | 却恨青山獨不老 |
| 친구는 묻어도 슬픔은 묻지 못하네 | 埋盡親朋未埋愁 |
| 길 가는 자 탄식하고 조문하는 자 기뻐하네[48] | 行路咨嗟弔者悅 |
| 고향 언덕에 국화 만발한 시절 | 黃花晩節故山邱 |
| 돌아오니 내 마음 슬픔 또한 얼마던가 | 歸使我心悲且幾 |
| 억지로 만시 지으며 흐린 눈을 씼네 | 强題哀些拭衰眸 |

**47** 가업을 이었도다 : 집안의 전통을 이었다는 말이다. 기구(箕裘)는 키와 갖옷이라는 말로, 《예기(禮記)》〈학기(學記)〉에 "훌륭한 대장장이의 아들은 그 아버지의 하는 일을 보고 배워 반드시 갖옷[裘]을 만들 줄 알고, 활을 만드는 자의 아들은 그 아버지의 하는 일을 보고 배워 반드시 키[箕]를 만들 줄 안다."라고 한 말에서 유래하였다.

**48** 조문하는 자 기뻐하네 : 조성집이 상례를 법도에 맞게 치렀다는 말이다. 전국시대에 등(滕)나라의 문공(文公)이 아버지의 상을 치르면서 슬픈 안색과 통곡소리가 그치지 않자 조문하는 자들이 크게 기뻐했다고 한다. 《孟子 滕文公上》

# 주서 송남극의 〈죽포〉시에 차운하다
## [次宋周瑞 南極 竹圃韻]

속되지 않은 높은 지조 세속에 살지 않아　不俗高標不俗居

이 친구[49] 마주하면 옷깃을 여미게 되네　此君相對整襟裾

깊은 숲 밝은 달 천천히 비추고　深林明月遲遲照

빽빽한 잎새 맑은 바람 곳곳에 불어대네　密葉清風陳陳噓

늙어가며 마음공부 위나라 물가를 바라보고[50]　老去心工瞻衛澳

공부하며 정인 만나니 관저 기슭 얻었구나[51]　養來情遇得關墟

처사의 옛집엔 음덕이 남아 있고　處士古堂餘蔭厚

내 밭 읊으며 내 책 읽으리　咏吾之圃讀吾書

**49** 이 친구[此君] : 대나무의 별칭으로, 진(晉)나라 왕휘지(王徽之)가 대나무를 사랑하여 차군이라 불렀다. 왕휘지가 주인이 없는 빈집에 잠시 거처할 적에 대나무를 빨리 심도록 다그치자, 사람들이 그 이유를 물으니, "어떻게 하루라도 차군이 없이 지낼 수가 있겠는가. [何可一日無此君耶]"라고 대답한 고사가 전한다. 《晉書 卷80 王徽之列傳》

**50** 늙어가며……바라보고 : 위(衛)나라 무공의 높은 덕을 기린 《시경》 〈위풍(衛風) 기욱(淇澳)〉을 차용하여 늙어가며 깊어지는 마음공부에 대해 읊은 것이다. 〈기욱〉에, "저 기수 물굽이를 보라, 푸른 대나무 아름답도다. 어여쁘신 우리님, 잘 다듬은 듯, 곱게 간 듯 하네[瞻彼淇澳 綠竹猗猗 有匪君子 如切如磋 如琢如磨]"라고 하였다.

**51** 공부하며……얻었네 : 학업 중에 배우자를 얻었다는 뜻으로 이해된다. 원문의 관허(關墟)는 《시경》 〈주남(周南) 관저(關雎)〉의 내용을 차용한 것으로 보인다. 이 시는 주 문왕(周文王) 후비의 아름다움을 읊은 시로, "구욱구욱 물수리 강가 모래섬에 있네. 아름다운 아가씨 군자의 좋은 짝이네. [關關雎鳩 在河之洲 窈窕淑女 君子好逑]"라고 하였다.

## 관선당 시회의 운자를 듣고 느낌이 있어 차운하여 짓다 [聞觀善堂詩會韻有感次咏]

| | |
|---|---|
| 엎어진 흙덩이 같은 오두막에 좋은 친구는 멀리 있어 | 塊伏窮廬勝友遙 |
| 작은 술병 다 비워가는데 내 노래만 외롭구나 | 哨壺傾盡獨吾謠 |
| 고목은 바람과 싸워도 마음 오히려 장대하고 | 鬪風老木心猶壯 |
| 외론 산 눈을 견뎌도 몸은 흔들리지 않네 | 耐雪孤山體不搖 |
| 꿈속의 청춘은 마치 어젯밤 일 같으나 | 夢裏青春如昨夜 |
| 빛나는 귀밑머리 오늘 아침 일이로다 | 鬢邊皤髮又今朝 |
| 세상사 어지럽기 저와 같으니 | 世事紛紛如許爾 |
| 한가한 사람은 어디에서 좋은 빛으로 부르리오 | 閒人何處好相招 |

# 만성 박치복[52]을 곡하다[哭朴晩醒 致馥]

고향 땅에서 어찌 옮겨가나　　安土何遷次

가수현에서 마음껏 어울렸네　　嘉樹任揵遑

신망이 두터워 원결[53]인 줄 알았고　　望重知元結

구하기 어려운 재능은 계방[54] 같아라　　才難又季方

집안의 법도는 효도와 우애를 계승했고　　家謨承孝友

대대로 덕행은 충성과 선량함을 이었네　　世德襲忠良

도를 지킴은 담소하며 군사 지휘하듯[55] 씩씩했고　　衛道談麾健

사악함 물리치기는 붓을 도끼처럼 휘둘렀네　　斥邪筆斧揚

진정한 근원은 정자와 주자를 향했고　　眞源泝洛婺

시 짓는 일은 소동파 황산곡을 능가했네　　餘事駕蘇黃

삼천굴을 포용하는 바다같은 국량　　海局三千窟

칠십에도 문단의 우두머리였네　　詞宗七十强

황단에서는 무숙왕을 제사지냈고　　皇壇餟武肅

왕국에서는 문명을 휘날렸네　　王國輝文望

생황의 운치가 소악에 어울리듯　　笙韻宜韶樂

52 박치복(朴致馥) : 1824~1894. 본관은 밀양(密陽), 자는 훈경(薰卿), 호는 만성(晩醒)이다. 유치명(柳致明)과 허전(許傳)의 문인으로 합천군 삼가면 황매산(黃梅山) 기슭에 백련재(百鍊齋)를 짓고 학문에 정진하며 제자 양성에 힘썼다. 저서로는 《만성집》이 있다.

53 원결(元結) : 당나라의 문장가이다.

54 계방(季方) : 난형난제의 고사에 나오는 형제 진기(陳紀)와 진심(陳諶) 중, 진심의 자(字)이다.

55 담소하며 군사 지휘하듯 : 송나라의 시인인 한표(韓淲)가 지은 〈합비의 수령 문숙에게 주다(寄文叔合肥令)〉에 "담소하며 진나라 병사를 지휘하여 가는 곳마다 모두 쓰러뜨렸네[談笑麾秦兵所向皆披靡]"라고 한 말을 인용하였다.

아름다운 문장은 정승에 합당했지 藻華合袞章
한번 자급을 받아 성균관에 들어갔고 一資添魯泮
삼달덕을 갖추고 추향에서 늙었네[56] 三達老鄒鄕
발걸음 옮기니 산에는 광채가 더하고 擧趾山增彩
보배를 품고 있어 자리가 곱절로 빛났네 懷珍席倍光
어울림에는 봉황이 많았고 追隨多鸑鷟
성취한 제자들은 모두 구슬이네 成就揔琳琅
옛 약조 뇌룡사와 같았고[57] 舊約同雷舍
새 시를 이택당에 부쳤네[58] 新編付澤堂
기쁜 사귐은 항상 부족했는데 結驩常恨淺
저세상 가는 길은 어찌 바쁜가 乘化復何忙
노란 국화 가을 이슬에 마르고 金菊晞秋露
옥 같은 지초 한밤 서리에 시드네 玉芝凋夜霜
큰 멧돼지를 서로 맞으니 封豨此彼徼
위엄 있는 봉황은 높이 날았네 威鳳高其翔

56 삼달덕(三達德)을……늙었네 : 공맹의 가르침을 존중하여 예절과 학문이 높은 고을에서 세 가지 덕을 지키며 살았다는 말이다. 삼달덕은 세 가지 높은 덕으로, 《중용》에 "지, 인, 용, 이 세 가지는 천하의 달덕이다. [智仁勇三者 天下之達德也]"라고 한 것을 가리킨다. 《中庸章句 第20章》 원문의 추향(鄒鄕)은 추로지향(鄒魯之鄕)의 준말로, 공자와 맹자의 고향이란 뜻이다. 일반적으로 유교의 가르침을 숭상하는 곳을 가리킨다.

57 옛……같았고 : 박치복이 남명(南冥) 조식(曺植) 선생을 흠모하여 조식처럼 학문에 정진하고 후학을 양성하였다는 말이다. 조식은 경상도 삼가현에서 태어나 한양과 경남 김해에 거주하다가 합천 고향으로 돌아와 뇌룡사(雷龍舍)를 짓고 후학을 양성하였고, 박치복은 37세에 삼가현에 백련재(百鍊齋)를 세우고 학문에 정진하며 제자들을 길렀다.

58 새……부쳤네 : 박치복이 성재(成齋) 허전(許傳) 선생의 공덕을 칭송하며 벌인 사업을 예찬한 말이다. 이택당(麗澤堂)은 허전의 영정을 모신 곳이다. 박치복은 40세 때(1863년) 김해 부사로 내려온 허전 선생을 찾아가 사제의 연을 맺었는데, 후에 허전의 문집을 간행하였고, 이택당 건립을 주도하였다.

| | |
|---|---|
| 훌륭한 자손[59]이 능히 집안을 다스리고 | 杜驥能家事 |
| 뛰어난 아들[60]은 길몽의 조짐이 늦었네 | 徐麟遲夢祥 |
| 시부는 손작[61]의 책상에 남아 있고 | 賦留孫綽案 |
| 거문고는 자유의 침상에서 끊어졌네[62] | 琴斷子猷床 |
| 병이 깊었을 때 진맥도 못해보고 | 未診沉綿候 |
| 부질없이 상엿줄만 잡았네 | 空參執紼行 |
| 철인은 비록 영원히 숨었지만 | 哲人雖永秘 |
| 많은 선비들이 잊을 수 있겠는가 | 多士可能忘 |
| 분발하여 공부하고자 하나 누가 열어주리오 | 憤悱從誰啓 |
| 쓸쓸히 헤매며 홀로 마음 상하네 | 踽凉獨自傷 |
| 가을 산에 사람 그림자 흩어지니 | 秋山人影散 |
| 눈물이 옷에 가득 하구나 | 涕淚滿衣裳 |

**59** 훌륭한 자손 : 원문은 두기(杜驥)인데, 두기는 서진(西晉)의 장군으로, 《춘추좌씨전(春秋左氏傳)》을 주해한 두예(杜預)의 현손(玄孫)이다. 여기서는 박치복의 자손을 비유한다.

**60** 뛰어난 아들 : 원문은 서린(徐麟)인데, 서린은 진(晉)나라의 문인 서릉(徐陵)으로, 어릴 때 '천상의 석기린[天上石麒麟]'이라는 칭송을 받을 정도로 재주가 출중했다고 한다.

**61** 손작(孫綽) : 동진(東晉)의 문인으로 박학다식하였고 시문에 뛰어났다. 〈유천태산부(遊天台山賦)〉와 산림에 은거할 뜻을 읊은 〈수초부(遂初賦)〉가 특히 유명하다. 《晉書 卷56 孫綽傳》

**62** 거문고는……끊어졌네 : 원문의 자유(子猷)는 진(晉)나라 왕휘지(王徽之)의 자이다. 그의 형 왕헌지(王獻之)가 죽었을 때 빈소로 달려가 곡(哭)도 하지 않은 채 곧장 영상(靈牀) 앞으로 가서 왕헌지의 거문고를 끌어당겨 연주하였는데, 아무리 애를 써도 조화로운 소리가 나지 않자, "아, 자경(子敬)이여, 사람과 거문고가 모두 사라졌구나."라고 탄식하였다고 한다. 이로부터 먼저 죽은 사람에 대한 애도의 심정을 나타내는 고사로 쓰였다. 《晉書 卷80 王徽之傳》

## 추파 정응규를 곡하다[哭鄭秋坡 應圭]

| | |
|---|---|
| 천고의 마음 상하는 일 | 千古傷心事 |
| 고달픈 인생 몇 번이나 함께 했나 | 勞生共幾時 |
| 퍼지는 구름 정처 없고 | 洩雲無定所 |
| 흘러간 물 돌아올 기약 없네 | 逝水絶回期 |
| 내 친구 추파는 | 吾友秋坡子 |
| 지금 예순 다섯 | 六十五年斯 |
| 서정의 옛 종가집 | 西亭舊宗舍 |
| 홀로 지탱하지 않았던가 | 獨不能撑持 |
| 성근 솔에 마른 학이 춤추는 듯 | 疎松瘦鶴舞 |
| 훌쩍 세상 밖으로 벗어나는 의표였네 | 翩然塵表儀 |
| 내가 늘그막 친구 의탁하고부터는 | 自余托晩契 |
| 갈대가 옥 가지에 의지한 듯했네 | 蒹葭倚玉枝 |
| 관포지교를 말해 뭐하며 | 筦鮑何足說 |
| 상장과 금경[63]을 따를 만하네 | 尙禽庶可追 |
| 내가 가을을 슬퍼하는 부를 지으니 | 我有悲秋賦 |
| 그대는 봄을 안타까워하는 시를 읊었지 | 君能惜春詩 |
| 만남은 괴롭게도 오래 가지 못했고 | 會合苦不久 |
| 사귐은 어찌 그렇게 늦었는지 | 結交尙何遲 |

**63** 상장(尙長)과 금경(禽慶) : 상장은 후한(後漢)의 고사(高士)로서 친구들과 명산을 유람하며 속세를 떠났다는 인물이고, 금경은 그 친구 중의 하나이다.

어언간 육십년 동안　　于焉六十載

그리워하지 않은 날이 없었네　　無日不想思

눈 내린 골목길엔 달빛 비추고　　雪月黃壚巷

묵계의 물가엔 꽃비가 내리네　　花雨墨溪湄

토란국과 볶은 순나물　　岷芋與涎蓴

세상이 어지러우니 토산물도 가볍구나　　世亂輕土宜

초봄 눈보라 속에서　　初春風雪裏

부추[64]로 어찌 굶주림을 면하리오　　鮭菜詎免飢

나를 위해 술동이가 빌까 두려워했고　　爲我畏罇空

세상을 위해 갈림길에서 울었네　　爲世泣路岐

끝까지 어울리자는 약속　　永日相尋約

나는 저버리고 그대 또한 속였네　　我負君亦欺

나를 풍진세상에 버리고　　捨我煙塵界

훨훨 흰구름 따라갔나　　飄飆白雲隨

스스로 헤아려 봐도 나를 좋아했던 자　　自料好我者

이 세상에 또 누가 있으리오　　斯世更有誰

사람 마음 서글프게 하니　　令人懷抱惡

외로이 헤매어 갈 곳이 없네　　踽涼無所之

하물며 산공도 없으니　　況乏山公望

혜강의 외로운 아들은 또 어찌할까[65]　　嵇孤亦何其

**64** 부추 : 원문 규채(鮭菜)는 반찬으로 만든 물고기와 채소를 말하는데 특히 부추를 가리킨다.

**65** 하물며……어찌할까 : 정응규가 죽었으므로 자신의 아들을 맡길 사람이 없다는 말이다. 산공(山公)은 진(晉)나라의 산도(山濤)를 가리키고 혜고(嵇孤)는 죽은 혜강(嵇康)의 아들 혜소(嵇紹)를 말한다. 산도와 혜강은 이른바 죽림칠현(竹林七賢)의 일원으로 매우 친하였다. 뒤에 혜강이 처형을 당할 때 아들 혜소에게 "거원이 있으니, 너는 외롭지 않을 것이다. [巨源在 汝不孤矣]"라고 하

| | |
|---|---|
| 상여 깃발 선영으로 향하니 | 丹旐向先壟 |
| 이승과 저승 여기서 갈라지네 | 幽明從此辭 |
| 병든 침상의 글도 매끄럽지 못해 | 病枕詞正澁 |
| 다만 눈물만 줄줄 흐르네 | 哀淚但漣洏 |
| 나도 이미 너무 쇠약하니 | 吾衰殆已甚 |
| 이를 슬퍼함도 얼마나 하겠는가 | 悲此不幾悲 |

였다. 《晉書 卷43 山濤列傳》 거원은 산도의 자(字)이다.

## 매성 극원 송치홍 만시 절구 5수[挽宋梅省克元 致弘 五絶]

| | |
|---|---|
| 우리 조상 남쪽으로 내려온 지 구대 째 | 吾祖南來九世餘 |
| 지금까지 한 마을에 자손들 살고 있네 | 至今同閈子孫居 |
| 버들 계곡에 밝은 달 뜰 때 그대 집을 찾았고 | 柳溪明月尋公宅 |
| 매화 골목에 찬 꽃잎 피면 내 집을 찾았지 | 梅巷寒花點我廬 |

| | |
|---|---|
| 그대는 우리 종중에 가장 좋은 사람 | 公是吾宗最好人 |
| 만년엔 정의가 곱절로 친했지 | 晩來情誼倍相親 |
| 꽃 핀 동산과 이슬 서리 내린 언덕에 | 花樹芳園霜露壟 |
| 함께 기뻐하고 느끼던 일 몇 년이었던가 | 同歡同感幾秋春 |

| | |
|---|---|
| 문병하고 돌아와 이 몸도 병이 들어 | 診病歸來病此軀 |
| 다시 들으니 같은 병이라 더욱 근심스웠지 | 更聞同病轉相憂 |
| 지난 해 섣달에 다시 만나자는 약속 | 去年臘月重逢約 |
| 한바탕 꿈이런가 어찌 조금도 머물지 않는가 | 一夢如何不少留 |

| | |
|---|---|
| 기러기 남쪽으로 가고 달그림자 서쪽으로 기우는데 | 鴈度南天月影西 |
| 늙어 이별하는 한스러움 정말 슬프구나 | 衰年別恨正悽悽 |
| 훌륭한 아들 집안을 잇고 손자도 늦게 보았지만 | 鳳子承家麟抱晩 |
| 인간 세상 보답은 어진 처에게 맡겼네 | 人間食報付賢妻 |

| | |
|---|---|
| 궂은 비 부슬부슬 내리는 사월 | 霖雨霏霏四月天 |

나부끼는 붉은 명정 어디로 가는가　僊僊丹旐向那邊

풍진세상 돌아보면 마음 둘 곳 없으니　回顧塵寰無適意

그대 차라리 흰 구름 머무는 산이 좋았겠구나　知公寧作白雲山

## 극회 송승명 씨 만시 절구 5수[挽宋克晦 升明 氏五絶]

| | |
|---|---|
| 사오당[66]의 아름다운 덕 어진 자손 있어 | 四吾令德有賢仍 |
| 진실로 집안의 명성 일찍부터 이어 왔네 | 允矣家聲宜構曾 |
| 평소 하신 일 모두 천부적으로 얻었으니 | 素蹈皆由天賦得 |
| 후생들은 과연 배운 들 할 수 있겠는가 | 後生其果學而能 |

| | |
|---|---|
| 우리 문중 원로이시니 공을 의지하였고 | 耆德吾宗賴有公 |
| 우뚝한 궁궐이 창공에 솟은 듯하셨네 | 巋然魯殿立蒼空 |
| 젊은이들이 오래 우러러 의지한다면 | 能令少輩長依仰 |
| 매번 강릉[67]처럼 축원했지만 운명을 어찌하랴 | 每祝岡陵奈命宮 |

| | |
|---|---|
| 당시 형제들 무척 우애 있었는데 | 兄弟當年甚友于 |
| 어찌 끝내 형제도 없는 모양인가 | 如何終鮮又終無 |
| 젖먹이도 길러 성장하게 하여 | 養得乳孩能成就 |
| 고독한 홀아비 면하게 하였지 | 免他孤獨更鰥夫 |

**66** 사오당(四吾堂) : 송승명(宋升明) 조상의 당호로 추정된다. 사오(四吾)라는 말은 나의 네 가지란 의미인데, 석주(石洲) 권필(權韠)의 〈사오당명(四吾堂銘)〉에 "내 밭을 갈아서 먹고, 내 샘물 길어서 마시며, 내 천분을 지키며 살다, 내 천수를 마치리라. [食吾田 飮吾泉 守吾天 終吾年]"라고 하였다.

**67** 강릉(岡陵) : 만수무강을 축원하며 하는 말이다. 《시경(詩經)》 〈소아(小雅) 천보(天保)〉에 아홉 가지의 예를 들어 만수무강을 기원하는 말 중에 "산마루와 같고 구릉과 같으리[如岡如陵]"라는 구절에서 온 말이다.

병든 침상에 의관은 어찌 차렸나　　病枕何故倩衣冠
며느리 처음 맞으며 얼굴 보았지　　始迎子婦對顔看
이 눈 감으며 지하에 가서 보고 하리니　　此目可瞑旋下報
집안 법도와 종사 둘 다 맡기기 어렵네　　家模宗祀託兩難

이월 숲 속 정자에 비 처음 개는데　　林亭二月雨初晴
붉은 명정 하늘하늘 새벽길 떠나네　　丹旐僊僊曉發程
한스럽도다 우리 공께서 손님 맞던 곳에서　　却恨我公迎客處
의관 갖춘 이 길에 가득 공을 보내네　　衣冠滿路送公行

# 국현 송시락 씨 만시[挽宋國賢 著洛 氏]

| | |
|---|---|
| 우리 조상 남쪽으로 내려오신 뒤 | 吾祖南來後 |
| 지금까지 십대가 되었네 | 于玆十世强 |
| 뽕과 삼은 옛집에 의지하고 | 桑麻依舊宅 |
| 일가들은 선대의 향기를 전하네 | 花樹襲遺芳 |
| 삼백여 명 문중 사람들 | 三百諸宗黨 |
| 평소 거의 다 선량하지만 | 尋常幾善良 |
| 공 같은 분 보기 드물었네 | 如公宜罕見 |
| 나와는 같은 항렬이었으니 | 於我卽同行 |
| 복은 다했으나 슬픔은 그지없네 | 服盡情何極 |
| 파는 나뉘었어도 은택은 그치지 않네 | 派分澤未央 |
| 아우 집 매화 핀 골목엔 비 내리고 | 弟家梅巷雨 |
| 형 집 버들 있는 시냇가엔 햇빛 비치네 | 兄舍柳溪陽 |
| 내가 가난해도 즐거워함을 인정하였고 | 許我窮而樂 |
| 나는 공에게 오래 살고 건강하라 말했지 | 謂公壽且康 |
| 쓸데없는 화려함 기뻐하지 않았고 | 浮華非所喜 |
| 약속 저버렸다고 해도 어찌 마음 상하랴 | 沒約亦何傷 |
| 오솔길 걸을 때 옷소매 나란히 하였고 | 移逕時聯袂 |
| 숲속 정자에서 몇 번이나 함께 마셨나 | 林亭幾共觴 |
| 동쪽 산비탈에 사람이 집을 지키고[68] | 東岡人守屋 |

68 동쪽……지키네 : 송희일이 평생 벼슬하지 않았다는 말이다. 후한(後漢)의 주섭(周燮)이 벼슬

| | |
|---|---|
| 북해의 집엔 손님이 가득하네[69] | 北海客盈堂 |
| 풍족하고 검소함은 분수에 따랐고 | 豊儉能隨分 |
| 베푸는 일은 기꺼이 보통을 지나쳤네 | 施爲肯過常 |
| 옛사람들은 차와 밥의 맛을 알았으나 | 古人茶飯味 |
| 지금 세상은 서로 겉치레만 따르네 | 今世桃杏腸 |
| 조심하는 건 몸가짐의 법도요 | 謹勅持身法 |
| 조용함은 처세의 방편이었지 | 從容處事方 |
| 비록 여러 친척의 도움 없었어도 | 雖無諸族助 |
| 문중을 빛냈네 | 而有一門光 |
| 늙어서도 제사에 정성을 드렸고 | 衰境誠乎祭 |
| 젊을 때는 상례를 예에 맞게 치렀네 | 堂年禮以喪 |
| 언행은 더욱 긴밀하였고 | 樞機矧密勿 |
| 생각은 거듭 자상하였지 | 思慮因慈詳 |
| 자식을 가르쳐 선조의 사업을 닦았고 | 敎子修先業 |
| 다리에서 보내며 가까운 고을을 택했네 | 送橋擇近鄉 |
| 거문고 놓인 침상에 백발이 함께하고 | 琴床俱白髮 |
| 신선 베개엔 홀로 일장춘몽이라 | 仙枕獨黃粱 |
| 인간 세상의 빚 다 갚지 못했으니 | 未了人間債 |
| 어찌 지하에서도 잊을 수 있을까 | 那能地下忘 |
| 귀한 손자 방금 안으려하고 | 孫麟方欲抱 |

길에 나아가지 않자 그의 종족이 "선세(先世)로부터 훈총(勳寵)이 줄을 이었는데 그대만 어찌 유독 동쪽 산비탈[東岡]을 지키는가?" 하였다는 데에서 유래한다. 《後漢書 卷53 周燮列傳》

**69** 북해……가득하네 : 북해(北海)는 후한의 공융(孔融)을 가리킨다. 공융이 "자리 위에 손님이 항상 가득하고, 술동이 속에 술이 늘 비지만 않는다면, 내가 걱정할 것이 하나도 없다."면서 술과 빈객을 무척이나 사랑했다는 고사가 있다. 《後漢書 卷70 孔融列傳》

| | |
|---|---|
| 뛰어난 자손 또 곁에서 따르네 | 鄒鳳又從傍 |
| 멀리 가까이서 모두 탄식하는데 | 遠邇咸嗟咄 |
| 죽고 사는 일 아득히 멀어졌네 | 幽明隔渺茫 |
| 육십 년을 채우지도 못했는데 | 順年猶未滿 |
| 조화를 따르는 일 어찌 그리 급했는가 | 乘化太何忙 |
| 세상사 놀라기만 하는 곳에 | 時事驚駭處 |
| 문중 맹세마저 폐기된 마당이라 | 宗盟廢弛場 |
| 쓸쓸히 나 홀로 남았으니 | 환환吾獨在 |
| 우울해라 뉘와 함께 자세히 말할까 | 悒悒誰與詳 |
| 들보 비추는 달은 예전처럼 밝고 | 樑月依舊白 |
| 기장밭 산비탈은 적막하고 푸르네 | 黍山寂寞蒼 |
| 말도 못하고 먼저 눈물만 흘러 | 無言先下淚 |
| 슬픔을 표현조차 못 하겠네 | 哀些不成章 |

# 사락당 송동일 씨 만시[挽宋四樂堂 東一 氏]

| | |
|---|---|
| 우리 조상 남쪽으로 온 지 구대가 되어 | 吾祖南來九世餘 |
| 같은 이웃이라 함께 사는 걸 부러워할 필요 없었지 | 同隣不必羡同居 |
| 친척간 정의 강구하는 마음 얼마나 컸으며 | 講求族誼情何遠 |
| 자손에게 주신 가르침은 밭 가는 일이었네 | 貽得孫謨訓是畬 |
| 만년의 네 가지 즐거움은 군실[70]을 따른 것이고 | 晚年四樂追君實 |
| 어지러운 세상 천 가지 근심은 자허[71]에 부치었네 | 缺界千愁付子虛 |
| 문중 원로들 다 돌아가시니 | 一門耆舊皆零落 |
| 매화 시냇가에 봄소식 드물까 두렵도다 | 却怕梅溪春信疎 |

**70** 군실(君實) : 북송(北宋)의 사마광(司馬光 : 1019~1086)의 자(字)이다. 사마광의 호는 우부(迂夫) 또는 우수(迂叟), 시호는 문정(文正)이다. 속수 선생(涑水先生)이라고도 하며, 죽은 뒤 온국공(溫國公)에 봉해졌다. 저서에 《자치통감(資治通鑑)》, 《속수기문(涑水紀聞)》 등이 있다. 사마광은 신종(神宗) 때의 명신(名臣)이었으나, 신종이 왕안석(王安石)을 등용하여 신법(新法)을 추진하자, 이에 반대하여 관직에서 물러나 독락원(獨樂園)을 짓고 한가로이 지냈다. 이때 지은 〈독락원기(獨樂園記)〉에 "밝은 달이 때맞춰 떠오르고 맑은 바람이 절로 불어온다. 이끄는 것 없는데 가보고, 붙잡는 것 없어도 멈춘다. [明月時至 淸風自來 行無所牽 止無所抳]"라고 하며 유유자적하는 즐거움을 묘사하였다.

**71** 자허(子虛) : 고려말 조선초의 문신(文臣) 박의중(朴宜中, 1337~1403)을 가리키는 것으로 보인다. 박의중의 본관은 밀양. 초명은 박실(朴實). 자는 자허, 호는 정재(貞齋)로, 시호는 문경(文敬)이다. 목은(牧隱) 이색(李穡)의 문인으로, 성리학에 밝았으며 문장이 우아하기로 유명하였다. 저서로는 《정재일고(貞齋逸稿)》 3권이 있다. 고려가 망하고 조선이 건국되자 김제(金堤)로 낙향하여 은거한 채, 세속을 멀리하고 한가로운 삶을 추구하였다. 그의 시 〈약재 김구용의 시에 차운하다[次金若齋九容韻]〉에 "두문불출 끝내 용렬한 무리들과 접하지 않고, 오로지 청산만이 내 누대에 들어오게 하노라. 즐거우면 시 읊고 싫증나면 조나니, 다시 한가로움조차 마음에 두지 않네. [杜門終不接庸流 只許靑山入我樓 樂便吟哦慵便睡 更無閑事到心頭]"라고 하며 한가로운 즐거움을 묘사하였다.

## 삼가 행원 박효영의 〈계구〉시에 차운하다 소서를 함께 쓰다 [敬次朴行源 孝英 戒懼韻 幷小序]

내가 세상에서 호를 쓰는 자들을 보니 더러는 이름난 물건에 의탁하기도 하고 더러는 거처하는 곳의 산수로 인하여 드날려 빛나게 하거나, 또한 더러는 과장하고 부질없이 아름답게만 하여 은밀하고 괴이한 것을 숭상하여 자취를 드러내는 경우가 있으며, 또는 지나치게 스스로 겸손하여 은연중에 도가 있는 것처럼 하는 경우도 있다. 그러나 위로 고관대작에서부터 아래로 어리숙한 초야의 선비까지 호가 없는 자가 없으므로 호로써 사람을 살펴보는데 사람은 사람이고 호는 호라면 어찌 호를 짓겠는가. 이런 것들은 모두 내가 취하지 않는다.

부암에 사는 박형은 진실로 나의 외우(畏友)이다. 젊어서부터 선친의 옛터에 집을 짓고, 그 당의 편액에 〈계구당(戒懼堂)〉이라 하고 스스로 읊고 스스로 경계하였으니, 대개 《중용(中庸)》 첫 장의 "보이지 않는 곳에서도 경계하고 삼가며, 들리지 않는 곳에서도 경계하고 두려워하라[戒愼不睹 戒懼不聞]"라는 뜻을 취한 것이다. 그리고 아침저녁으로 이를 보았으니 이는 바로 군자가 '신독(愼獨)'을 공부하면서 가장 처음 하는 것인데, 우리 박형이 이를 취했으니 본성을 간직하고 지키는 조심스러움과 취하고 버리는 명철함을 이를 보면 알 수 있다. 나이가 장차 70이 되어서도 경계하고 두려워함을 더하되 줄어들지 않았으니 아마도 위(衛)나라 거원(蘧瑗)[72]의 행실과 같을

72 거원(蘧瑗) : 춘추시대 위(衛)나라의 어진 대부로 공자가 그의 행실을 칭찬하였다. 그는 '나이 50에 49세의 잘못을 알았다.'라고 할 정도로 스스로의 허물을 고치는데 망설이지 않았다고 한다.

것이니 진실로 '죽을 때까지 실행하여도 남음이 있는 자'라고 말할 만하다. 이 두 글자를 장차 전하고자 하여 아들은 손자에게 전하고 영원히 대대로 전하는 귀한 가르침을 만들었으니 어찌 우리 박형이 근심 없고 두려움 없음이 경계하고 두려워함에서 나온 것이 아님을 알겠는가. 세상 사람들이 망령되이 서로 호를 일컫는 것과는 같은 차원에서 말할 수 없다.

주변의 큰선비들이 수창(酬唱)한 자가 많다. 내가 매번 이 계구당에 오를 때마다 그 시를 어질게 여기고 함양하고 성찰함을 가상하게 여겨 오히려 감히 그 사이를 이을 수 없는 것은 다만 삼베로 만든 북이 소리가 나지 않는 것 같을 뿐만이 아니라[73] 스스로 생각해 보아도 거친 말씨가 아마도 계구옹의 마음에 맞지 않을 것이 두려워 늦장을 부린 지가 오래되었다. 그런데 생각해보니 늙음이 장차 이를 때까지 끝내 묵묵히 있으며 한 마디도 지어주지 않는다면 죄를 짓게 될 것이다. 평소 서로 아끼는 정이 있으므로 졸렬함을 잊고 지어 드려 계구옹이 한번 웃음거리로 삼고자 한다.

余觀夫世俗之有稱號者 或托於名物 或因其所居山水 以輝其扁扁 亦或有夸張虛美 崇尙隱怪 以著其形迹者 又有過自謙卑 晻然若有道者 然上自軒冕下至韋布褦襶 無一人無號者 以號觀人 人自人 號自號 則焉用號爲 皆吾所不取也 傅巖居朴兄 眞吾之畏友也 自其少肯堂於其先君子古址 而扁其堂曰戒懼 因以自咏 而自警焉 蓋取諸中庸首章 戒愼不睹 恐懼不聞之義 而寓目於朝夕也 此乃愼獨 君子最初下工夫處 而吾兄取焉 則其操守之謹 取舍之

73 삼베……아니라 : 송희일이 자신의 시를 겸손하게 표현한 말이다. 한(漢)나라 왕존(王尊)이 누가 시를 강론하는 것을 보고는, "소리도 안 나는 삼베 북을 가지고, 천지를 진동시키는 큰 북이 걸려 있는 뇌문 앞을 지나가지 말라. [毋持布鼓過雷門]"고 힐난했던 고사를 인용한 것이다. 《漢書 卷76 王尊傳》

明 觀於是而可想也 年將七十 戒懼之有加無減 殆若衛幾遽瑗之爲也 眞所謂終身行之 而有餘者也 以此二字 將欲傳之 子傳之孫 永作傳世之長物 安知吾兄之無憂無懼 不自戒懼中做將出來也 其與世俗之妄相稱號者 不可同日而語也 旁近鴻碩 多唱酬者 余每登斯堂 賢其詩 嘉尙其涵養省察之者 而猶不敢屬貂於其間者 非但嫌布鼓之無聲  自料疎在□氣 恐不合於戒懼翁之脾肺 故遲回者久之 近念老將至矣 終始含默了 無一語以相贈 則辜負乎 平日相愛之情 故忘拙搆呈 以資戒懼翁一笑耳

두려움이 없는 건 항상 경계하고 두려워하기 때문이지 無懼元從戒懼常
계구당 주인의 명성을 돌아보고 의리를 생각하네 顧名思義主翁堂
하늘의 총명함 나에게 위에서 밝게 임하고 天聽自我昭臨上
귀신의 안목 삶 따라 곁에서 질정해 주네 鬼眼隨人質在傍
세속에서 화려함 숭상해도 무시할 수 있었고 俗尙浮華能越視
함양하는 진정한 공부 헤아리기를 좋아했네 眞工涵養好商量
애오라지 알겠노라 후일 자손에게 남긴 뜻 聊知後日貽孫意
중용 제1장을 읽으라고 명하신 것임을 命讀中庸第一章

## 친척에게 뒤늦게 만시를 지어주다[追挽族人]

| | |
|---|---|
| 그대 집안 우리 고을에서 가장 청렴하고 의리 있지 | 公家淸義最吾鄕 |
| 효성과 우애 서로 전하여 오래 살고 강녕했네 | 孝友相傳壽且康 |
| 진준의 빗장[74]처럼 여러 해 진실로 감동했고 | 陳轄多年誠有感 |
| 육가의 거문고[75] 늙어서도 즐거움이 끝이 없었네 | 陸琴衰境樂無央 |
| 삼신산의 옛 바위엔 신선이 남긴 자취 있고 | 三山老石仙留迹 |
| 이월의 새 무덤엔 옥구슬이 빛을 감추네 | 二月新阡玉晦光 |
| 지하엔 응당 슬프고 어려운 일 없으리니 | 地下應無悲難事 |
| 뜨락의 나무 피고 진들 어찌 다시 마음 상하리 | 庭柯榮瘁更何傷 |

74 진준(陳遵)의 빗장 : 지인이나 손님과의 교류를 매우 좋아하는 모습을 비유하는 말이다. 한(漢)나라의 진준(陳遵)이 사람들과의 교류를 매우 좋아하여, 연회를 열면 손님 수레의 굴대 빗장을 빼서 우물에 던져버려, 돌아가지 못하게 했던 고사에서 유래하였다. 《漢書 卷93 陳遵傳》

75 육가의 거문고 : 육씨 성을 가진 사람과의 즐거운 교류를 의미하는 말로 보이는데 확실하지는 않다.

## 개를 읊다[詠狗]

| | |
|---|---|
| 만물이 형성되는 초기 간체가 이룬 형체[76] | 艮體成形品物初 |
| 가련토다 네가 주인집에만 머물 줄 아는 것이 | 憐渠知止主人廬 |
| 꼬리는 길어 자리에 가득한 훌륭한 자들을 잇고[77] | 尾長庶續盈貂座 |
| 뜻은 용맹하여 마땅히 사냥 수레에 올라타네 | 志勇宜乘載獫車 |
| 초나라 계단에서 밥상 따르다 말과 함께 이름나고 | 從盤楚陛名參馬 |
| 제나라 문에선 힘을 보여 물고기를 얻어먹었네 | 旋力齊門食有魚 |
| 산골 사립문에 해 저물어 별 일 없는데 | 山扉日暮都無事 |
| 달 아래 한가한 뜨락에서 자다 깨어 일어나네 | 月下閒庭睡起高 |

76 만물이……형체 : 《주역》의 세계관을 취하여 개에 대해 읊은 말이다. 《주역》 〈설괘전(說卦傳)〉에 동물에서 팔괘의 상(象)을 취하면서 "건은 말이 되고, 곤은 소가 되고, 진은 용이 되고, 손은 닭이 되고, 감은 돼지가 되고, 이는 꿩이 되고, 간은 개가 되고, 태는 양이 된다. [乾爲馬 坤爲牛 震爲龍 巽爲雞 坎爲豕 離爲雉 艮爲狗 兌爲羊]"라고 하였다.

77 꼬리는……잇고 : 부족한 뒷사람이 앞사람을 이어 일을 맡을 때 '개꼬리가 담비꼬리를 잇는다[狗尾續貂]'는 말을 인용하였다.

# 삼가 훈장이 강회에서 지은 시에 차운하다 2수
## [謹次訓長講會韻 二首]

우리 시골 즐거운 일 어디서 찾을까　樂事吾鄉底處尋
먼지조차 깨끗해져 다시 침범 못하네　浮埃淨盡竟無侵
강론하니 모시고 노는 곳 넉넉하고　講來剩得陪遊地
술자리 끝나도 오히려 권면하신 뜻 남았네　酒罷猶存勸勉心
늙어서 만나니 모두 흰머리요　老長相逢同白髮
함께 만난 생도들은 푸른 저고리　諸生共會各青衿
가르침대로 재능이 이루어지면　若成教訓材成就
가수고을이 어찌 등림[78]에 못하리오　嘉樹何曾讓鄧林

즐거운 강연 자리 무척 좋아하여　講筵樂處好相甚
저잣거리 시끄러운 먼지는 침범 못 했지　倉市囂塵不敢侵
다섯 면이 모두 선비의 일 행하였고　五面咸行儒子事
육경을 더욱 익혀 성인의 마음 얻었네　六經益得聖人心
시문을 또한 드리니 그대의 붓에 돌아가고　詩文且獻歸君筆
술자리에서는 내 가슴 만나는 듯　杯酒如逢被我衿
밤새도록 베개 맞대고 이야기하고 싶은데　欲做通宵聯枕話
석양에 숲에선 새가 지저귀네　夕陽啼鳥各山林

**78** 등림(鄧林) : 옛날 신화 속에 나오는 숲으로 이곳에는 좋은 재목이 아닌 나무가 없다고 한다.

## 만회재 유화식[79] 만시[挽柳晩悔齋華植]

| | |
|---|---|
| 벗님 평생의 일 우러르니 | 仰友平生事 |
| 사람들 하기 어려운 것 행하였네 | 能行人所難 |
| 곤궁해도 사는 곳 깨끗하였고 | 固窮居無累 |
| 순수함 지키니 마음 절로 편안했네 | 守拙心自安 |
| 정한 계획은 돌처럼 굳었고 | 定筭如石畵 |
| 단련된 생각은 금덩어리 같았네 | 鍊慮若金團 |
| 일찍이 풍상의 고초 겪었으나 | 夙閱風霜苦 |
| 만년엔 살림이 넉넉했으니 | 晩來調度寬 |
| 어찌 부귀를 탐했으리오 | 何曾耽富貴 |
| 저절로 기한을 면했도다 | 亦自免飢寒 |
| 어미를 대신해 어린 아들 품었고 | 替母懷孩亂 |
| 아비가 되어서는 철없는 아이를 가르쳤네 | 爲父誨童觀 |
| 저 옛날 댕기머리가 | 伊昔髡髡髮 |
| 오래지 않아 높은 갓 썼구나 | 未幾兀兀冠 |
| 가르침 이어 선비의 일에 돈독하였고 | 承訓敦儒業 |
| 뜻을 길러 어버이 기쁨을 지극히 하였네 | 養志盡親歡 |
| 훌륭한 아내에 아들 잘 두었고 | 佳婦從式穀 |
| 어린 손자는 난초 싹 같도다 | 稚孫似茁蘭 |
| 세상에선 가법을 온전히 했다 칭찬하고 | 世稱全家法 |

**79** 유화식(柳華植) : 1830~1898. 본관은 진주(晉州), 자는 군서(君瑞), 호는 만회재(晩悔齋)이다.

| | |
|---|---|
| 사람들은 단정한 벗을 사귀었다고 말하네 | 人言取友端 |
| 만년에는 매우 좋았으니 | 晩景猶甚好 |
| 일찍이 불쌍했다고 어찌 탄식하랴 | 蚤矜何足嘆 |
| 한탄하노니 아침나절이면 갈 거리에 | 却恨崇朝地 |
| 서로 그리워하며 몇 번이나 보았던가 | 相思幾度看 |
| 늘그막에 얼굴 보기 어려웠어도 | 至老稀顔面 |
| 젊어서부터 속마음을 기울였네 | 自少傾肺肝 |
| 우스워라 사귐은 담담했는데 | 堪笑交情淡 |
| 점점 세상일 어려워졌네 | 漸覺世味酸 |
| 지하에선 무엇을 좋아하시려나 | 地下有何好 |
| 인간 세상에선 많은 것을 버렸지 | 人間棄多般 |
| 병 깊었을 때 문병도 못했고 | 未診沉綿枕 |
| 상엿줄 잡는다는 약속도 저버렸네 | 又違執紼縵 |
| 새벽별 어찌 그리 쓸쓸한가 | 晨星何落落 |
| 저 세상은 진정 막막하도다 | 夜臺正漫漫 |
| 나 또한 너무 노쇠하여 | 吾衰亦已甚 |
| 만시 짓노라니 눈물만 줄줄 흐르네 | 題些涕汍瀾 |

## 김 아무개 만시[挽金某]

세상에 금칼[80]이 부족해 흙덩이처럼 앉았다가 世乏金鎞塑坐深
매번 다정한 이야기로 진심을 시험했지 每因情話試眞心
병풍 사이에 공작 그렸으니 장인에게 무척 사랑받았고[81] 孔雀畫屛偏鍾愛
맹광은 공손히 밥상 드니 아내 험담할 일 없었네[82] 孟光擧案不瑕音
일찍이 칠수[83]의 물고기처럼 짝지어 놀았다 하더니 曾謂仇魚游漆水
끝내는 슬프게도 선학 되어 저 건너 황매산에 있도다 終悲仙鶴隔梅岑
자상한 가르침 어디서 받을까 慈詳謦誨承何處
뜨락의 나무 그늘 바뀌지 않으리 寶樹庭前不改陰

80 금칼 : 원문의 금비(金鎞)는 불가에서 중생들의 눈을 가리고 있는 무지(無智)의 막(膜)을 제거해 준다는 금칼을 뜻한다. 《열반경(涅槃經)》에 맹인의 뒤덮인 눈꺼풀을 의사가 쇠칼로 떼어 내 벗겨 주자 맹인이 다시 광명을 되찾게 되었다는 금비괄목(金鎞刮目)의 우화가 나온다.

81 병풍……사랑받았고 : 원문은 공작을 그린 병풍[孔雀畫屛]인다. 당(唐) 나라 두 황후(竇皇后)의 아버지 의(毅)가 병풍 사이에 공작(孔雀) 두 마리를 그려놓고 눈을 맞힌 사람에게 딸을 주겠다고 약속하였는데, 당 고조(唐高祖)가 활을 쏘아 각각 눈 하나씩을 맞혀 마침내 두 황후가 고조와 결혼하게 되었다는 고사가 있다. 《唐書 竇皇后傳》

82 맹광(孟光)……없었네 : 후한(後漢) 양홍(梁鴻)의 양처 맹광(孟光)의 고사를 들어 김씨 부인의 덕행을 칭송한 말이다. 맹광은 남편을 공경하여 밥상을 얼굴까지 들어 올렸다는 맹강거안(孟光擧案)의 고사가 전한다. 《後漢書 卷83 逸民列傳 梁鴻》

83 칠수(漆水) : 주나라의 본거지였던 빈곡(豳谷)에 있는 강 이름이다.

## 또 계구당의 시에 차운하다 소서를 함께 쓰다
## [又次戒懼堂韻 幷小序]

내가 계구옹을 사랑하여 이미 계구옹의 시에 화운하였고, 그리고 계구당을 사랑하여 또 계구옹의 시를 이어 지었다. 옛사람이 그 사람을 사랑하면 그 집 지붕의 까마귀도 사랑한다[84] 했는데, 하물며 이 계구당은 이 어른이 만년에 거처하던 곳임에랴! 이 계구당에 오르면 산수의 고요하고 그윽함과 연기와 노을의 맑은 경치가 장차 사람들의 눈에 익숙하고 입에 오르내릴 것이니 진실로 덧붙이는 말을 하지 않으려 한다. 이 어른은 평생 경계하고 두려워하는 마음이 눈에 보이지 않고 귀에 들리지 않는 곳에 항상 있어 만년에 편안하고 즐거운 터전으로 삼았으니 이것은 '마음속으로 사랑하니 언제 잊으리오.[85]'라는 것이다. 계구당이 아직 완성되기 전에 먼저 좋은 글을 지어 나에게 보이므로 내가 여러 번 읊어보니 이것은 무이산(武夷山)에서 주자가 "시는 이루어졌으나 집은 다 짓지 못했네"[86]라고 한 것과 비슷하다. 그러나 뜻이 있는 자는 끝내 일을 완성하는 것이니 어찌 완성하지 못함을 걱정하리요. 나같이 평생 뜻한 일을 하나도 이루지 못한 자는 어찌 뜻을

84 옛사람이……사랑한다 : 강태공(姜太公)이 강태공(姜太公)이 무왕(武王)에게 아뢴 "사람을 사랑하는 자는 그 사랑이 그의 지붕 까마귀에까지 미치고, 사람을 미워하는 자는 그 미움이 그의 마을 모퉁이의 벽에까지 미칩니다. [愛其人及屋上烏, 惡其人者憎其胥餘.]"라는 말을 인용한 것이다. 《尙書大傳》

85 마음속으로……잊으리오 : 《시경》 〈소아(小雅) 습상(隰桑)〉에 군자를 만난 즐거움을 노래하면서 "마음으로 사랑하니 어찌 말하지 않으랴. 마음속에 담고 있으니 어느 날인들 잊으리오. [心乎愛矣 遐不謂矣 中心藏之 何日忘之]"라고 하였다.

86 시는……못했네 : 주희(朱熹)가 지은 〈진동보에게 답장하다[答陳同甫]〉에 "요즈음 살림살이가 너무 어려워 시는 지었으나 집은 다 짓지 못했네. [年來窘束殊甚, 詩成屋未就.]"라고 한 말을 인용하였다.

세움이 단단하지 못한 탓이 아니겠는가. 이 또한 부끄럽도다. 이런 까닭에 졸렬함을 잊고 시에 화운하여 한번 웃음거리로 삼을 따름이다.

予愛戒懼翁 旣和戒懼吟 仍愛戒懼堂 又賡戒懼韻 古人有愛其人 而愛其屋上烏者 況斯堂者 乃斯翁之晩年攸芋乎 登斯堂也 其山水之窈敻 烟霞之淸勝 其將穏人目而膾人脣矣 固不欲雷說 而斯翁也 以一生戒懼之心 常存乎所不睹不聞之地以基晩年安樂者 則斯可謂心乎愛矣 何日忘之者也 堂未告訖 先修瓊韻以示予 予諷詠屢回 而曰 此殆近於武夷 夫子詩成屋未就之意也 然而有志者事竟成 何患乎無成也 如予生平志事 一無所成者 豈非立志不固之致歟 其亦可愧也已 因忘拙步韻 以資一笑耳

| | |
|---|---|
| 가파른 절벽 구름 깍이는 곳에 몇 칸 서까래 얽어놓고 | 巖斸雲剗架數椽 |
| 주인장 마음대로 현판 걸었네 | 主翁心迹揭華偏 |
| 청산에 새 지저귀어 깨어있는 곳 | 青山鳥喚惺惺地 |
| 한 낮에 꽃은 밝고 고요한 하늘 | 白日花明寂寂天 |
| 부지런히 집 뒤까지 벽을 바르고 | 塗墍從勤方屋後 |
| 집짓기 전에 미리 규모를 정했네 | 模楷先定未堂前 |
| 평생 경계하고 두려워함이 안락의 터전 되었으니 | 一生戒懼基安樂 |
| 남은 세월 멋대로 취하고 잔다 한들 어떠하리 | 不妨餘年任醉眠 |

# 남려 허유[87]의 시에 화답하고 겸하여 교우 윤주하[88]에게 주다[奉和許南黎 愈 詩兼呈尹膠宇 冑夏]

| | |
|---|---|
| 산속의 집 한가로워 고요히 앉아 | 山舍人閒靜坐時 |
| 내 행동보다 내 마음을 먼저 정하네 | 我心先定我行爲 |
| 서로 찾고 감동하는 이치 비로소 알겠노라 | 始識相求相感理 |
| 우뚝 머리 들고 진중하게 과연 시를 남겨 놓았네 | 兀頭珍重果留詩 |

| | |
|---|---|
| 새봄에 마침 벗이 왔을 때 | 新春來友適來時 |
| 산속 집에 잠시 있는 것도 오히려 기뻐라 | 猶喜山齋暫住爲 |
| 또한 스승의 명리설[89]을 읽노라니 | 且誦洲門明理說 |
| 맑은 바람 소매 날려 시가 필요 없네 | 淸風拂袂不須詩 |

87 허유(許愈) : 1833~1904. 본관은 김해(金海), 자는 퇴이(退而), 호는 남려(南黎) 또는 후산(后山)이다. 경상남도 합천군 가회(嘉會)에 살았다. 한주(寒洲) 이진상(李震相, 1818~1886)의 문인이다. 평생을 학문 연구에만 전심하였으며, 1903년 덕행(德行)으로 천거 받아 참봉이 되었으나 나아가지 않았다. 저서로는 《후산집(后山集)》, 《성학십도집설(聖學十圖集說)》, 《신명사도명혹문(神明舍圖銘或問)》 등이 있다.

88 윤주하(尹冑夏) : 1846~1906. 조선 말기 유학자로, 본관은 파평(坡平), 호는 교우(膠宇)이며, 자는 충여(忠汝)이다. 합천(陜川) 출신으로, 과거에 뜻을 두지 않고 성현의 학문에 정진하며 평생 벼슬하지 않았다. 곽종석(郭鍾錫)과 교유하였으며, 허유(許愈)와 함께 이진상(李震相)의 저서인 《이학종요(理學綜要)》를 교정하였다. 저서로는 《교우집》이 있다.

89 스승의 명리설(明理說) : 원문 주문(洲門)은 허유와 윤주하의 스승인 한주(寒洲) 이진상(李震相, 1818~1886)을 말한다. 이진상은 퇴계학파의 주리론(主理論)의 대미를 장식한 대학자로 심즉리설(心卽理說)을 주장하였다.

## 흑산도로 가는 정언 권봉환[90]을 송별하며 지은 시
## [送權正言 鳳煥 之黑山島詩]

조양에서 봉황 한번 울자 朝陽鳴一鳳

많은 선비들이 풍모를 생각했네 多士想聞風

산길 검다고 탄식하지 말라 莫嘆山路黑

하늘의 해는 다시 동쪽으로 돌아가리라 天日復回東

90 권봉환(權鳳煥) : 1837~? : 본관은 안동(安東), 1870년 식년시에 급제하였다.

## 〈화오〉시에 차운하여 주인 아무개에게 주다 [次花塢詩寄呈主人某]

〈화오〉시를 갑자기 짓게 되어 정밀하지 못한 것이 한이 되었다. 이번에 안형 편에 보내어 안형이 지은 2수와 함께 화오주인이 들을 수 있기를 바랄 뿐이다.

花塢詩 倉猝構成 恨不得精密 今番安兄便幷安兄所作二首 具爲得聞於花塢主人云耳

| | |
|---|---|
| 홀로 봄날에 세상 싫어 귀 닫고 | 獨抱陽春病世聾 |
| 꽃을 심어 두어 칸 난간을 단장했네 | 裁花粧得數間櫳 |
| 시험 삼아 형체 없는 뿌리를 살피고 | 試看根帶無形外 |
| 잠자코 싹이 아직 나지 않았음을 아네 | 默識萌茅未發中 |
| 비와 된서리 겁먹어 너무 고생한 것 가련해라 | 惕雨肅霜憐太苦 |
| 따뜻한 바람과 햇살 오래가길 바라네 | 和風煖旭願長終 |
| 해마다 작은 언덕에 피고 피는 뜻 | 年年小塢生生意 |
| 응당 저 사람 이를 함께 즐기리라 | 應爲伊人此樂同 |

## 이화국의 수연시에 화운하다[和李華國晬宴詩韻]

| | |
|---|---|
| 그대 회갑이 국화 피는 가을인 게 부러워라 | 羨君晬甲菊花秋 |
| 부자는 아니지만 가난하지도 않으니 살림은 넉넉하네 | 非富非貧計活優 |
| 술잔 드리고 봉황춤 출 제 푸른 깃 아롱지고 | 進觴鳳舞斑青羽 |
| 비파 연주할 때 흰머리가 끄덕이네 | 鼓瑟鯤絃點白頭 |
| 좋은 경사 세상에 바라기 드문데 | 盛事世間稀所望 |
| 미천한 몸 이 밖에 다시 무엇을 구하리 | 微軀此外更何求 |
| 주인은 비록 부모의 그리움 있으나 | 主翁雖有劬勞感 |
| 손님들 즐겁다며 하루 종일 놀아보네 | 賓曰樂哉一日遊 |

# 조 아무개 만시[挽趙某]

| | |
|---|---|
| 우리나라에 신령한 기운 있어 | 左海英霧氣 |
| 그대는 진실하게 살아 | 於公經塞淵 |
| 너그럽게 큰 절개를 감당했고 | 寬柔當大節 |
| 굳건하게 하늘을 본받았네 | 强健効重乾 |
| 근본에 소급하여 문채가 다시 이루어졌고 | 溯本文成復 |
| 세상 물결에도 먼저 간소함을 생각했네 | 波流思簡先 |
| 고을에서 살 때 유하혜[91] 같았고 | 居鄕同柳惠 |
| 훌륭한 가문은 조선을 빛냈지 | 華閥赫箕鮮 |
| 보배로운 그릇에 울창주가 담겨 있듯[92] | 玉瓚黃流可 |
| 굳게 입 다물고 과묵했네 | 金緘玄默然 |
| 우리나라 삼천리에 | 靑邱三千里 |
| 소박하게 칠십 년을 살았네 | 素封七十年 |
| 자공처럼 오히려 예를 어려워했고[93] | 段木猶難禮 |
| 〈치의편〉처럼 어진 이를 좋아했네[94] | 緇衣儘好賢 |

**91** 유하혜(柳下惠) : 노(魯)나라의 현인으로 더러운 군주 섬기기를 부끄러워하지 않고 작은 벼슬을 사양하지 않으며 항상 관대하고 포용력이 있는 자세를 보여 주었던 사람이다. 맹자(孟子)가 "유하혜의 풍도(風度)를 들은 자는 속 좁은 이가 너그러워지고 경박한 이가 돈후해진다." 하였다.

**92** 보배로운……있듯 : 옥찬은 옥 손잡이에 바닥은 금으로 된 국자로 강신제 때 쓰며 황류(黃流)는 누른빛의 울창주인데, 모두 귀한 인재를 뜻한다. 《시경》 〈대아(大雅) 한록(旱麓)〉에 "아름다운 저 옥찬에 황류가 담겨 있도다. [瑟彼玉瓚 黃流在中]" 하였다.

**93** 자공(子貢)처럼……어려워했고 : 원문의 '단목(段木)'은 공자의 제자 자공의 성(姓)이다. 자공이 "가난하되 아첨함이 없으며, 부유하되 교만함이 없으면 어떻습니까?"라고 하니, 공자가 "그것도 괜찮으나, 가난하면서도 즐거워하고 부유하면서도 예를 좋아하는 것만은 못하다. [子貢曰 貧而無諂 富而無驕 何如 子曰 可也 未若貧而樂 富而好禮者也]"라고 한 일이 있다. 《論語 學而》

| | |
|---|---|
| 온 세상이 형제였고 | 弟兄四海內 |
| 한 문중의 자손이었네 | 子姓一門前 |
| 자식을 위해 경서를 남겨놓았고 | 燕翼遺經案 |
| 덕을 닦으며 좋은 잔치 벌였지 | 鹿呦旨酒筵 |
| 몸도 집도 윤택하게 했고 | 潤身兼屋潤 |
| 어짊과 덕을 베풀었네 | 宣仁倂德宣 |
| 구족의 친척과 화목하였고 | 睦族方親九 |
| 곤궁한 사람 천명이나 도왔네 | 賉窮早活千 |
| 몇 집은 언제나 잔치를 기다렸고 | 幾家常待宴 |
| 온 세상 각각 친근하게 따랐도다 | 擧世各親田 |
| 부인의 정렬로 마을에 수레가 찾아왔소 | 婦烈閭容駟 |
| 조상이 복을 주어 사당에 제사가 풍성했네 | 祖貤廟踐籩 |
| 평생 많은 사업을 했으나 | 平生多事業 |
| 세상 버리고 강호에 있었네 | 零落在林泉 |
| 좋은 벼슬 비록 어려우나 | 好爵雖難歷 |
| 복록은 계속 이어지네 | 福綏庶更綿 |
| 옛사람은 이와 같았으나 | 古人如是矣 |
| 지금 세상에 누가 짝이 되리오 | 今世孰儔焉 |
| 수명은 어진 땅에 징험하여도 | 壽驗爲仁地 |
| 부족한 기운 하늘의 이치 거스르네 | 氣歉逆理天 |

94 치의편(緇衣篇)처럼……좋아했네 : 〈치의편〉은 《시경(詩經) 정풍(鄭風)》의 편명(篇名)으로, 어진 선비를 존중하는 내용이다. 《예기(禮記)》 〈치의(緇衣)〉에도 "현인을 좋아하기를 〈치의편〉처럼 하고, 악인을 미워하기를 〈항백편〉처럼 하면, 벼슬을 번거롭게 하지 않고도 백성들이 조심할 줄 알게 될 것이며, 형벌을 시험하지 않고도 백성들이 모두 복종할 것이다. [好賢如緇衣 惡惡如巷伯 則爵不瀆而民作愿 刑不試而民咸服]"라는 공자의 말이 있다.

고향에 돌아온 지 겨우 5년　還鄉纔五載

세 번 옮겨 터를 잡았네　卜地旣三遷

떠난 뒤에 사람들 항상 사모하였고　去後人恒慕

돌아왔을 때 내가 다시 맞이했네　來時我復延

호구의 돌엔 수레바퀴 자국 있고　石痕壺口轍

정암의 반석엔 물결이 잦아드네　波宿鼎巖般

일장춘몽 거칠어도　一夢春風惡

하늘의 도는 과연 원만하도다　何天道果圓

끝내 지난날 후의를 저버리고　竟孤前日厚

이승의 인연이 은혜가 박절하네　恩迫此生緣

응당 복잡한 세속이 싫어　應厭紛紜俗

멀리 아득한 신선을 따랐네　遠從縹渺仙

황매산에 가랑비도 그치고　黃梅疎雨歇

옛 동산엔 고운 풀 나는데　芳草故山芊

평소 나누던 말씀　以若尋常話

어찌 하나라도 전할 수 있을까　安能萬一傳

지금 그 모습 어디서 보리오　令儀何地覿

자식들 뜨락에 가득하네　肖胤滿庭聯

사람이 떠날 때 만사도 못하였는데　人逝不曾挽

이제야 이 한 수 지었도다　今成此一篇

## 입춘날 짓다[咏立春]

| | |
|---|---|
| 나는 음도 좋고 또한 양도 좋아서 | 我愛其陰又愛陽 |
| 강장을 말하는 불교를 가엾이 여긴다 | 爲憐釋氏語康壯 |
| 낮은 밤의 뒤가 아니면 펼 곳이 없고 | 晝非夜後伸無處 |
| 더위는 추위의 나머지 아니면 가는 바를 알 수 없지 | 暑不寒餘往莫詳 |
| 율사[95]엔 말년에 소악[96]이 응답하고 | 栗社末齡韶有應 |
| 명정[97]엔 오늘도 책력이 이루어지네 | 蓂庭今日曆成章 |
| 누가 우레소리로 지난 밤 요동치게 했나 | 誰教雷響前宵動 |
| 만물이 봄을 맞아 빛을 토하려 하네 | 庶物迎春欲吐光 |

**95** 율사(栗社) : 밤나무를 심은 사직을 말한다.

**96** 소악(韶樂) : 순(舜)임금이 만들었다는 음악이다.

**97** 명정(蓂庭) : 명엽(蓂葉)이 있는 뜰을 말한다. 명엽은 요(堯)임금의 뜰에 있던 풀로, 매월 초하루부터는 매일 한 잎씩 났다가 16일부터는 매일 한 잎씩 떨어져 이를 보고 1달이 지나감을 알았다고 한다.

## 섣달 그믐날 짓다[詠除夕]

| | |
|---|---|
| 밝음은 어둠을 따르고 어둠은 밝음을 따르는데 | 明從暗處暗從明 |
| 굽히고 펴짐이 서로 밀며 한 해의 이로움 만드네[98] | 屈信相推歲利成 |
| 음양이 비록 항상하나 때엔 차례가 있으니 | 二氣雖恒時有序 |
| 일양이 비로소 회복됨에 덕이 바야흐로 형통하도다 | 一陽纔復德方亨 |
| 불로장생 맞이하러 단약을 올리며 | 且進丹藥迎遐壽 |
| 노인장 흰머리 몇 가닥이냐고 묻지 않네 | 休問霜毛老幾莖 |
| 만약 영원히 이 밤을 보낼 수 있다면 | 若使無窮經此夕 |
| 봄맞이 술 큰 잔으로 마시는데 무슨 문제 있으랴 | 不妨春酒酌兕觥 |

**98** 굽히고……만드네 : 음양의 이치를 읊은 것이다. 《주역》 〈함괘(咸卦)〉에 "굽히고 펴짐이 서로 감동하여 이로움이 발생한다. [屈信相感而利生]"라고 하였다.

## 한식날 이 송고와 운암 이찬석과 함께 황매산 시루봉에 오르다[寒食日同李松皐李雲菴 瓚錫 登黃梅山甑峰]

| | |
|---|---|
| 늙을수록 풍정은 반도 금하지 못하겠고 | 老去風情半不禁 |
| 다만 아름다운 계절 만나는 건 예나 지금이나 같아라 | 祗應佳節古猶今 |
| 작은 골짝에 소나무 둘렀으니 세상일 잊겠고 | 短壑松環忘世態 |
| 그늘진 언덕에 꽃 피니 봄 마음을 알겠어라 | 陰崖花發識春心 |
| 시는 계곡을 따라 많고 적음을 다투고 | 詩緣溪谷爭多少 |
| 흥은 술동이 좇아 곧장 깊고 얕아지네 | 興逐樽罍卽淺深 |
| 산중에 봄이 저문다고 말하지 마시라 | 莫謂山中春欲暮 |
| 그대들과 언제든지 또 오르지 않겠는가 | 與君何日不登臨 |

| | |
|---|---|
| 충신 죽자 밥 짓는 연기조차 금했고 | 忠臣一死炊烟禁 |
| 온 세상 원통함 지금까지 이어지네[99] | 萬國啼寃有至今 |
| 이 시절에 어찌 차마 청산을 마주하리오 | 玆辰何忍靑山對 |
| 남은 회포 이기지 못해 다음 날도 오르네 | 不勝餘懷翌日臨 |

99 충신……이어지네 : 한식(寒食)의 기원을 생각하며 읊은 말이다. 춘추 시대 진나라 문공이 망명 생활을 할 때 개자추(介子推)는 충심을 다해 문공을 모셨는데, 후에 문공이 왕위에 올랐으나 그를 등용하지 않았다. 이에 실망한 개자추는 면산(緜山)에 들어가 살았다. 문공이 자신의 실수를 깨닫고 그를 불렀으나 나오지 않자, 문공은 그를 나오게 하기 위해 산에 불을 질렀다. 그러나 끝내 개자추는 나오지 않고 어머니와 함께 타 죽었다. 문공을 개자추의 죽음을 슬퍼하며 이 날은 불로 익히지 않은 찬밥을 먹었다고 한다.

## 무유재에서 해산 정환민과 서로 시를 짓고 겸하여 이송고와 이 우당 여러 벗께 보내다 [無有齋與鄭海山 煥民 唱酬兼呈李松皐李憂堂諸友]

| | |
|---|---|
| 골짝에 봄이 깊어 밤에도 춥지 않고 | 谷口春深夜不寒 |
| 흰머리에 벗을 만나니 너무 반갑구나 | 拭青垂白好相看 |
| 섬돌 아래에는 응당 서대초[100]가 자라고 | 階下應生書帶草 |
| 해동에 누가 의란조[101]를 알겠는가 | 海東誰識賦猗蘭 |
| 차라리 도가의 현빈[102]을 말할지언정 | 寧從道流說牝玄 |
| 속인의 모란[103] 사랑일랑 따르지 말라 | 莫逐時人愛牡丹 |
| 그대에게 권하노니 무하주[104]를 아끼시라 | 勸君且惜無何酒 |
| 내일 생각하면 일장춘몽이리니 | 明日相思一夢團 |

**100** 서대초(書帶草) : 후한(後漢)의 경학자(經學者) 정현(鄭玄)의 제자들이 서책을 묶을 때 사용하던 풀이다. 정현이 불기산(不其山)에서 강학할 때 그곳에 나는 풀이 길고 질겨 제자들이 이것으로 서책을 묶었던 데서 이렇게 이름지어졌다고 한다.

**101** 의란조(猗蘭操) : 공자가 지었다는 거문고의 곡조이다. 현자가 때를 만나지 못하는 안타까움을 노래한 것으로, 공자가 자신을 알아주는 임금을 만나지 못하고 위(衛)나라에서 노(魯)나라로 돌아가는 길에, 깊은 골짜기에서 향기 나는 난초가 무성한 것을 보고 지었다고 한다. 《古今事文類聚 後集 卷29 作猗蘭操》

**102** 현빈(玄牝) : 현묘한 암컷이란 뜻으로, 도가(道家)에서 말하는 도(道)를 만물의 시원(始原)이라는 관점에서 의인화한 말이다. 노자(老子)의 《도덕경(道德經)》 6장에 "골짜기 신은 죽지 않으니 이를 일러 현빈이라 한다."라고 하였다.

**103** 모란 : 원문은 '장단(壯丹)'인데, 이는 모란을 가리키는 '빈단(牡丹)'의 오기로 보았다. 송대의 유학자 주돈이(周敦頤)가 지은 〈애련설(愛蓮說)〉에 "당나라 이후로 세상 사람들이 모란을 매우 좋아하였다. [自李唐來 世人甚愛牡丹]" 하였다.

**104** 무하주(無何酒) : 무하는 공상의 세계로, 《장자(莊子)》에서 말한 무하유향(無何有鄕)이다. 술을 마시면 근심 걱정이 없어진다 하여 술의 대명사로 쓰인다.

| | |
|---|---|
| 산빛이나 계곡 아지랑이 지난날과 비슷한데 | 岳色溪嵐似昔年 |
| 작은 지팡이 짚고 와서 바람 연기 속에 머무네 | 短笻來拾宿風烟 |
| 꽃을 찾고 버들 따른다는 명도 선생의 구절이러니[105] | 訪花隨柳程翁句 |
| 읊다 보니 되레 옛 현인을 흉내 내고 있는가 | 朗咏還嫌疑古賢 |

105 꽃을……구절 : 북송의 성리학자 정호(程顥)의 〈봄날 우연히 짓다[春日偶成]〉에 "꽃을 찾고 버들 따라 앞 내를 건너네[訪花隨柳過前川]'라고 한 구절을 인용하며 읊은 말이다. 정호의 호는 명도(明道)로 당시 명도 선생으로 불리며 큰 존경을 받았다.

## 만암 김재식의 〈용아재〉시에 차운하다
## [次金晩菴 在埴 龍牙齋韻]

| | |
|---|---|
| 용호의 정기 모인 반아산 | 龍湖毓氣半牙山 |
| 보배 하나가 이 사이에 있네 | 一顆明珠在此間 |
| 세상 근심 모두 책 속에 다 없어지고 | 俗慮都從黃卷盡 |
| 선향이라도 어찌 한가한 흰 구름만 하리 | 仙鄕爭似白雲間 |
| 지팡이 나막신으로 갑자기 오늘 즐거웠으니 | 笻屐飜成今日樂 |
| 노을 속에 뒷날 다시 보기로 약속하네 | 烟霞留約後時顔 |
| 주인의 후한 뜻 그대는 아시나 | 主人厚意君知否 |
| 석양에 술을 사서 일부러 천천히 돌아오네 | 沽酒斜陽故倦還 |

## 삼가 이 석우[106]가 잠시 머무는 곳에 보내다 소서를 함께 쓰다 [敬呈李石愚 旅榻下 幷小序]

석우를 보지 못하여 매번 만나지 못함을 한탄하였더니 석우를 보고 나서는 또 헤어짐이 너무 쉬워 한탄한다. 밤새도록 함께 지팡이 짚고 다녀도 여러 해의 회포를 펼치지 못하였는데, 가까운 거리에 다시 며칠간의 만남도 가로막히니 차분히 맑은 시냇가에서 시를 주고받지 못함을 한탄한다. 만약 잠깐 만났다고 다시 돌아오면 또한 드문 만남을 한탄할 것이다. 석우는 어떤 사람이기에 깊은 골짜기를 오가며 이렇게 마르고 썩은 물건이 한가로운 시름과 한탄을 하게 하는가. 한바탕 크게 웃고, 또 크게 웃노라. 우연히 두보의 '옛친구를 만나 조용히 있지 못하네[故人相見未從容]'[107]라는 구절을 외우다가 졸렬함을 잊고 처음과 끝으로 이어 읊어 객지 생활 중 졸음을 깰 자료로 삼고자 할 따름이다.

不見石愚 每恨逢着之甚難 旣見石愚 又恨分散之却易 通宵聯笻 不足以攄隔年底懷 而一餉之地 復阻數日面 恨不得從容唱酬於淸流幽澗之瀕 而若又薄言旋旆 則復以闊逢爲恨矣 石愚何人 往來深谷 使此枯朽之物 茹得閒愁恨也 浩呵浩呵 偶誦杜草堂 故人相見未從容之句 而忘拙首尾續吟 以資旅中罷睡耳

106 이 석우(李石愚) : 이철모(李澈模, 1817~1886)로 본관은 벽진(碧珍), 자는 백여(百汝), 호는 석우이다. 효자로 이름난 학자이며, 저서로 《석우문집(石愚文集)》이 있다.

107 두보의……않네 : 두보가 지은 시 〈저물녘에 사안사의 종루에 올라가 배적에게 주다[暮登四安寺鐘樓寄裵十迪]〉에 나오는 구절이다.

| | |
|---|---|
| 옛 친구를 만나 조용히 있지 못하니 | 故人相見未從容 |
| 하룻밤에 오랜만의 만남을 다 주고받지 못하지 | 一宿難酬隔歲逢 |
| 흐르는 봄빛에 밤 촛불이 늦어지고 | 冉冉春光遲夜燭 |
| 아득한 세상사 새벽종을 재촉하네 | 悠悠世事促晨鍾 |
| 황매산[108] 경치 아름다운 곳 많아도 | 堪憐多少黃梅境 |
| 도리어 평소처럼 백옥봉에서 시 짓네 | 還作尋常白玉峯 |
| 하루 종일 손잡고 다닌 일 내일엔 추억되리니 | 盡日提携明日憶 |
| 옛 친구 만나 조용히 있을 수 없네 | 故人相見未從容 |

**108** 황매산(黃梅山) : 경상남도 합천군 대병면(大幷面)·가회면과 산청군 차황면의 경계에 있는 산. 높이 1,113m이다.

## 배 진사 만시[挽裵進士]

| | |
|---|---|
| 약관에 아름다운 문장 온 나라에 빛났고 | 弱冠葩藻輝京鄉 |
| 이에 고운 이름 성균관에 올랐네 | 爰有芳名升國庠 |
| 처마에 빛나는 정려문 세워 선대의 아름다움 기리고 | 映楣棹楔褒先美 |
| 섬돌 가득 훌륭한 자제들은 후대의 융성이 넉넉하네 | 滿砌芝蘭裕後長 |
| 언제나 파리처럼 천리마 꼬리에 붙어 가려나[109] | 千里何年蠅附尾 |
| 저 세상 가는 오늘 학이 높이 나르네 | 九原今日鶴高翔 |
| 섬계의 흥취[110]는 얻기 어려운 일 | 剡川乘興終難得 |
| 그대 조금도 머물지 않고 나는 눈물만 흘리네 | 公不少留我涕滂 |

**109** 언제나……가려나 : 훌륭한 인물의 도움으로 자신의 이름을 전한다는 말이다. 공자의 뛰어난 제자 안회(顔回)가 비록 학문에 독실하였다 하더라도 결국은 천리마와 같은 공자 때문에 후세에 더욱 이름을 전할 수 있게 되었다. '附驥尾而行益顯'는 고사에서 유래한 말이다. 《史記 卷61 伯夷列傳》

**110** 섬계의 흥취 : 진(晉)나라 왕휘지(王徽之)가 눈 내린 밤에 친구 대규(戴逵)가 갑자기 보고 싶어서 산음에서 배를 저어 섬계(剡溪)의 그 집 앞까지 갔다가 흥이 다했다는 이유로 그냥 돌아왔다는 고사가 있다. 《世說新語 任誕》

## 강 아무개 만시[挽姜某]

만남은 드물고 헤어짐은 길어 매번 슬퍼했고　逢疎別濶每怊然
칠십 년 동안 한 고을에서 함께 늙었네　同老同鄉七十年
친구들 기꺼이 흰머리를 나란히 했고　賓友酣懽聯白髮
자손들 효성은 청전[111]을 이었네　子孫誠孝襲青氊
늙어서 집안끼리 우의 있음을 더욱 기뻐했는데　晩來尤喜通家誼
한번 떠나자 따르기 어려운 세상 버린 신선이여　一去難追遺世仙
영박[112]에 남은 슬픔 도리어 위로하려 했는데　嬴博餘悲還欲慰
다만 오늘 황천에 모시누나　只應今日侍重泉

**111** 청전(青氈) : 푸른 모포로 집안 대대로 내려오는 귀중한 물건을 비유한다. 진(晉)나라 왕헌지(王獻之)가 방에 누워 있을 때, 마침 도둑이 들어와 물건을 모조리 훔쳐 가려고 하자, 왕헌지가 "도둑아, 푸른 모포는 우리 집안의 유물이니, 그것은 두고 가라. [偸兒, 青氈我家舊物, 可特置之.]"라고 하자, 도둑이 도망쳤다는 고사에서 유래하였다.《晉書 卷80 王羲之列傳 王獻之》

**112** 영박(嬴博) : 춘추 시대 제(齊)나라의 지명으로, 오(吳)나라의 계찰(季札)이 제나라에서 돌아오다가 아들이 죽자 이곳에 장사를 지낸 곳이다. 강 아무개의 아들이 먼저 죽었기 때문에 이렇게 표현한 것으로 보인다.

# 김 아사당의 〈은수〉시에 화운하다[奉和金雅士堂恩壽韻]

| | |
|---|---|
| 이미 은례를 받고 또 수명이 늘어 | 旣蒙恩例又延年 |
| 흰머리 비단 옷이 자리를 빛내네 | 華髮緋衣照輝筵 |
| 청빈[113]은 생겨난 유래가 있고 | 氷蘗由來生有地 |
| 감싼 오이 이제 하늘에서 떨어지네[114] | 苞瓜自是隕于天 |
| 하나의 급수도 오히려 이 세상의 영광이었고 | 一資尙可榮斯世 |
| 삼달[115]은 당연히 옛 현인에 비교할 만하네 | 三達從當擬昔賢 |
| 선한 경사[116] 사람이 크게 축하하고 | 善慶令人堪聳賀 |
| 강남의 여러 사람 입으로 전하네[117] | 江陽士女口碑傳 |

| | |
|---|---|
| 좋은 술 석 잔에 봄날은 완연한데 | 三杯醽醁十分春 |
| 산마루 같은 수명 축하에 이웃까지 흡족하네 | 岡祝餘滋洽比隣 |
| 남극의 아름다운 징조 바야흐로 번창하고 | 南極休徵方肹蠁 |

**113** 청빈(淸貧) : 원문은 빙얼(氷蘗)인데, 이는 얼음과 쓴맛이 강한 황벽나무를 가리키는 말로 청빈한 삶을 의미한다.

**114** 감싼……떨어지네 : 《주역》〈구괘(姤卦) 구오(九五)〉의 효사(爻辭)에 "기나무 잎으로 오이를 감싸는 것이니, 아름다움을 머금고 있으면 하늘에서 떨어짐이 있으리라. [以杞包瓜 含章 有隕自天]"라고 한 말을 인용하였다.

**115** 삼달(三達) : 천하에 존중받는 세 가지, 벼슬, 나이, 덕을 말한다. 맹자가 "조정에서는 벼슬만 한 것이 없고, 고을에서는 나이만 한 것이 없고, 세상을 이끌고 백성을 기르는 데는 덕만한 것이 없다." 하였다. 《孟子 公孫丑下》

**116** 선한 경사[善慶] : 적선여경(積善餘慶)의 준말로, 《주역(周易)》 곤괘(坤卦) 문언(文言)에 "덕행을 쌓은 집안은 자손에까지 경사가 미친다. [積善之家 必有餘慶]"는 말에서 유래한 말이다.

**117** 입으로 전하네 : 원문 구비(口碑)는 만구성비(萬口成碑)의 준말로, 여러 사람이 칭송하는 소리가 마치 비석에 새긴 것처럼 오래 간다는 말이다.

| | |
|---|---|
| 북당의 고운 기운 곱절로 신선하네 | 北堂佳氣倍鮮新 |
| 해옥주[118]로 수명을 더하고 | 海屋遐籌添甲子 |
| 조정의 벼슬 은전 하늘과 인간에 짝하네 | 朝家爵恩配天人 |
| 뜨락 앞엔 색동저고리 입고 어지러이 춤추고 | 庭前綵舞繽紛起 |
| 자리 가득 의관 갖춘 이들 자주 예를 행하네 | 滿座衣冠禮數頻 |

**118** 해옥주(海屋籌) : 옛날에 세 늙은이가 서로 만나 나이를 묻자 한 사람은 대답하기를 "바닷물이 상전(桑田)으로 변할 적마다 나는 산가지를 하나씩 던졌는데 지금은 세 칸 집에 가득 찼다."라 한 이야기가 있다. 여기에서 해옥주라는 말이 유래한다. 《태평어람(太平御覽)》

## 죽헌 곽경묵 만시[挽郭竹軒 敬默]

대대로 우의가 쌓이고 대대로 터를 지켰네 世誼重重世守基

그대 집은 강북에 내 집은 강남에 있지 公家水北我南爲

들 가운데 집에선 이리저리 지팡이 짚고 다녔고 野堂暇日棲棲杖

시골 서당에선 나이 잊고 담담히 술잔을 들었지 村塾忘年淡淡巵

황하의 신선이 일찍이 태평하다 말했고 河上神仙曾謂泰

화음의 건강한 복 다시 거둥을 살피네 華陰康福復觀儀

백세도 못되어 먼저 돌아가니 百齡未滿先乘化

기꺼이 선영 향해 효자의 사모 따르리라 好向星塋孝思追

## 향강에 들러 친구들과 관선당에서 강회 후에 짓다
## [過香江與友題詠觀善堂講會後]

| | |
|---|---|
| 보리 익고 이제 막 서늘한 사월에 | 麥氣初凉四月天 |
| 고운 물빛 너른 시내 희롱할 제 | 娉婷水色嬲平川 |
| 희끗희끗 흰머리로 서로 손 잡고 | 星星白髮相攜手 |
| 풍류는 젊은이들에게 양보하지 않겠네 | 莫把風流讓少年 |

## 김 정언과 용문에서 유람하다[與金正言遊龍門]

| | |
|---|---|
| 용문에 몇 사람이나 있나 | 龍門度幾人 |
| 거의 모두 그저 그런 사람들 | 太半尋常客 |
| 이제 두어 명 군자 와서 | 今來數君子 |
| 천길 바위를 우러러 보네 | 仰瞻千仞石 |

# 덕우정에서 묵다[宿德友亭]

밤새 이야기 주고받다가 달도 지는데　夜話相酬月欲西
암혈에 높은 거처 안타까워라　爲憐巖穴有高棲
산은 속세 가까움이 싫어 둥글게 골짝을 막고　山嫌近俗環封壑
물은 소리 없이 둑에 가득하네　水取無聲蓄滿堤
하루 종일 함께 세 솥의 개고기 먹고　盡日共嚌三鼎狗
오늘 밤엔 다시 새벽닭 소리를 듣겠지　今宵又聽五更雞
우리들 만나기 어렵고 만나도 늙었는데　吾輩稀逢逢且老
도연명 사영운처럼 시나 짓게 하시오[119]　令渠陶謝作詩題

**119** 도연명(陶淵明)……하시오 : 도연명과 사영운(謝靈運)은 중국의 유명한 시인이다. 두보의 시 〈강가에서 바닷물 같은 큰물을 만나 짧은 시를 짓다[江上値水如海勢聊短述]〉에 “어찌하면 시상이 도연명 사영운 같은 이를 얻어서 그에게 시 짓게 하고 함께 노닐꼬.?[焉得思如陶謝手, 令渠述作與同遊.]”라는 구절이 있다.

## 효산 변영규[120]와 권 가산과 함께 덕우정에서 묵다 [與卞曉山 榮奎 權可山共宿德友亭]

| | |
|---|---|
| 시냇가 집엔 빗장 없고 뜨락엔 달이 가득한데 | 澗戶無維月滿庭 |
| 세상 사람 모두 취했지만 홀로 깨어 있네 | 世人皆醉猶爲醒 |
| 맑은 연못에 비 내리자 물결 보이고 | 澄潭迎雨波相見 |
| 늙은 나무에 바람 불자 잎새 소리 들리네 | 老木吟風葉自聽 |
| 셋이 웃으며 그림처럼 함께 계곡을 지날 제 | 三笑成圖谿共過 |
| 몇 잔 술에 노래 부르니 눈물 먼저 떨어지네 | 數杯歌表涕先零 |
| 진중하여라 두 산과 산 위의 집 | 珍重兩山山北舍 |
| 눈 씻고 다시 초나라 청산을 바라보네 | 拭眸還對楚山青 |

120 변영규(卞榮奎) : 1826~1904. 본관은 밀양(密陽), 자는 사응(士應), 호는 효산(曉山)으로 거창군 가조에 거주하였다. 1903년에 학행으로 피천되어 통정대부(通政大夫) 중추원 의관(中樞院議官)을 지냈다.

## 계구당에서 묵으며 여러분들이 지은 〈영락〉시에 뒤늦게 차운하다[宿戒懼堂追次諸賢詠落韻]

| | |
|---|---|
| 물마다 산마다 평월조[121]하니 | 水水山山評月朝 |
| 계구당에선 무척 수준 높은 글을 짓네 | 斯堂偏得品題高 |
| 몇 번이나 방아 찧어 가락이 되고 | 幾舂龐黍因成樂 |
| 한번 환도를 먹으니 또한 충분히 호방해지네 | 一食桓桃亦足豪 |
| 푸른 시내 귀에 들어오고 서늘함에 배 드러내고 | 碧澗入聆凉露腹 |
| 붉은 기운 얼굴에 올라와 흰머리를 데우네 | 紅潮上面煖霜毛 |
| 허둥지둥 다시 내려와 양원의 눈[122]을 맞고 | 紛紛更下梁園雪 |
| 팔두의 무리[123] 끝에 있자니 조씨가 부끄럽도다 | 末至堪羞八斗曺 |

**121** 평월조(評月朝) : 매달 인물에 대해 품평하는 일을 말하는데 여기서는 산수를 평가한다는 말이다. 후한 영제(靈帝) 때 여남(汝南)의 허소(許劭)가 종형(從兄) 허정(許靖)과 함께 인물을 평하는 데 명성이 있었다. 《後漢書 卷98 許劭列傳》

**122** 양원(梁園)의 눈 : 양원은 한(漢) 나라 양효왕(梁孝王)이 지은 거대한 정원이다. 사혜련(謝惠連)의 〈설부(雪賦)〉에 의하면, 양효왕이 주연을 베풀고 여러 사람을 불렀을 때, 사마상여도 끝에 와 빈객의 오른편에 앉았는데 얼마 안 있어 싸라기눈이 떨어지더니 함박눈이 퍼붓기 시작하였다고 하였다.

**123** 팔두(八斗)의 무리 : 문장이 뛰어난 사람을 가리킨다. 남조 송나라의 시인 사영운(謝靈運)이 조식(曺植)의 문장력을 칭송하여 "천하의 글재주가 모두 합쳐서 한 섬이라면, 조식 혼자 여덟 말을 차지하고, 나는 한 말이요, 나머지 한 말을 천하 사람들이 나누어 갖고 있다."라고 하였다. 《석상담(釋常談)》

## 다시 덕우정에서 묵으며 밤에 짓다[再宿德友亭夜吟]

늙어가며 진여 속으로 입정한 중처럼　老去眞如入定僧
이 몸 한가한 곳에 이 마음도 맑아라　此身閒處此心澄
옷깃 헤치고 달을 보며 더위를 막고　披衿夜月堪鑣暑
석양에 발 씻으니 완연히 얼음을 밟네　濯足斜陽宛踏氷
육경에 의지하여 애오라지 촛불 밝혔으나　賴有六經聊炳燭
부끄러워라 등불을 전할 이야기 하나 없으니[124]　愧無一話可傳燈
묻노니 누가 오봉루[125]를 하룻밤에 지을 수 있나　問誰五鳳通宵作
누대 백척이나 높으니 다시 올릴 것 없네　百尺樓高更不層

124 부끄러워라……없으니 : 송희일이 자신의 학문적 성취가 보잘것없다고 겸손하게 하는 말이다. 원문의 '전등(傳燈)'은 불교에서 법맥(法脈)을 이어 전한다는 말로 수제자에게 도를 전함을 가리킨다.

125 오봉루(五鳳樓) : 글을 잘 짓는 사람을 말한다. 송(宋)나라 한계(韓洎)가 자기 형인 한부(韓溥)의 글 솜씨는 겨우 비바람을 막는 초가집을 짓는 실력인 데 비해, 자신의 문장 솜씨는 오봉루를 지을 만하다고 자찬한 고사가 있다.《類說 卷53 引 談苑》

## 변 효산과 이별하다[別卞曉山]

| | |
|---|---|
| 이곳에서 아림[126]까지 하룻길 | 此去娥林一宿程 |
| 어찌 외론 나그네 가을을 한탄하는가 | 何須孤客恨秋聲 |
| 가장 분명한 건 늙을수록 지나치게 쉽게 감동하여 | 最是衰齡偏易感 |
| 만날 때 헤어지는 정을 헤아리지 못하는 것이라네 | 逢時未料別時情 |

**126** 아림(娥林) : 경상남도 거창군(居昌郡)의 다른 이름이다.

## 박 계구와 함께 짓다 3수[與朴戒懼共賦三首]

| | |
|---|---|
| 우리들 늙어 이런 유람도 적어서 | 吾輩衰齡少此遊 |
| 서로 만나면 오래 머뭄 어찌 아끼리오 | 相逢何惜且淹留 |
| 시 구절 깊이 살피며 이야기하다 보니 | 爲說沈候詩上句 |
| 산은 가로막혀 있고 하루는 아득하네 | 一山惟阻一日悠 |

| | |
|---|---|
| 한가히 시 읊다 더워 미치광이처럼 소리칠 때 | 唫閒呌暑太顚狂 |
| 갑자기 신선이 한 쪽에서 내려오네 | 忽見仙翁下一方 |
| 곧장 책 던지고 신발 거꾸로 신고 맞이하여 | 抛却陳編欣倒屣 |
| 앉아 웃으며 이야기하니 술보다 낫도다 | 坐來談笑勝壺觴 |

| | |
|---|---|
| 집으로 돌아가며 이별주 보내오니 | 歸家替送酒 |
| 이 생각 이미 부지런하였지 | 此意已勤斯 |
| 두 늙은이 서로 주고받으니 | 兩老相酬酌 |
| 쇠약한 창자가 통쾌하게 윤택해지네 | 衰腸快潤宜 |

## 관선당 노인회에서 짓다[觀善堂老人會韻]

| | |
|---|---|
| 늙어서 어찌 멀리 유람하는 시 지어야하나 | 老去何須賦遠遊 |
| 좋은 집에 맞이하여 앉아 함께 근심을 지우네 | 高堂迎坐共銷愁 |
| 한 사발 국은 병을 낫게 하고 | 大羹一鉢堪蘇病 |
| 석 잔 막걸리에 가을이 두렵지 않네 | 濁酒三杯不畏秋 |
| 들녘 빛엔 먼지조차 없어 스스로 즐기고 | 野色無塵聊自樂 |
| 세월은 물처럼 제멋대로 흐르네 | 年光如水任他流 |
| 작은 지팡이로 높은 곳에 오르는 일 어렵지 않으나 | 短筇頻登非難事 |
| 다만 젊은이들이 흰머리를 웃을까 두렵네 | 只怕紅顔笑白頭 |

## 권 교리 집에서 짓다[宿權校理家吟]

| | |
|---|---|
| 게으른 걸음 비틀거리고 해는 저무는데 | 倦步蹣跚日欲沈 |
| 옛 친구 집 석문 안 깊이 있네 | 故人家在石門深 |
| 청산의 진면목 저버릴까 두려워 | 恐負青山眞面好 |
| 흐린 등불 아래 셋이 앉아 옛 맹세를 찾아보네 | 疎燈鼎坐舊盟尋 |

## 삼가 숭양재 시에 차운하다[謹次崇陽齋韻]

| | |
|---|---|
| 선현의 훌륭한 자손 아름다운 이름을 이어 | 先賢華胄襲芳名 |
| 태산북두 같아 남쪽 고을에선 명망이 가볍지 않네 | 山斗南鄉望不輕 |
| 궁궐의 특별한 은혜 세속의 관례를 뛰어넘었고 | 彤陛殊恩超俗例 |
| 청산의 새 글방은 평소 공부에 힘쓰던 곳 | 青山新塾邁常情 |
| 한때 가난한 선비들이 보호받던 곳이요 | 一時寒士堪容庇 |
| 일 만 권 장서는 명쾌한 강론을 기다리네 | 萬卷藏書佇講明 |
| 당시에 사람들이 정현[127]의 집으로 비유했지 | 時人取比康成宅 |
| 마침내 모여서 뜨락의 서대초[128]를 보네 | 會看庭前草帶生 |

**127** 정현(鄭玄) : 원문의 '강성(康成)'은 한(漢)나라의 대학자 정현의 자다.

**128** 서대초(書帶草) : 한(漢) 나라 정현(鄭玄)의 문인들이 책을 묶는데 사용했다는 풀이다.

## 장서각 시에 차운하다[次藏書閣韻]

| | |
|---|---|
| 아득히 산수 사이에 | 漠然山水間 |
| 장서각 하나 있네 | 爰有一書閣 |
| 마침내 무진장을 지었으니 | 遂成無盡藏 |
| 조물주도 많이 만든 게 아니라네 | 造物不多作 |

## 봉연정[129] 시에 차운하다[次鳳淵亭韻]

| | |
|---|---|
| 봉연정 벽오동에 가을은 오고 | 鳳淵亭子碧梧秋 |
| 뛰어난 자취 아득히 세상 밖에 남아있네 | 遐躅悠然物外留 |
| 저 하늘에 별세계가 열림을 보고 | 會看那天開別界 |
| 높은 누각 세울 땅 없다고 말하지 마라 | 莫言無地起高樓 |
| 산을 베고 누우니 연기 노을의 흥취는 덤으로 얻고 | 枕山剩得烟霞趣 |
| 물을 모으니 세월 흐름을 머물게 할 수 있네 | 蓄水聊停歲月流 |
| 또한 고사[130]의 여운이 남아있다고 말하니 | 且道孤査餘韻在 |
| 다음에 수레 타고 갈 때 나도 찾아가리라 | 攀軒他日願予求 |

129 봉연정(鳳淵亭) : 경상남도 합천에 있는 정자로 이 지역의 선비인 겸산(謙山) 문용(文鏞)이 1895년에 지었다.

130 고사(孤査) : 문용의 선조인 고사 문덕수(文德粹)를 가리킨다. 문덕수는 효행이 뛰어나 나라로부터 정려를 받았고, 임진왜란 때 의병을 일으킨 인물이다.

# 삼성재[131] 시에 차운하다 두 수[次三省齋韻二首]

| | |
|---|---|
| 그대 편액의 의리 깊다고 알고 있으니 | 知君扁號義猶深 |
| 한 삼태기도 허물지 않아 아홉 길 산을 이루었지[132] | 一簣罔虧九仞岑 |
| 성인의 가르침 잊기 어려워 내 마음 바라보고[133] | 聖訓難忘瞻屋漏 |
| 하늘 꽃도 거문고 연주를 어지럽히지 않네 | 天花不亂奏絃琴 |
| 실제의 일을 공부하면 근본을 닦을 수 있고 | 用功實地能修本 |
| 유학에 맛을 들이면 잠자코 마음을 다할 수 있네 | 着味斯門默盡心 |
| 날마다 몸을 반성하여 거짓을 두지 말라 | 日省其身無載僞 |
| 충성과 믿음은 모두 가슴을 넓히는 데에서 나오네 | 都由忠信擴胸襟 |

| | |
|---|---|
| 주인의 좋은 집 가장 그윽하고 깊어 | 主人芳屋最幽深 |
| 고요 속에 공부하며 푸른 봉우리를 본받네 | 靜裏工夫體翠岑 |
| 활쏘기할 때는 의당 공자의 법도[134]를 따랐고 | 設射宜參宣父觶 |

**131** 삼성재(三省齋) : 퇴계 이황의 제자인 손홍례(孫興禮, 1548~1578)로 여겨지지만 확실하지는 않다. 손홍례의 자는 군립(君立)으로, 과거에 응시하지 않고 성리학의 연구에만 전념하였다.

**132** 한……이루었지 : 《서경》 여오(旅獒)에 "자그마한 행동이라도 신중히 하지 않으면 큰 덕에 끝내 누를 끼칠 것이니, 이는 마치 아홉 길 산을 만들 적에 한 삼태기의 흙이 부족하기 때문에 그 공이 허물어지는 것과 같다. [不矜細行 終累大德 爲山九仞 功虧一簣]"라는 말을 인용하였다.

**133** 내 마음 바라보고 : 원문 옥루(屋漏)는 집에서 가장 어두운 서북쪽 방구석을 가리키는데, 아무도 모르는 자기의 마음속이라는 의미로 쓰인다. 《시경》 〈억(抑)〉에 "혼자 방 안에 있는 그대의 모습을 살펴볼 때에도, 으슥한 방구석에 부끄러움이 없도록 할지어다. [相在爾室 尙不愧于屋漏]"라는 말이 나온다.

**134** 공자의 법도 : 원문 선부(宣父)는 공자를 가리키는 말이다. 《예기》 〈사의(射義)〉 편에, 공자가 확상(矍相) 동산에서 활쏘기를 익힐 때, 공망지구(公罔之裘)와 서점(序點)을 시켜 술잔[觶]을 들고 가르치게 하였다는 말이 있다.

| | |
|---|---|
| 음악을 들으면 백아의 거문고[135]를 만났네 | 聽聲須遇伯牙琴 |
| 반드시 일이관지의 이치를 전한 법을 알아야 하고[136] | 要知一貫相傳法 |
| 모든 것은 세 번 스스로 마음을 닦음에 있네[137] | 盡在三時自習心 |
| 있고 없음을 살피게 하려고 이 가르침을 남겼으니 | 欲省有無遺此訓 |
| 분명히 증자께서 옷깃에 차고 있었을 것이네 | 分明曾聖佩於襟 |

**135** 백아(伯牙)의 거문고 : 백아는 거문고의 명수였고, 그의 친구 종자기(鍾子期)는 그 소리를 가장 잘 알아들었다는 고사가 유명하다. 《列子 湯問》

**136** 반드시……하고 : 공자가 제자 증자(曾子)에게 자신의 도가 하나의 이치로 관통되어 있다는[一以貫之] 것을 전하였다는 말이다.

**137** 모든……있네 : 증자가 "나는 하루에 세 가지로 자신을 반성하니, '남을 위해 도모함에 충성스럽지 않았던가? 벗과 사귐에 신의가 있지 않았던가? 전수받은 것을 복습하지 않았던가?'이다. [吾日三省吾身 爲人謀而不忠乎 與朋友交而不信乎 傳不習乎]" 하였다. 《論語 學而》

## 덕성재[138] 시에 뒤늦게 차운하다[追次德星齋韻]

| | |
|---|---|
| 사우의 자손들이 선대를 이어 지은 집 | 四友雲仍肯搆廬 |
| 오성봉[139]의 고운 빛이 처음부터 빛났네 | 五星精彩發揮初 |
| 집을 지어 어리석은 세상 흔적을 씻어 냈고 | 開軒掃却嚚塵跡 |
| 책상을 마주하여 옛 성인의 책을 보았네 | 對案看來古聖書 |
| 금령이 하늘에 솟아 나그네의 붓에 이바지하고 | 錦嶺揷天供客筆 |
| 향강은 땅에 가득해 옷자락을 깨끗이 하네 | 香江滿地淨人裾 |
| 여러분은 구차한 일을 말하지 마시라 | 諸君莫說陳苟事 |
| 덕우산 아름다운 이름 헛되지 않으리라 | 德友嘉名也不虛 |

138 덕성재(德星齋) : 합천군 대병면에 있던 건축물인데 합천댐의 건설로 인해 수몰되었다. 이 지역에서 오래 거주했던 남평 문씨(南平文氏)의 재실이었다.

139 오성봉(五星峰) : 허유(許愈)의 《후산집(后山集)》 권13 〈德星齋記〉에 의하면, 덕성재의 뒤에는 덕우산(德友山)있고 앞에는 오성봉이 있어 이를 따서 재실의 이름을 지었음을 알 수 있다.

## 포산재 원시에 차운하다[次包散齋原韻]

| | |
|---|---|
| 산세가 집 한 채 포용하니 | 山勢包容一屋子 |
| 하늘이 특별한 곳에 한가한 별장 열었네 | 天於特地闢閒庄 |
| 옷과 두건은 연기 노을 기운에 조금씩 젖어들고 | 衣巾細潤烟霞氣 |
| 서책에 힘 입어 세월을 늦추네 | 編帙由延歲月光 |
| 깊은 골짝은 조금씩 마을 수재들의 자취 모이고 | 深谷稍通村秀跡 |
| 맑은 샘은 세속의 술잔을 쓸 필요 없네 | 淸泉不費俗流觴 |
| 주인의 정성과 노력 진실로 축하하노니 | 主人誠力眞堪賀 |
| 언덕 가득 솔바람 밤이 되자 서늘해지네 | 滿壟松聲入夜凉 |

## 난곡 노부가 회갑 며칠 후에 병이 조금 나아 부모의 산소에 성묘하고 감회에 젖어 짓다
[蘭谷老夫生朝後數日疾少可省雙親山感懷]

| | |
|---|---|
| 예순 한 살 된 아들 병까지 걸려 | 六十一年兒嬰疾 |
| 부모를 볼 생각에 산소에 올랐네 | 思見爺孃上山來 |
| 적막한 저승은 불러도 대답 없어 | 寂寞重泉呼不得 |
| 종일 무덤을 돌다 보니 정말로 슬프도다 | 繞墳終日正哀哀 |

# 이빨이 빠져 느낌이 있다[齒落有感]

이는 조개를 엮은 것 같고 잇몸은 물소 같으니　　齾如編貝齶如犀
비계나 고래를 씹을 때도 밖에서 구하지 않았네　　噬脂啖鯨不外求
나보다 일곱 살 적은 자도 먼저 빠졌는데　　少我七齡先我沒
너의 굳셈이 나의 부드러움에 미치지 못하는구나　　爾剛還不及吾柔

## 젖먹이 돼지를 보고 탄식하다[猪乳懷歎]

| | |
|---|---|
| 집에서 기르는 돼지 두 마리 | 家畜有二猪 |
| 누가 아우며 누가 형인지 | 誰弟誰是兄 |
| 추운 우리에서 젖도 먹지 못하여 | 寒牢失乳養 |
| 빼빼 말라 모습도 갖추지 못했네 | 羸憊不成形 |
| 해가 지면 서로 기대어 자고 | 日入相依宿 |
| 해가 뜨면 서로 부르며 따르네 | 日出相呼行 |
| 돼지 한 마리가 아프면 | 一猪病不起 |
| 또 한 마리가 마음 편치 않아 | 一猪心不平 |
| 함께 죽은 듯이 누웠는데 | 并對垂死側 |
| 마치 눈물 흐르는 듯 | 如有涕淚橫 |
| 마치 추구[140]처럼 버려져 | 見棄若芻狗 |
| 여기에서 생사가 결정되네 | 從此分死生 |
| 살아 있는 걸 사람도 좋아하니 | 生者人所愛 |
| 잘 먹고 전보다 살이 쪘네 | 糠糒比前贏 |
| 죽은 것이 어찌 알리오 | 死者寧有知 |
| 산 것은 분명 감정이 있어 | 生者自有情 |
| 죽은 것을 불쌍히 여겨 | 能爲死者戀 |
| 방황하며 먹지도 않고 울어대네 | 彷徨不食鳴 |

**140** 추구(芻狗) : 풀을 묶어서 개 모양으로 만든 것으로, 옛날에 제사를 지낼 때 썼다가 제사가 끝나고 나면 바로 버렸다.

| | |
|---|---|
| 곁에서 찾아도 찾지 못하여 | 旁求求不得 |
| 온종일 슬프게 소리 질러대네 | 盡日悲痛聲 |
| 네 소리 듣고 내가 잠잘 수도 없도다 | 聽汝吾不寐 |
| 조용히 시 읊으니 한밤중 되었네 | 微吟到三更 |
| 누구에게 너를 젖을 주게 하랴 | 誰敎汝乳懷 |
| 천성이 바로 치우치게 이루어졌네 | 天性卽偏成 |
| 슬프도다 서로 원수진 자들이여 | 哀哉相仇者 |
| 사람 얼굴이 어찌 붉어지지 않으리오 | 人面豈不騂 |

# 일을 이룬 게 없어 탄식하다[事無成歎]

| | |
|---|---|
| 천하에 허다한 일 | 天下許多事 |
| 모두 내 마음속에 가득하네 | 皆吾度內盈 |
| 일마다 다 좇으면 | 事事皆追後 |
| 언제 일을 이루리오 | 何時事有成 |
| 이미 세상 덮을 기운 없는데 | 旣無蓋世氣 |
| 어디에 가벼이 손을 대리오 | 那能下手輕 |
| 하물며 심력이 작음을 깨닫고 | 矧覺心力短 |
| 아득히 한평생 보냈네 | 悠泛度平生 |
| 그칠 줄 모르는 봄비 속에 | 淋漓春雨裏 |
| 한가로이 한낮 닭 우는 소리 듣노라 | 閒聽午鷄聲 |

## 사곡 조씨 어른 만시[挽沙谷趙丈]

| | |
|---|---|
| 대대로 덕 있는 분 강호에서 빛났고 | 世德赫溪澗 |
| 집안의 가르침은 집과 몸을 윤택하게 하는 것이었네 | 家謨潤屋身 |
| 은거하였으니 천작[141]은 늘그막까지 이어졌고 | 遯肥天爵晩 |
| 집에 복록이 이르자 사람들이 새로이 기렸네 | 履家人譽新 |
| 모래 골목에서 끝까지 은거했고 | 砂巷終薖軸 |
| 금촌에서 잠시 이웃을 보호했네 | 金村蹔保鄰 |
| 순리대로 살아 편안했고 돌아가던 날 | 順寧觀化日 |
| 귀한 자손 남겼네 | 子鳳又孫麟 |

**141** 천작(天爵) : 하늘에서 내려 준 작위, 즉 덕이 충만하여 저절로 존귀하게 됨을 말한다. 상대적으로 관직 등은 인작(人爵)이라고 한다. 《孟子 告子上》

# 우연히 팔음[142]을 읊다[偶詠八音]

| | |
|---|---|
| 천리의 금성엔 만 명의 스승이었고 | 金城千里萬夫師 |
| 석고[143]가 산을 울리니 운세가 각각 따랐네 | 石鼓鳴山運各隨 |
| 실이 중국에 들어가니 적수가 뉘리오[144] | 絲入中原誰敵手 |
| 죽책[145]에 높은 치적 올랐으니 저절로 편안하고 | 竹登高績自安頤 |
| 뒤웅박이 오래 매달려 있음은 바라는 바가 아니네[146] | 匏豈長懸非所願 |
| 땅이 농사 짓기 편하면 그곳을 떠나지 않으리라 | 土能安業不其離 |
| 변방에서 가죽에 쌓여 돌아오니[147] 마음은 굳세고 | 革還交趾心當壯 |

**142** 팔음(八音) : 음악의 기본이 되는 8개의 소리, 즉 쇠, 돌, 실, 대나무, 바가지, 흙, 가죽, 나무 등으로 만든 악기에서 나는 소리를 말한다. 이 시를 보면 각 구의 첫 글자가 金, 石, 絲, 竹, 匏, 土, 革, 木으로 되어 있음을 알 수 있다.

**143** 석고(石鼓) : 모양이 북 같은 동그란 돌에 주(周)나라 선왕(宣王)의 업적을 칭송하여 새긴 것으로, 중국의 각석(刻石) 중에서 가장 오래되었다.

**144** 실이……뉘리오 : 최치원(崔致遠)을 칭송하는 말이다. 최치원은 12세에 중국에 들어가 명성을 떨친 후, 28세에 신라로 돌아왔는데, 이를 "무협 중봉의 해에 실로 중국에 들어갔다가, 은하 열수의 해에 비단 되어 신라에 돌아왔다. [巫峽重峯之歲 絲入中原 銀河列宿之年 錦還東土]"라고 한다.

**145** 죽책(竹册) : 가볍고 작은 댓조각이나 나무조각의 위아래 두 군데를 댓발 엮듯이 끈으로 줄줄이 엮어, 거기에 수록된 문장을 체계 있게 볼 수 있도록 한 것이다. 죽책에 쓴 글은 죽책문이라고 하였으며, 왕명을 받아 문명이 높은 신하가 저술하였다.

**146** 뒤웅박이……아니네 : 《논어(論語)》 양화(陽貨)에 "내가 어찌 뒤웅박처럼 한 곳에 매달린 채 먹기를 구하지 않을 수가 있겠는가. [吾豈匏瓜也哉 焉能繫而不食]"라고 탄식한 공자의 말을 인용한 표현이다.

**147** 변방에서……돌아오니 : 후한(後漢)의 복파장군(伏波將軍) 마원(馬援)이 "사나이는 변방의 들판에서 쓰러져 죽어 말가죽에 시체를 싸 가지고 돌아와 땅에 묻히는 것이 마땅하다. 어찌 침상 위에 누워 아녀자의 손에 맡겨서야 되겠는가. [男兒要當死于邊野 以馬革裹屍還葬耳 何能臥牀上在兒女子手中耶]"라고 말한 고사가 전한다. 《後漢書 卷24 馬援列傳》

질박하고 어눌하고 뛰어나고 굳은 이를 늙은이는 애석해 하노라[148]

木訥英確惜老需

148 질박하고 말더듬는 : 《논어》〈자로(子路)〉에, "공자가 말하기를, '강하고 굳세고 질박하고 어눌함이 인에 가깝다.'라고 하였다. [子日 剛毅木訥 近仁]"라는 말을 인용한 표현이다.

# 꿈속의 일을 기록하다[記夢]

경신년(1860) 겨울에 꿈속에서 임금을 어전에서 뵙고 '위엄과 은혜를 나란히 베푸소서[威恩竝施]'라는 네 글자를 청했더니 임금이 "네 말이 옳다."라고 하셨다. 바로 본 조정 철종 때이다. 정축년(1877) 봄 2월 초닷새 자시(子時)에 꿈을 꾸었는데 임금께서 마을 제사[149]에 오셔 촌 노인네들과 나란히 앉아 있었는데 모습이 늙었고 거동이 매우 어려워 보였다. 잠시 뒤에 문을 나서시다가 기력이 약해 쓰러지려고 하시므로 내가 급히 달려가 부축하여 방으로 들어가 자리에 앉은 사람들에게 임금에게 무심한 허물을 꾸짖자 모두 얼굴이 붉어지며 아무 말도 없었다. 임금께서 "네가 진정 나를 사랑하는 자로구나."라고 하셨다. 뒤척이다가 꿈 풀이로 스스로 읊기를 "늙어갈수록 경륜을 시험해 볼 인연도 없는데, 꿈속에서 친히 머리 흰 임금을 모셨네. [經綸老去無緣試, 夢裏親陪白首君.]"라고 읊었다. 아아! 이때 임금께서 춘추가 젊으셨는데 어찌 머리 흰 임금도 만나지 못했는가? 매우 괴이하도다.

을유년(1885) 봄에 꿈속에서 요임금을 보았는데 요임금은 훌륭하셨다. 꿈에 요임금을 보았다는 자를 듣지 못했다. 옛날에 처사 도연명은 스스로 복희씨와 네 사람[150]을 말했는데 복희씨의 홍취를 혹시 상상 속에 본 것인지, 실제로 복희씨의 면모를 보았는지 그렇지 않은지는 알 수 없다. 순임금은 "곤궁한 자들을 폐하지 않음은 오직 요임금만이 이를 능히 할 수 있으셨다.[151]"라고

149 마을 제사[村社] : 사일(社日)에 토지신에게 지내던 제사인데, 이날 동네 사람들이 함께 잔치를 베풀고 즐겼다.

150 네 사람 : 진시황(秦始皇)의 무도한 정치를 피해 낙양 근처에 있는 상산(商山)에 은거했던 4명의 현인, 즉 상산사호(商山四皓)를 가리킨다.

하였는데, 나는 불행히도 사궁민[152]의 으뜸이 되어 굶주리고 목이 말라 곤란을 겪은 것이 오래 되었으니, 이 몸이 요순시대를 만나지 못하여 태평가를 부르며 밭 갈고 우물 파서 마시는 노인들과 배불리 먹고 격양가에 화답할 수 없음이 한스럽도다. 그러나 요임금의 시절이 지나간 것이 지금 몇 백 년이고, 평양 도읍[153]이 또한 몇 만 리나 되니 변방의 복이 적고 늦게 태어난 자가 비슷한 혜택도 받지 못하는 것이 마땅하도다. 공자가 "오직 하늘이 큰데 오직 요임금이 본받으셨다.[154]"라고 하신 것은 아마도 큰 성인께서 하늘의 허공에 계셔 하늘과 하나가 되시므로 비록 천만년이 지나더라도 덮고 가림이 없지 않아 바다 모퉁이의 백성들까지 이른다는 것이 아니겠느냐? 천하에 곤궁하고 근심하는 자로 널리 베풀어도 구제할 수 없는 자[155] 중에 나와 같은 자가 몇이며, 나보다 더한 자가 또 몇이겠느냐. 그런데 다만 하필 변방의 늙고 가난한 자를 돌보셨단 말이냐. 그 또한 기이하도다. 감축하여 몸 둘 바가 없어 애오라지 사실을 기록하여 시로 읊는다.

庚申冬 夢謁君王於榻前 請威恩竝施四字 王曰 汝言是也 乃本朝哲宗時也

丁丑春 二月初 五日 子時夢 君王來臨於村社 與村父老竝坐 年貌老大 起居

**151** 곤궁한……있으셨다 : 《서경(書經)》 〈우서(虞書) 대우모(大禹謨)〉에 나오는 말이다.

**152** 사궁민(四窮民) : 맹자가 말한 가장 불쌍한 부류의 사람들, 즉 홀아비, 과부, 고아, 독거노인 등을 말한다.

**153** 평양(平陽) 도읍 : 요임금의 수도라고 알려진 곳이다.

**154** 오직……본받으셨다 : 《논어(論語)》 〈태백(泰伯)〉에 나오는 말이다.

**155** 널리……없는 자 : 원문 박시(博施)는 박시제중(博施濟衆)의 준말로, 《논어》 〈옹야(雍也)〉에 자공이 "만약 백성에게 널리 베풀고 대중을 구제한다면 어떻습니까? 인이라 할 수 있겠습니까?[如有博施於民而能濟衆, 何如, 可謂仁乎.]"라고 묻자, 공자가 "어찌 인뿐이겠느냐? 반드시 성인이라고 할 것이다. 요순도 그 일을 어렵게 여기셨다. [何事於仁, 必也聖乎. 堯舜其猶病諸.]"라고 대답한 내용이 보인다.

甚難 有頃出戶之際 氣力衰微 有欲仆之勢 余急趍扶護而入 責座中人 無心於君父之愆 皆赧然無言 君王曰 汝眞愛我者也 輾轉之間 以夢解自咏曰 經綸老去無緣試 夢裏親陪白首君 噫 時君則春秋卑盛 而何莫遇白首吾王也 甚可怪也 乙酉春 夢見大堯 大堯尙矣 夢見大堯者 未有聞焉 普處士陶靖節自謂羲皇四人 未知羲皇之趣 或可想見 而羲皇之面貌 果能得見乎否 大舜言曰 不廢困窮 惟帝是克 余不幸爲四窮之首 困於飢渴也久矣 恨不得置此身於熙皥之世 與康衢耕鑿之叟 含哺反和擊壤也 然而帝堯徂暮之年 今幾百載也 平陽之都 且幾萬里也 褊邦之寡福晩生 宜乎不獲于彷佛也 孔子曰惟天爲大 惟堯則之 意者 大聖人在天之虛 與天爲一 雖千萬古而無不覆燾以至于海隅蒼生耶 天下之窮愁困慮 爲博施所病 同余者幾人 甚於余者亦幾人也 而獨何眷顧於褊邦老釋之窮蔀也 其亦異哉 感祝無地 聊爲記實而永言曰

궁벽해라 동방의 궁벽한 고을 僻矣東方僻矣鄕
늙은 홀아비 가난한 살림 너무 황량하구나 老鰥蔀屋太荒凉
베갯머리에 잠시 요순시대 지나가니 枕畔蹔經熙皥世
화려한 눈썹[156] 진중하고 빛을 내리셨네 彩眉珍重賜餘光

화목하게 근근히 거두어 앉은 곳이 편안하니 穆穆堇收坐處安
시골 마을의 늙은이들 다투어 와서 보네 村生閭老競來觀
평소 다만 정성과 사랑이란 글자만 아니 素習但知誠愛字
나물국과 소박한 밥으로 받들어도 어려움 없네 藜羹淡飯供無難

**156** 화려한 눈썹 : 요임금의 눈썹에 여덟 가지 빛깔이 있었다고 한다.

| | |
|---|---|
| 백성들에게 먹는 걸 가르칠 때 | 生民之道食敎時 |
| 지금의 어미들에게 찬밥을 주지 말도록 경계하라 | 敎戒今母冷飯爲 |
| 빛나고 융성한 덕의 정미한 가르침을 | 欽明盛德精微訓 |
| 우사[157]의 글을 살피면 알 수 있으리라 | 虞史編中察可知 |

**157** 우사(虞史) : 순임금 시대의 역사기록 관리를 말한다.

# 안 연암에게 주다[贈安燕庵]

| | |
|---|---|
| 단란한 하루 저녁이 십 년보다 나아 | 一夕團圝勝十年 |
| 상전벽해 같은 인생사 모두 아득해라 | 滄桑人事摠茫然 |
| 이별 안타까워 도로 황매산 아래 머물고 | 惜別還留梅峀下 |
| 경전을 말하니 행단[158] 아래 감동 있네 | 談經有感杏壇前 |
| 백설가[159]를 만나니 초나라가 아닌 곳이 없고 | 歌逢白雪無非楚 |
| 술 마시며 석양을 보내니 바로 연나라로다 | 酒送斜陽便是燕 |
| 다만 그대 우정이 소원하다 말하지 마시라 | 惟君莫道情疎濶 |
| 오늘처럼 만나는 인연 언제나 많으리라 | 此日恒多會合緣 |

**158** 행단(杏壇) : 공자가 제자들을 가르치던 곳이다.

**159** 백설가(白雪歌) : 너무도 고상해서 따라 부르기 힘든 노래를 말한다. 춘추 시대 초(楚)나라의 대중 가요인 '하리(下里)'와 '파인(巴人)'은 수천 명이 따라 부르더니, 고상한 '백설(白雪)'과 '양춘(陽春)'의 노래는 너무 어려워서 겨우 수십 명밖에 따라 부르지 못했다는 고사가 있다.

## 삼가 정 백조당[160]의 〈연시[161]〉시에 차운하다 [謹次鄭白棗堂延諡韻]

| | |
|---|---|
| 백조당 꽃다운 이름 오랠수록 더욱 선명해 | 白棗芳名久益鮮 |
| 총애를 거듭하여 바야흐로 시호가 겸하여 이어졌네 | 寵貤方及諡兼延 |
| 백행의 깊은 근원에 임금 은혜 더하고 | 百行深源添雨露 |
| 삼현사[162] 고풍스레 향불 연기를 잇네 | 三賢祠古襲香烟 |
| 많은 고을에서 와서 보고 | 于于列邑來觀地 |
| 잇따른 성대한 의식은 하늘에서 내렸네 | 遂遂縟儀有隕天 |
| 다만 시호 효정이 자손에 전해짐 아니라 | 不狳孝貞家子姓 |
| 많은 선비들 마음에 함께 일어나네 | 秉心多士共油然 |

160 정 백조당(鄭白棗堂) : 정옥량(鄭玉良, 1395~1447)으로 본관은 삼가(三嘉), 자는 곤보(崑甫), 호는 경재(耕齋)로 효자로 유명하였다. 사당 옆에 홀연히 흰 대추나무 일곱 그루가 돋아 한자 남짓 자랐는데 이로 인해 사람들이 백조당이라고도 했다.

161 연시(延諡) : 나라에서 조상에게 내리는 시호(諡號)를 물려받는다는 말이다. 정옥량은 1871년(고종8 辛未)에 효정(孝貞)이라는 시호를 추증 받았다.

162 삼현사(三賢祠) : 합천군 율곡면 임북리에 있는 사당으로 진주 강씨 3인을 봉사하는 곳이다. 삼현사는 화재(和齋) 강인수(姜仁壽), 당암(戇庵) 강익문(姜翼文), 한사(寒沙) 강대수(姜大遂) 등 3인을 봉안하였다.

## 〈연리[163]〉시를 응삼 송운용[164]에게 주다
## [連理詩贈宋應三 雲用]

| | |
|---|---|
| 나는 그대 집 연리수를 사랑하여 | 我愛君家連理樹 |
| 다만 그 나무 때문에 오히려 아름다운 이름 얻었네 | 只他猶是得佳名 |
| 사람도 도가 없으면 도리어 사물에 부끄러우니 | 人如無道還羞物 |
| 공부는 힘들고 부지런해야 이룰 수 있네 | 爲學辛勤乃可成 |

**163** 연리(連理) : 서로 다른 나무의 결이 이어져 하나의 나무처럼 된 것을 말한다. 백거이(白居易)의 〈장한가(長恨歌)〉에 "하늘에선 비익조 되고, 땅에선 연리지 되네. [在天願作比翼鳥, 在地願爲連理枝.]"라고 하였다.

**164** 송운용(宋雲用) : 자는 응삼(應三)이다. 곽종석(郭鍾錫, 1846~1919)의 《면우집(俛宇集)》 권67에 송용운에게 보낸 편지가 수록되어 있다.

## 청암에서 주인 아무개에게 주다[靑巖贈主人某]

| | |
|---|---|
| 초가집도 새로 지을 때가 있으니 | 茅屋新成也有時 |
| 주인의 심사는 그때를 앎에 그치도다 | 主人心事止于知 |
| 청룡이 물을 만나니 잠김이 옳고 | 靑龍枕水潛應可 |
| 백학이 솔에 깃드니 자는 게 또한 마땅하네 | 白鶴栖松睡亦宜 |
| 문에 드리운 버들은 꾀꼬리 소리를 구하고 | 門垂楊柳求鶯語 |
| 뜨락에 심은 오동은 봉황을 기다리네 | 庭植梧桐待鳳儀 |
| 번화한 저자가 어찌 암혈의 즐거움만 하리오 | 城市何如巖穴樂 |
| 한가한 구름과 밝은 달이 서로 그림자를 따르네 | 閒雲明月影相隨 |

# 정월 초하루에 산길에서 넘어져 다치다
## [元日山中路落傷嘆]

| | |
|---|---|
| 옛사람 대청에서 내려오다 발을 다쳐 | 古人下堂傷其足 |
| 여러 달 나가지 않고 오히려 얼굴에 근심 가득[165] | 數月不出猶憂色 |
| 지금 네가 산소에 오르다 머리를 다쳤으니 | 今汝上山傷其頭 |
| 백 년 근심에 근심이 어찌 끝이 있으랴 | 憂之百年憂何極 |
| 옛사람이 오직 발길을 조심하여 | 古人惟謹一擧足 |
| 평지도 항상 헤아릴 수 없는 것처럼 했도다 | 平地常若臨不測 |
| 지금 너는 어찌하여 깊은 산 속에서 | 今汝奈何窮山裏 |
| 경솔히 경사진 곳을 밟아 발을 헛디뎠느냐 | 輕躡陂陀失一脚 |
| 다만 어버이 생각에 간절하여 효도를 잊었고 | 只切思親忘孝道 |
| 육십 사세 되었어도 아이임을 알겠도다 | 六十四歲孩提識 |
| 자지 않고 다음 날 아침에 진상을 올리고 | 明發不寐因朝薦 |
| 섣달 그믐날 그냥 있다가 다음 날에 | 居維月臘晦之翌 |
| 잠자코 홀로 산소를 찾아가며 | 惛惛獨向墳墓去 |
| 가지고 있던 짧은 지팡이로 내 힘을 지탱했네 | 所將短笻支吾力 |
| 내를 건너고 절벽 따라 수백 보를 가는데 | 涉澗緣崖數百步 |
| 언 눈을 밟을 때는 마치 장님이 더듬거리듯 했네 | 踏破凍雪如擿埴 |
| 양지 언덕을 향해 길이 왼쪽으로 도는데 | 翻向陽坡路左轉 |

**165** 옛사람이……가득 : 증자(曾子)의 문인인 악정자춘(樂正子春)이 일찍이 마루에서 내려오다가 발을 다친 뒤 발이 낫고도 수개월 동안 나가지 않고서 여전히 근심하는 기색이 있었다는 고사가 있다. 《小學 稽古》

정신이 멍하니 저승에 들어가는 것 같았네　神精恍入酆都域
짚신은 미끌어 멈추지도 못하고　麻鞋滑滑住不得
나도 모르게 몸이 쏠리고 발 또한 기울어　罔覺身傾足亦仄
곧장 일어나려 했으나 도리어 고꾸라져　卽欲振起還顚倒
수척한 다리와 약한 지팡이는 지탱하지 못 하고　羸脚弱笻撑不克
뒹굴다가 머리를 바위 모서리에 부딪쳤네　坐轉頭觸岩之角
범이 넘어지듯 기린이 자빠지듯　虎之蹶兮麟之踣
갓이 부서지고 뇌까지 상처 입어　冠巾碎盡傷及腦
흐르는 피가 곧바로 도랑처럼 쏟아져　流血直瀉成溝洫
죽었다고 생각했을 뿐 살 생각도 못하고　自料身死不料生
해 저물어 통곡하며 산기슭을 떠나왔네　落日痛哭去山側
머리 숙이고 감히 큰 소리로 부르지도 못하고　低頭不敢高聲號
어버이의 넋이 듣고 슬퍼할까 두려웠네　恐親體魄聞悽惻
눈으로 머리를 닦으니 눈 붉어지고　以雪澳頭雪盡赤
까마귀 날아와 조문하고 깊은 숲은 어두컴컴했네　烏鴉來弔深林黑
두려워 머무르기 어려워 곧장 내려오니　凜乎難留直下來
마을 사람들 모두 들어가 쉬고 있네　村竪巷婦皆入息
온 집안 아낙네들 넋을 잃었고　渾家婦子皆喪魄
피는 솟아나 멈추지 않았네　憤血湧出無可塞
갈대재와 혈갈166로 겨우 피를 멈추고　蘆灰血蝎僅止血
일부러 술 가져오라 하여 가슴을 적시었네　强命巵酒澆胸臆

166 혈갈(血蝎) : 종려과에 속하는 기린갈나무의 진으로, 타박상에 좋아 어혈을 없애고 통증, 출혈을 멈추어 새살을 돋게 한다는 약재이다.

부모께서 계셨다면 마음이 어떠셨을까 爺孃若在心何如
생각하면 목이 메어 먹은 게 내려가지 않네 思之更塞不下食

## 농가에서 느낌이 있어 짓다[農家感吟]

| | |
|---|---|
| 일꾼 구하기가 신선보다 어렵고 | 雇收求見甚於仙 |
| 쌀값은 열 되에 십 전이나 하네 | 米價十升換十錢 |
| 어찌하면 해마다 태평가 부르며 | 安得太平歌歲歲 |
| 이 사람들 배불리 먹을 수 있나 | 須令此屬腹便便 |
| | |
| 어찌하면 팔월 신선처럼 만족할 수 있나 | 知足何如八月仙 |
| 양주 가는 길에 또 돈을 생각하네 | 楊州去路又思錢 |
| 십 년 등불 아래 책 읽느라 고생했는데 | 十年謾苦書燈下 |
| 기꺼이 농부가 이렇게 편함을 보네 | 肯見農夫若是便 |

## 윤 정월 보름 전에 비가 와서 일꾼들이 서로 어울려 제멋대로 돌아다니는 것이 미웠다
[閏正月望前雨憎雇者輩浪遊相尋]

| | |
|---|---|
| 한번 보니 헛되이 노는 일 오히려 부족하여 | 一望空遊尙不足 |
| 분명 춘궁기에 장마 지기를 바라는 듯 | 分明是意窮春霖 |
| 이들이 인사를 안다면 | 如令此輩知人事 |
| 밥을 대하며 어찌 자괴심이 없을까 | 對飯那無自愧心 |

## 눈을 읊다[詠雪]

| | |
|---|---|
| 강을 건너는데 구름이 돛이 되고 | 渡河蒼狗化爲帆 |
| 일천 나무 봄을 맞아 눈꽃이 피었네 | 千樹迎春六出花 |
| 옥마[167]가 바람 속에 울어도 얻을 수 없고 | 玉馬嘶風無處得 |
| 그림 속 기이한 경치는 일만 사람의 집일세 | 畫中奇景萬人家 |
| | |
| 보리 뿌리 새로 내리고 푸른 싹 나는데 | 麥根新下上青芽 |
| 때 아닌 눈비 매우 아름답지 못하네 | 雨雪非時甚不嘉 |
| 나라 근심에 풍년 기원하다가 | 憂國憂家豊歲願 |
| 세 번이나 눈 내린다고 자랑하려 했네 | 要成三白向人誇 |

**167** 옥마(玉馬) : 또 동영왕(東瀛王) 등(騰)이 상산(常山)에 진을 치고 있을 때 폭설이 내렸는데, 눈이 쌓이지 않고 바로 녹는 것을 보고서 괴이하게 여겨 파 보니, 한 자 높이의 옥마(玉馬)가 나왔다는 고사가 있다.《淵鑑類函 卷9 雪2》

## 정월 대보름날 경치를 읊다[吟正月望日卽景]

| | |
|---|---|
| 가가호호 부락마다 저녁 짓는 연기 둘러싸고 | 家家萬落繞炊烟 |
| 새벽하늘 바라보며 한 해 농사 점치네 | 一歲農功占曉天 |
| 보름달 뜬 거리엔 다투어 폭죽 터뜨리고 | 望月街頭爭爆竹 |
| 큰길 위 아지랑이 연과 함께 나네 | 遊絲陌上共飛鳶 |
| 도소주[168] 따라 마시며 근심 잊고자 하고 | 忘憂且進屠蘇酒 |
| 늙어서야 태을진인[169] 곰곰이 생각하네 | 却老潛思太乙仙 |
| 조용한 가운데 더불어 이야기 나눌 사람 없는데 | 靜裏無人相與語 |
| 문득 봄눈이 마을 앞에 가득함을 깨닫네 | 覺來春雪滿村前 |

**168** 도소주(屠蘇酒) : 설날에 마시는 약주(藥酒) 이름이다. 귀기(鬼氣)를 도절(屠絶)하고 인혼(人魂)을 소성(蘇醒)한다고 해서 그 이름이 붙여졌다고 하는데, 《본초강목(本草綱目)》에 의하면 화타(華佗)의 비방(秘方)이라고 한다. 새해 아침에 가족 모두가 의관을 정제하고 모여서 차례로 도소주 술잔을 어른에게 올린 뒤에 나이 어린 사람부터 일어나서 나가는 풍습이 있었다. 《荊楚歲時記》

**169** 태을진인(太乙眞人) : 태일진군(太一眞君)이라고도 하는데, 태을성(太乙星)에 살며, 천신(天神) 가운데에서 가장 존귀한 신이다. 태을성은 하늘 북쪽에 있는 별로, 병란과 재앙, 생사 따위를 맡아서 다스린다는 별이다.

## 우연히 읊다[偶吟]

| | |
|---|---|
| 푸줏간 저자거리 향강에 술 바다는 넓어 | 屠市香江酒海濶 |
| 무심코 건너려다 술에 먼저 젖었네 | 無心欲渡尊濡先 |
| 미친 노래 부르다 통곡하니 누가 궁달을 알랴[170] | 狂歌誰識窮達哭 |
| 대낮에 취해 꿈꾼다고 사람들은 비웃네 | 醉夢人嘲白日眠 |
| | |
| 헛되이 명리를 구한 사십년 | 名利虛求四十年 |
| 즐거이 시골에서 노닐며 늙는 데 무슨 방해되랴 | 不妨遊樂老林泉 |
| 마음은 호걸이라 세상에선 혹 미친 사람이라 하니 | 情豪世或稱狂客 |
| 취해 죽더라도 내 어찌 주선에 기탁하랴 | 醉死吾何寓酒仙 |

**170** 푸줏간……알랴 : 형가(荊軻)의 고사를 들어 말세에 뜻을 펴지 못하는 심정을 읊었다. 도시(屠市)는 개백정의 저자거리를 말한다. 형가(荊軻)가 일찍이 연나라의 개백정이나 축(筑)을 잘 연주하던 고점리(高漸離) 등과 친하게 지내면서 날마다 그들과 함께 도성 거리에서 술을 진탕 마시고 음악을 연주하고 노래하며 서로 즐겼던 고사가 있다. 《史記 卷86 荊軻列傳》

# 율리재 송창석 공의 시에 차운하다
## [次栗里齋宋公 錫昌 韻]

| | |
|---|---|
| 율리 선생 세상이 알지 못하니 | 栗里先生世莫知 |
| 어찌 오류라 부를 까닭 있으랴[171] | 何須五柳號因爲 |
| 방초를 불쌍히 여겨 왜가리 울어[172] 재촉할까 두렵고 | 恐催鳴鶪憐芳草 |
| 연한 가지에 앉은 노란 꾀꼬리 소리 기뻐 듣네 | 喜聽黃鸝坐軟枝 |
| 옥산의 규정대로 수강하던 날 | 規傍玉山修講日 |
| 금곡의 벌주대로 시 찾던 때[173] | 罰依金谷索詩時 |
| 보리 바람[174] 불어 이 달은 사람의 몸을 맑게 해주니 | 麥風是月淸人骨 |
| 아름다운 만남 해마다 이어지기를 기약하네 | 嘉會年年可與期 |

**171** 율리(栗里)……있으랴 : 율리는 도연명(陶淵明)이 은거하던 마을이름이다. 도연명은 오류선생(五柳先生)이라고도 하는데 집 앞에 다섯 그루의 버드나무를 심었다고 해서 붙여진 이름이다.

**172** 왜가리 울어 : 5월이 되었다는 말이다. 중하의 달[五月]에는 작은 더위가 이르며, 당랑(螳蜋)이 나오고, 왜가리가 처음 울며, 반설은 소리를 내지 않는다. [小暑至, 螳蜋生, 鶪始鳴, 反舌無聲.] 〈月令 第六〉

**173** 금곡의……때 : 진(晉)나라 때 부호로 유명했던 석숭(石崇)이 별장인 금곡(金谷)에 빈객들을 모아 연회를 열었을 때, 시를 짓지 못하면 술 서 말을 벌주로 마시게 했던 고사가 있다. 이백(李白)의 〈춘야연도리원서(春夜宴桃李園序)〉에 "만일 시를 짓지 못하면 금곡원의 술잔 수에 따라 벌주를 마시게 하리라. [如詩不成, 罰依金谷酒數.]"라고 하였다.

**174** 보리 바람 : 맥풍(麥風)은 보리 위로 스치는 바람이라는 뜻으로 초여름을 알리는 바람이다. 장강과 회수 지역에서 5월에 부는 바람을 의미한다.

## 관선계에서 만났을 때 함께 마시다[觀善契會時共酬]

| | |
|---|---|
| 한 자리에 단란히 모였으니 삼면이 같고 | 一席團圓三面同 |
| 이 정자에서 수계하며[175] 성공을 즐거워하네 | 玆亭修稧樂成功 |
| 그믐날 풍류 애오라지 오래되기를 | 晦日風流聊可永 |
| 동산에 떠오르는 밝은 달 보기 좋구나 | 好看明月出山東 |

**175** 이 정자에서 수계하며 : 왕희지의 난정수계(蘭亭修稧)를 본 따 관선계를 읊은 것이다. 진(晉)나라 왕희지(王羲之)가 목제(穆帝) 영화(永和) 9년 삼월 삼짇날에 사안(謝安), 손작(孫綽) 등 당대의 명사 40여 인과 함께 회계(會稽) 산음(山陰)의 난정(蘭亭)에 모여서 재앙을 쫓는 계사(稧事)를 행하고 곡수(曲水)에 술잔을 띄워 돌려 마시며 시를 지은 고사가 전하는데, 왕희지가 지은 〈난정기(蘭亭記)〉에 그 내용이 상세히 나와 있다. 《古文眞寶後集 卷1》

# 편지[書]

## 고을 원님에게 보내는 편지[與本倅書]

갈림길에서 전별할 때[176] 홀로 한 잔의 물도 나누지 못하고, 참으로 이후에도 인편과 소식조차 모두 막혀 평소 늘 슬픔에 잠기다가, 마침 전달하는 파발 중에 편지를 받들어 바삐 뜯어 읽노라니, 기쁘고 벅찬 모습이 구름을 헤치고 하늘을 보는 것과도 같았습니다.

삼가 새해가 되고 달포가 지났는데 고을을 다스리는 가운데[177] 몸은 줄곧 강녕하고 편안하신지요? 공무가 대단히 수고롭고 번거로운 것은 없을 듯하지만, 삼가 위로하고 치하함이 구구하고 지극합니다. 저는 근근이 보존하며 수고스럽지만 한마을에 같이 사는 사람들도 큰일이 없으니 다행스러움을 어찌 말로 다 할 수 있겠습니까.

삼가 생각해보면 여유롭게 칼을 놀리심이 어찌 참으로 좁은 산 고을에

**176** 갈림길에서 전별할 때 : 원문의 전로(餞路)는 《신당서(新唐書)》 권197 〈양국충전(楊國忠傳)〉에 "출행할 때 내려주었는데 '전로'라 하였고, 돌아오면 위로하였는데 '연각'이라 하였다. [出有賜, 曰餞路; 返有勞, 曰軟腳.]"라고 한 데서 유래하였다.

**177** 고을을 다스리는 가운데 : 금리(琴理)는 고을을 다스리는 것을 말하는 것으로 여겨진다. 공자의 제자인 복자천(宓子賤)이 선보(單父) 고을의 수령이 되었을 적에, "거문고만 연주할 뿐 마루 아래로 내려오는 일이 없었는데도 잘 다스려졌다. [彈鳴琴 身不下堂而單父治]"라는 고사에서 유래한 것이다. 《呂氏春秋 察賢》

만족하겠습니까.[178] 칭송하는 소리가 넘치는 처지에 가까운 큰 고을로 옮겨 가신다면 이는 지극한 축복입니다. 나머지 많은 말씀은 인편이 재촉하기에 이만 줄입니다.

사위도 평안하리라 생각합니다. 소식은 자주 들어 알고 있습니다. 전날 책방[179] 이형(李兄) 또한 편안한지요? 따로 편지를 보내지 못하니 소식 전해 주시기를 삼가 기대할 따름입니다.

岐陽餞路獨未遂一杯水展 誠伊後便音俱阻 居常伏悵際 承轉褫中下書忙手奉讀欣豁之狀若披雲見天 謹伏審新年浹月琴理中體韻一向康泰 公務似無大端勞攘 伏慰賀區區 實愜遠祝之至 某 堇保勞碌同閑別無大何伏幸何達第伏念恢恢游刃何足誠可於峽郡乎 以若頌聲之洋溢移於近地雄都 復遂源源之忱 是所至祝耳 餘萬便促姑不備 伏惟令婿君平安聲息果或數數聞知而前日册衙李兄亦爲崇謐恨未須幅下鋪伏企耳

178 삼가……만족하겠습니까 : 이 편지를 받는 수령의 능력이 작은 고을을 다스리는 정도를 훨씬 뛰어넘는다는 말이다. 칼을 여유롭게 놀린다는 말은 뛰어난 백정의 기술을 비유한다. 《장자》에 나오는 포정해우(庖丁解牛)의 고사에서 유래하였다.

179 책방 : 책아(册衙)는 조선 시대 고을 수령의 비서 사무를 보던 서리를 가리키는 말이다.

# 난곡유고 1권

蘭谷遺稿卷之一

## 잡저

雜著

# 어떤 사람의 물음에 답하다[答人問目]

[문] : 천황씨는 목덕(木德)으로 왕이 되었다. 대개 오행의 생극(生克)으로 말하면 금수(金水)가 앞에 와야 하는데 금수를 말하지 않고 목덕으로 우선하였으니 그 뜻을 들을 수 있겠는가?

天皇氏以木德王蓋以五行生克言之金水爲先不言金水而以木德先之其意可得聞歟

[답] : 목덕으로 왕이 되었다는 뜻을 반드시 생극(生克)의 순서로 구속할 필요는 없네. 아래 글에서도 언급하지 않았던가. 《세시기(歲時記)》[180]에 "봄이로다. 봄이로다.[181]"라고 하니 이는 곧 초봄 동쪽 하늘에 나타난 별을 말한다. 봄은 한 해의 머리이요 목(木)은 봄에 왕성하니 목덕으로 우선하지 않겠느냐? 무릇 하늘은 자회(子會)에서 열리고 땅은 축회(丑會)에서 열리며, 천도(天道)가 동쪽으로 돌아가므로 지도(地道)가 이를 따른다. 갑을목(甲乙木)이 동방에 거하며 십간(十干)의 머리가 되고 인묘목(寅卯木)도 동방에 있으며 또한 지지(地支)의 앞이 되니 천황씨가 왕이 됨에 목덕으로 우선하는

**180** 세시기(歲時記) : 원문의 세기(歲記)는 《세시기》를 말한다. 세시기는 월별로 기후와 풍속을 서술한 책으로, 중국 양(梁)나라의 종름(宗懍)이 6세기경에 지은 《형초기(荊楚記)》를 7세기 초 수(隋)나라의 두공섬(杜公贍)이 증보 가주(加注)하여 《형초세시기》라 하였다. 중국의 《형초세시기(荊楚歲時記)》를 모범으로 조선에서 《동국세시기(東國歲時記)》라 하였다.

**181** 봄이로다 봄이로다 : 원문의 섭제(攝提)는 고갑자(古甲子)로 십이지(十二支)의 인(寅)에 해당한다. 축(丑)을 정월로 세운 은(殷)나라와 자(子)를 정월로 세운 주(周)나라를 제외하고 모두 인을 정월로 세웠다. 따라서 이 구절은 한 해가 새로 시작되었다는 뜻이다.

것이 마땅치 않겠는가. 그러므로 『역(易)』에서 말하기를, "제(帝)가 진(震)에서 나오도다. [帝出乎震]"라고 한 것이다. 제(帝)는 곧 천지(天地) 주재자(主宰者)요, 진(震)은 동방(東方) 목괘(木卦)를 말하는 것이다.

또한 생극으로 말한다면 상생(相生)이 체(體)가 되어 순환하며 쉬지 않는 것은 구주(九疇)의 오행(五行)이고, 상제(相制)가 용(用)이 되어 한번 정해져 바뀌지 않는 것은 육부(六府)의 오행이다. 오덕(五德)의 운행에 하늘의 작용이 아닌 것이 없고 수화(水火)가 가장 긴요한데 금수(金水)로 우선한다는 설은 조금도 들어본 적이 없다.

하늘이 자방(子方)에서 열리는데 자는 수(水)에 해당한다. 수의 성질은 움직이기 때문에 한번 흘러가며 아(我)가 생하는 것으로 덕을 삼는다. 땅은 축방(丑方)에서 열리는데 축은 토(土)에 해당한다. 토의 성질은 고요하기 때문에 근본에 거하며 아를 생하는 것으로 덕을 삼는다.

또한 하늘의 목덕을 땅이 이를 대덕으로 계승하니 이는 곧 하늘의 운행과 땅의 계승이 같은 이치의 형세인 것이다. 그러나 이것이 어찌 천황을 우매한 무리들이 대롱으로 엿볼 수 있겠는가마는 감히 상세히 보이고자 한다.

木德王之意不必以生克之序拘碍也　下文不云乎　歲記攝提攝提乃孟春童(東)星也 春爲一歲之首而木旺於春不以木德爲先乎 夫天開於子 地闢於丑 天道東巡地道承之 甲乙木居東而爲十干之首 寅卯木在東而亦爲十支之先 天皇氏之王也 以木德先之不其宜乎 故易曰 帝出乎震 帝卽天地主宰也 震乃東方木卦也 且以生克言之 則相生爲體循環不息者 九疇之五行也 相制爲用一定不易者 六府之五行也 五德之運莫非天之用而水火最要金水爲先之說姑未之聞也 天開於子子水也 水性動 故過一行而以我生者爲之德 地闢於丑丑土也 土性靜 故居本位而以生我者爲之德 又天以木德地承之以大德 此

乃天運地承同然之理勢也 然而此豈讀天皇顓蒙輩之所可管窺哉 敢詳示焉

[문] : 한고조(漢高祖)는 을미년(BC206) 관중(關中)에 들어간 해를 한나라 원년으로 삼았는데 이 의리는 어떤 것인가?

漢高祖以乙未入關爲漢元年 此義尙何如

[답] : 천하에 하루라도 왕이 없을 수 없음은 고금에 통하는 이치이다. 난왕(赧王)이 죽고 하늘이 한고조(漢高祖) 유방(劉邦)을 낳았는데[182] 광포한 진(秦)나라가 주(周)나라를 대신하게 한 것은 한 해에 윤달이 있는 것과도 같아서, 만약 한조(漢朝)가 대의(大義)를 행하여 잔혹한 도적을 평정하는 주인으로 하늘에 응하여 궁궐에 들어가는 날 자영(子嬰)[183]이 항복하였으니 이것이 곧 윤달 중 작은 달인 것이다.

춘추대일통(春秋大一統)의 의리로 미루어 보면 진한(秦漢) 사이에 임금자리가 오래도록 비어 있었으니, 한나라가 주나라의 정통을 계승함에 기해년(BC202)에 초석을 정하는 해[184]를 기다릴 것도 없이 이미 을미년에 궁궐에 들어간 날을 더하였으니 마땅한 일이다. 이것이 사실을 그대로 적지 않고

**182** 난왕(赧王)이……낳았는데 : 난왕은 중국 주(周)나라의 마지막 왕이다. 재위기간(BC314~BC256)은 59년으로 주나라 왕 중에서는 가장 길었으나 실권은 없이 제후들의 눈치를 보면 연명하였기에 '부끄럽다'는 뜻의 난왕(赧王)이라는 호칭이 붙었다.《史記索隱》《史記正義》. 난왕이 죽고 주나라가 망한지 10년 후인 BC247년 한고조 유방이 태어났다. 그리고 BC221년 진시황이 마침내 전국시대의 혼란을 평정하고 천하를 통일하였지만 진시황의 폭정과 조기 사망으로 천하는 다시 혼돈 속으로 들어갔다.

**183** 자영(子嬰) : 중국 진(秦)나라의 제3대이자 마지막 왕이다. 왕위(王位)에 오른 지 46일만에 유방(劉邦)에게 투항했지만, 뒤이어 함양(咸陽)에 입성(入城)한 항우(項羽)에게 살해되었다.

**184** 기해년에……해 : BC202년 한고조 유방이 제위에 오른 해를 말한다. 유방이 초나라의 항우(項羽)를 물리치고 황제의 자리에 올라 한나라를 개국하였다.

특별히 한나라 원년 을미라고 한 이유이다.

또한 무릇 2월에 처음 한중(漢中)에 들어가 왕이 되었으니, 진나라 정동(正冬) 10월 초하루로부터 2월은 곧 을미년 다섯 번째 삭일(朔日)이 된다.[185]

天下之不可一日無君 古今之通義也 赧王崩年 天生漢高祖而狂秦之代周 若歲之有潤月也 以若漢祖行大義 平殘賊之主 應天入關(闕)之日 子嬰降焉 卽是乃潤月之小盡也 以春秋大一統之義 推之則秦漢之間無君久矣 漢承周統不待乎 已亥定礎之年而已加於乙未入關(闕)日宜乎 此不陽信筆特書漢元年乙未也 且夫二月始立(入)漢中爲王 自秦正冬十月朔之則二月乃乙未年第五朔也

[문] : 『소학(小學)』 맨 처음에 『열녀전(列女傳)』을 말한 것은 무슨 의미인가?

小學首言列女傳何義歟

[답] : 『열녀전』으로 머리를 장식한 의리는 『어제소학언해(御製小學諺解)』 서문[186]에 상세히 말하였다. 『주역(周易)』 하경(下經)이 함괘(咸卦)와 항괘

185 진나라는 천하를 통일한 후에 역법(曆法)을 주나라의 주력(周歷)에서 전욱력(顓頊曆)으로 바꿨다. 즉 주나라 때는 음력 11월을 정월로 삼았지만, 진나라 때는 음력 10월을 정월로 삼았다. 이 전욱력은 한무제(漢武帝) 이전까지 사용되었다.

186 어제소학언해(御製小學諺解) 서문 : 『어제소학언해』는 1586년(선조19) 간행된 『소학언해』 수정본을 말한다. 1744년(영조20) 영조의 명으로 재간행하였는데, 그 서문에서 영조는 부부의 도리가 부자나 군신의 도리에 선행함을 말하며 아녀자들도 쉽게 읽어 교화를 이룰 수 있게 하려는 의도를 밝히고 있다.

(恒卦)를 머리로 하는데, 대저 함괘와 항괘는 부부의 도리를 나타낸다. 부부는 인륜의 시작이니 지아비와 지어미가 있은 연후에 아비와 자식이 있게 되고, 아비와 자식이 있은 연후에 임금과 신하가 있게 되고, 임금과 신하가 있게 된 연후에 위와 아래가 있게 되고, 위와 아래가 있은 연후에 예와 의리가 있게 되니 조처해야할 바는 부부의 정조(貞操)와 부정(不貞)이 인륜의 밝음과 밝지 못함에 관계되기 때문에 성인이 찬술한 것이다. 『시경(詩經)』 머리에서 「관저(關雎)」를 두고 『서경(書經)』 머리에 「이강(釐降)」을 둔 것 또한 이러한 이유이니, 하물며 『소학』은 곧 인륜을 밝히는 세상의 법칙이지 않는가. 주자(朱子)께서 이를 수집하며 "『열녀전』으로 머리를 삼은 것을 다시 어찌 의심하리오."라고 하셨다.

列女傳爲首之義 諺解御製序文詳言矣 周易下經 咸恒爲首 大抵咸恒夫婦之道也 夫婦人倫之始也 有夫婦然後父子 父子有然後有君臣 有君臣然後有上下 有上下然後有禮義 所措則夫婦之貞不貞 關係於人倫之明不明 故聖人之刪述也 詩首關雎 書首釐降 其亦以此而況小學乃是明人倫之世則 朱夫子蒐集之曰 列女傳爲首復何疑哉

[문] : 『대학(大學)』「명덕(明德)」의 소주(小註)에 "하늘로부터 얻어 광명정대한 것이 명덕이다.[187]"라고 하였는데 명덕이란 마땅히 어떤 것인가?

大學明德小註有得於天而光明正大者爲之明德 明德當何物歟

[답] : 이는 『장구(章句)』의 설과 상응한다. 『장구』에서 사람이 하늘로부터 얻어[188] 허령불매(虛靈不昧, 텅 비어 영험하며 어둡지 않음)하다고 말한 것이 곧 하늘로부터 얻어 광명(光明)하다고 언급한 것이고, 『장구』에서 모든 이치를 갖추어 만사에 응한다고 말한 것이 곧 정대(正大)를 이르는 말이다. 하늘로부터 얻었는데도 마음이 아니고 본성도 아니라고 하였던 것이다. 마음도 아니고 본성도 아니라고 말한 것은 대개 명덕은 단순히 마음이라고 말할 수 없고 또한 단순히 본성을 가리킬 수도 없다. 반드시 마음과 성정을 합친 연후에 밝은 덕의 전체를 드러낼 수 있는 것이지, 마음과 본성의 밖에 하나의 사물에 범연히 자재한다는 것은 아니다. 그러므로 「전(傳)」의 「석명명덕장(釋明明德章)」에서 "하늘의 밝은 명(命)을 돌아본다.[189]"라고 하였으니, 하늘의 밝은 명이라는 것은 어찌 이른바 하늘이 나에게 부여하여 나의 밝음이 되는 것이 아니겠는가.

**187** 대학(大學)5?명덕(明德)이다 : 주자(朱子)가 편찬한 『대학장구(大學章句)』 경(經) 1장의 명덕(明德)에 대한 소주(小註)에 나오는 말이다. 여기에서 주자는 "하늘이 사람과 사물에 부여한 것을 '명'이라 하고, 사람과 사물이 이것을 받은 것을 '성'이라 하고, 일신에 주재하는 것을 '심'이라 하고, 하늘로부터 얻어서 광명정대한 것을 '명덕'이라 한다. [天之賦於人物者謂之命, 人與物受之者謂之性, 主於一身者謂之心, 有得於天而光明正大者謂之明德.]"라고 해설하였다.

**188** 하늘로부터 얻어 : 원문에는 '人之不得乎天'이라고 되어 있으나 《대학장구》와 문맥을 감안하여 '人之所得乎天'으로 바꾸어 번역했다.

**189** 전(傳)의5?돌아본다 : 『대학장구(大學章句)』 전(傳) 수장(首章)의 '석명명덕'에 나오는 말이다.

此與章句之說相應 章句言人之不(所???)得乎天而虛靈不昧者 乃得於天而光明之謂也 章句之言 具衆理應萬事者 乃正大之謂也 得於天之上不曰非心非性云爾乎 非心非性云者 蓋明德不可單之謂心 亦不可單指謂性 必合心也性情也 然後明德地全體可見 非謂心與性之外 若有一箇物 凡然自在也 故傳之釋明明德章曰顧是天之明命 天之明命 豈非所謂天地所以與我而我之所以爲明者乎

[문] : "희로애락(喜怒哀樂)의 미발(未發)[190]을 중(中)이라고 한다."고 하였는데 이 중(中)이란 글자에 대한 해석을 들을 수 있겠는가?

喜怒哀樂之未發謂之中 是中字可得解聞歟

[답] : 『중용장구(中庸章句)』「소주(小註)」의 정자(程子)의 뜻으로 말한다면 중은 이면에 있는 중을 말하고, 주자의 뜻으로 추리한다면 또한 중화(中和)를 겸한 의미이다. 그러나 미발인 때는 진실로 '중(中)'이나 '부중(不中)'으로 말할 수 없고 발하여서 모두 중절(中節, 절도에 맞음)한 연후에 중화(中和)라고 말할 수 있으니 미발인 때 중 아닌 것이 어찌 중절의 이치가 있겠는가.

아직 발하지 않고 안에 있을 때 이미 중화의 중을 갖추고 있고, 그렇기 때문에 이미 발하여 밖에 있을 때에 이 중절의 중이 있는 것이다. 중화의 중은 미발의 중으로부터 말미암지 않고 그 발함에 절도에 맞지 않는 것은 발하는 자의 잘못이지 발하게 하는 자의 잘못이 아니다.

**190** 희로애락(喜怒哀樂)의 미발(未發) : 기쁨, 분노, 슬픔, 즐거움의 감정이 아직 밖으로 드러나지 않음을 말한다. 발(發)과 미발(未發)은 감정이 겉으로 드러나거나 아직 드러나지 않음을 나타낸다.

정자와 주자의 설이 진실로 다른 것이 아니다. 주자는 곧 정자가 다 드러내지 않았던 속뜻을 모두 발휘한 것이니 주자가 이미 상세하게 설명했는데, 어찌 다시 상세한 설명이 필요하겠는가.

以小註程子之意謂之則中是裏面底中 以朱子之意推之則亦兼中和之意 然而未發之時 固無中不中之可言 而發而皆中節然後乃謂之中和 則未發時不中者 豈有中節之理乎 未發在裏面之時已具中和之中 故已發在外面之時有此中節之中 中和之中 不由於未發之中乎 其發不中節者 發之者之罪也 非所以發者之罪也 程朱之說 固無二致而朱子 則揔發程子未盡之蘊也 朱子已詳之說有何更詳乎

[문] : 육경(六經)[191]은 의리를 취하여 각각의 책에 이름을 지은 것인데, 『맹자(孟子)』 7편을 지으며 『맹자』로 이름을 지은 것은 무엇 때문인가? 이 책의 「호연장(浩然章)」에서 『주역(周易)』 곤괘(坤卦) 육이(六二)의 '곧고 바르고 크다는 직방대(直方大)의 의리'를 취하여 도리어 '지극히 굳세어 곧음으로 기른다.'[192]라고 말하였으니 무슨 의미인가?

六經名以取義各册 作孟子七篇以孟子謂題目何也 此浩然章取坤之六二直

191 육경(六經) : 《시경(詩經)》《서경(書經)》《예기(禮記)》《악기(樂記)》《역경(易經)》《춘추(春秋)》의 6가지 경서를 가리킨다.

192 주역(周易)……기른다 : 『주역』 「곤괘(坤卦) 육이(六二) 효사(爻辭)」에 "곧고 바르고 크도다. 익히지 않아도 이롭지 않음이 없다. [直方大 不習无不利]"라고 한 것과 『맹자(孟子)』 「호연장(浩然章)」에서 호연지기(浩然之氣)에 대하여 "그 기(氣)는 지극히 크고 지극히 굳세니 곧음으로 길러 해치지 않으면 천지에 가득하게 될 것이다. [其爲氣也 至大至剛 以直養而無害 則塞于天地之間]"라고 한 것의 관계를 묻는 말이다.

方大 倒下至剛直養言之當何義也

[답] : 삼경(三經)[193]의 이름의 의리가 높은 것은 말할 것도 없다. 우선 사서(四書)에 대해 말한다면 『대학(大學)』은 증자(曾子)가 찬술하였으며 그 책이 곧 옛날 대학에서 사람들을 가르치던 법이기 때문에 『대학』이라고 일컫은 것이고, 『중용(中庸)』은 자사(子思)가 지으며 도학(道學)이 후세에 전해지지 못할 것을 염려하여 중용의 도를 밝힌 것이기 때문에 『중용』이라 한 것이다. 『논어(論語)』는 공자(孔子) 문하의 제자들이 공자께서 이것저것 따지고 제자들의 물음에 답변하신 말씀을 기록하였으므로 『논어』라고 한다. 『맹자』라는 책은 맹자가 만장(萬章)의 무리들과 어렵고 의심스러운 문제들에 대해 묻고 답한 것을 일곱 편으로 지은 것이다. 패업(霸業)을 물리치고 왕도(王道)을 밝혔으며, 이단을 제거하고 세 성인의 도를 이었으며, 인욕(人欲)을 막고 천리(天理)를 보존하여 이전의 성인이 미처 계발하지 못한 것을 넓힌 자는 맹자 한 사람뿐이다. 이것이 진정 『맹자』라는 책을 『맹자』로 이름 지은 까닭이니 어찌 의리를 취함이 없겠는가.

예로부터 현인(賢人)의 책은 대부분 자(子)라고 하였으니,『관자(管子)』, 『회남자(淮南子)』와 같은 것이 이런 것이다.

「호연장」의 "지극히 크고 지극히 굳세어 곧음으로 기른다."는 말은 대개 『주역(周易)』「곤괘(坤卦) 육이(六二)」의 "곧고 바르고 크다"는 의리를 취하였으니 곤괘의 육이효(六二爻)는 곤의 체(體)로 말한 것이다. 곤의 체는 본질적으로 곧고 바른 것으로 큰 것을 이루기 때문에 "곧고 바르고 크도다. 익히지 않아도 이롭지 않음이 없으리라."라고 한 것이다.

**193** 삼경(三經) : 《시경(詩經)》《서경(書經)》《역경(易經)》을 가리킨다.

「호연장」은 기(氣)의 체로 말한 것이다. 기의 체가 본래 지극히 크고 지극히 굳세어 곧음으로 기르면서 해롭게 함이 없는 연후에 천지에 가득 차게 되는 것이다. 그러므로 "지극히 크고 지극히 굳세고 곧음으로 기른다."고 하였으니 말에 각각 마땅한 바가 있다.

그러나 '지극히 굳세다'는 지강(至剛)의 강(剛) 자와 "곧고 바르다"는 직방(直方)의 방(方) 자는 서로 통하는 것으로 볼 수 있으니 '바름[方]'이 곧 '굳셈[剛]'이요 '굳셈'이 곧 '바름'인 것이다. 그런데 육이에서 '굳셈'을 말하지 않고 '바름'을 말한 것은 대개 그 말이 곤(坤)의 덕(德)인 부드러움[柔]에 해가 되기 때문이다. 그러므로 『전(傳)』194에서 이를 해석하기를, "지극히 부드러우나 움직임에 굳세다."라고 하였다.

三經各義尙矣 勿論姑以四書言之 大學曾子所述而其書乃古者大學敎人之法 故謂之大學 中庸子思所作而憂道學之失其傳而明中庸之道 故謂之中庸 論語則孔門諸子記夫子論難答述之語 故謂之論語 孟子之書 則孟子與萬章之徒 難疑答問 作七篇者是也 其黜霸功明王道 闢異端 承三聖 遏人欲 存天理 擴前聖未發者 孟子一人而已 此眞孟子書以孟子名言 亦豈無取義哉 古來賢人之書 多謂之子若管子淮南子之類是也 浩然章之至大至剛直養 蓋取坤之六二直方大之義 而坤之六二以坤之體而言者也 坤之體自直方而成大 故曰直方大不習無不利 浩然章以氣之體而言者也 氣之體本至大至剛而以直養無害然後 塞乎天地 故曰至大至剛直養言各有所當也 然至剛之剛字與直方之方字 互看可也 方則剛矣 剛則方矣 六二之不言剛而言方者 蓋以其害於坤德之柔也 故傳釋之曰至柔而動也剛

**194** 전(傳) : 주자(朱子)가 『주역(周易)』을 해석한 『주역본의((周易本義)』를 가리킨다.

[문] : 계씨(季氏)가 팔일(八佾)의 춤을 추게 한 죄[195]와 저 옹시(雍詩)를 부르며 철상하는 죄[196]를 지었다. 죄에는 가볍고 무거울 것이 없는데 『전(傳)』에서 팔일을 거론하면서는 목이 베어져도 용서받지 못할 죄라 말하였지만, 옹철(雍徹)을 거론하면서는 무지하여 망령되게 행하였다고 하니 이는 무슨 말인가?

季氏八佾之罪與夫雍徹之罪 罪無輕重 而於傳擧八佾言罪不容誅 擧雍徹而言其無知妄作是何謂歟

[답] : 알면서도 죄를 범한 자와 알지 못하고 죄를 범한 자는 죄에 있어서 가볍고 무거운 차이가 있다. 대저 춤을 추는 일무(佾舞)의 수는 8부터 내려오니, 천자는 8일무, 제후는 6일무, 대부는 4일무, 선비는 2일무의 등급이 분명하다.[197] 모름지기 아녀자도 볼 수 있고 알 수 있는 일을 계씨가 참람되게

**195** 계씨(季氏)가……죄 : 계씨는 노나라의 대부(大夫)인 계손씨(季孫氏)로, 그의 뜰에서 천자(天子)의 예인 팔일무(八佾舞)를 추게 한 죄를 말한다. 《논어》 〈팔일(八佾)〉에 공자가 계씨에 대해 "자신의 뜰에서 팔일무(八佾舞)를 추게 하니, 이런 짓을 차마 한다면 무엇을 차마 하지 못하겠는가. [八佾舞於庭 是可忍也 孰不可忍也]"라고 비난하였다.

**196** 옹시(雍詩)를……죄 : 제사가 끝날 때 옹시를 부르며 제사상을 거둔 죄를 말한다. 옹시는 『시경(詩經)』 「주송(周頌)」에 수록되어 있는 시로, 제사를 주관하는 천자의 위용을 찬양하는 시이다. 「주송」은 본래 주나라 천자가 주관하는 제사나 예식에서 사용되는 노래를 모은 것으로, 대개 천자의 위용과 업적을 찬양하는 것들이다. 그런데 이런 시를 계손씨를 포함한 노나라의 유력한 세 대부가 함부로 행한 것이다. 《논어》 〈팔일(八佾)〉 "삼가(三家)가 옹시를 노래하며 철상(撤床)하였다. 공자께서 말하기를 '제후들이 제사를 돕고, 천자는 공손히 있도다.'라는 가사를 어찌 삼가의 집에서 취하는가. [三家者以雍徹 子曰 相維辟公 天子穆穆 奚取於三家之堂]"라고 비난하였다.

**197** 춤을……것이다 : 일무(佾舞)는 종묘나 문묘의 제향 때에 악생(樂生)이 아악(雅樂)의 연주에 맞추어 추던 춤으로, 문무(文舞)와 무무(武舞)가 있었다. 일무는 악생의 숫자에 따라 팔일무(八佾舞), 육일무(六佾舞), 사일무(四佾舞), 이일무(二佾舞) 등으로 나뉘는데, 각각 천자, 제후, 대부, 선비의 신분적 등급에 따라 추는 일무가 정해져 있다.

행하였으니 이는 알면서도 범한 것이다.

옹(雍)은 철상할 때 사용하는 시악(詩樂)이라고 한다. 음악이라고 하니 성인이 음악을 지은 의리를 삼가(三家)가 말하니 혹은 그럴 듯하거나 혹은 살피지도 못하고 알지도 못하는 것이다. 그러므로 공자께서 팔일무를 춘 죄를 책망하시며 "이것을 차마 한다면 무엇을 차마 하지 못하겠는가."라고 말씀하셨고, 옹시로 철상하는 죄를 기롱하면서 "'제후들이 제사를 돕고, 천자는 공손히 있도다.'라는 시를 어찌 삼가의 집에서 취한단 말인가."라고 말씀하셨다. 이로써 추측해보면 옹시로 철상한 죄는 계씨가 태산(泰山)은 함부로 할 수 없음을 모르고 태산에 여제(旅祭)를 지낸 일[198]과 함께 알지 못한 채 망령되이 지은 죄일 것이다. 그러나 팔일에 이미 죄를 말하며 주륙을 당하여도 용서받을 수 없다고 하였으니 옹시로 철상하고 태산에 여제를 지낸 죄는 비록 말하지 않더라도 추측할 수 있다.

知而犯者與不知犯 在罪固有輕重矣 大抵舞佾數自八而下 天子八 諸侯六 大夫四 士二 等級分明 雖婦人幼子可覩可知以季氏僭焉 則是知而犯者也 雍徹之詩樂云樂云而聖人作樂之義以三家述惑似或不察不知矣　故夫子責八佾之罪曰 是可忍也 孰不可忍也 譏雍徹之罪曰 相維辟公 天子穆穆 亥取於三家之堂 以 此推之則雍徹之罪與 季氏不知泰山之不可誣而旅於泰山 同歸於無知妄作之科矣 然而於八佾已言罪 不容誅 則雍徹旅泰之罪 雖不言而可推矣

198 태산(泰山)은……일 : 태산에 제사를 지내는 일[旅祭]은 제후만이 할 수 있는데, 대부인 계씨가 참람되이 제사를 지낸 일을 말한다. 《論語 八佾》

# 심성설[心性說]

삼가 살펴보면 마음[心]과 본성[性]은 모두 천리(天理)로부터 나왔는데, 천리로부터 사람에게 부여된 것을 말하되 본성이라 하고, 천리가 사람에 존재하는 것을 말하되 마음이라고 한다. 그러므로 마음은 한 몸의 주재가 되고 본성은 한 마음의 전체가 된다. 그러므로 맹자(孟子)가 "마음을 다하는 자는 그 본성을 알고 그 본성을 아는 것이 곧 하늘을 아는 것이다."라고 하였다. 아! 사람들마다 이 마음이 있지 않음이 없는데 마음을 다하는 자는 드물고, 또한 이 본성이 있지 않음이 없는데 본성을 아는 이는 적다. 천리는 성인과 어리석은 자, 그리고 옛날과 지금의 차이가 없는데 마음을 보존하고 본성을 기름에 성인과 어리석음, 옛날과 지금의 다름이 있으니 좋은 정치와 교화에 뜻을 두고 있는 자가 어찌 개탄스러워하지 않겠는가.

일찍이 논하기를, 『서경(書經)』「우서(虞書)」에는 "인심은 위태롭고 도심은 은미하니, 오직 정밀하고 순일하게 그 중(中)을 잡아라."라고 하였고, 「상서(商書)」에는 "위대한 상제께서 아래 백성들에게 충심의 덕을 내려주시어 변함없는 본성을 지닐 수 있도록 하였다."라고 하였으니, 모든 성인이 마음으로 전하는 법은 실로 요(堯) 임금으로부터 그 단서를 연 것이다. 그러나 만세의 성학(性學)은 원래 탕(湯) 왕부터 시작되었다.

마음에는 인심과 도심의 구분이 있는데 본성에는 선(善)과 불선(不善)의 분별이 없다. 그렇기 때문에 본성의 조목에 다섯이 있다고 하면서 인의예지신(仁義禮智信)을 말하였고, 마음의 주체는 하나의 경(敬)일 뿐이라고 한 것이다.

일심의 본체에 이미 다섯 가지 본성인 오성(五性)이 있으나 이 오성이

외물(外物)에 감응함에는 또한 일곱 가지 감정인 칠정(七情)이 있어 이 정(情)이 발하는 것이다.

도의(道義)를 행함에 있어 발하는 것은 예컨대 부모에게 효도하고 싶고, 임금에게 충성하고 싶고, 어린아이가 우물에 빠지려 할 때 측은히 여기고, 의롭지 못한 일을 보면 미워하게 되고, 종묘(宗廟)에 들르면 공경하게 되는 종류가 이것이다. 이것을 일러 바로 도심이라고 한다. 사람의 욕심 때문에 발한다는 것은 예컨대, 배고프면 먹고 싶고 추우면 옷을 입고 싶고 피곤하면 쉬고 싶고 정력이 왕성하면 남녀관계를 생각하는 종류가 이것이니 이것을 일러 곧 인심이라 한다.

성(性)이 곧 이(理)이고, 기(氣)는 성을 담는 그릇이다. 이와 기가 이미 섞여 있어 서로 분리되지 않는데 마음이 동하면 곧 정이 되는 것이다. 그러므로 발하는 것은 기(氣)이고 발하게 하는 것은 이(理)다. 기가 아니면 발할 수 없고 이가 아니면 발할 것이 없다. 본래 이가 발하거나 기가 발한다는 구별 없이 다만 본원적인 것인지 파생적인 것인지의 차이만 있을 뿐이다. 그러므로 도심은 비록 기에서 분리되어 있지 않지만 기가 발함에 도의(道義)가 되어 성명(性命)에 속하게 되고, 인심 또한 비록 이(理)에 근본하지만 발하면서 인욕이 되니 형기(形氣)에 속하게 되는 것이다.

도심은 순수하게 천성이 발현되는 것이기 때문에 선하며 악함이 없고, 인심은 이(理)에서 분리되기 때문에 선이 있을 수도 있고 악이 있을 수도 있는 것이다. 먹어야 하기 때문에 먹고 입어야 하기 때문에 입는 것은 성현들도 어찌할 수 없이 따라야 하니 이것이 천리(天理)이며, 먹고 싶고 교접하고 싶은 생각에 빠져 악을 저지르게 되니 이것이 인욕이다. 이로써 도심은 쉽게 지킬 수 있지만 인심은 쉽게 인욕에 빠지기 때문에 마음을 다스리는 자는 한 생각이 발함에 그것이 도심임을 알면 곧 확충해야 하고, 그것이 인심임을 알면 곧 인심 또한 도심이 될 수 있으니 도심으로 인심을 주재하여 매번 명령에 따르도록 하면 곧 인심 또한 도심이 되어 문득 본성을 기르는 방법을 얻을 수 있다. 요(堯)임금과 순(舜)임금은 본성 그대로였으니 주자께서 말씀하신 이른바 '오직 성인의 본성'이라 한 것이고, 탕왕(湯王)과 무왕(武王)은 노력하여 본성을 회복하였으니 자사(子思)께서 이른바 '본성을 다한 자'라고 하신 것이다.[199]

성현(聖賢)의 심법(心法)이 이에 융성하였는데 주(周)나라가 쇠퇴하자 우리 공자께서 일어나셨으니 도라는 것은 만세토록 가릴 수 없는 것임을 믿을 수 있으리라. 비록 그러하나 성과 천도는 공자께서도 매우 드물게 말씀하신 바이기에[200] 당시 뛰어난 제자들이 적지 않았음에도 불구하고 안자(顔子)와 증자(曾子) 이외에는 아는 자가 매우 드물었다. 마음의 덕이 진실로 성하였으니 성에 대해 어찌 쉽게 말했겠는가. 맹자가 죽은 후로 송대(宋代)에 이르기까지 이단이 한꺼번에 일어나 심성의 바른 학문이 거의 사라질 지경이었기 때문에 주염계(周濂溪), 장횡거(張橫渠), 정명도(程明道) · 정이천(程伊川) 형제, 그리고 주자(朱子)가 두려워하며 이를 막고 유학을 지켜 내었으니 옛 성인의 설을 다시 남기는 일 없이 천만세에 전래하여 심법이 마침내 이단에 섞여 사라지지 않게 된 것이다.

**199** 요(堯)임금과……것이다 : 맹자(孟子)가 "요임금과 순임금은 본성을 잃지 않고 그대로 하였고, 탕왕과 무왕은 닦아서 본성을 회복하였다. [堯舜性之也 湯武反之也]"라고 한 말을 인용하여 본성이 실현되는 예를 든 것이다. 『맹자(孟子)』「진심 하(盡心下)」에 나온다. "오직 성인의 본성"이라는 말은《소학(小學)》「제사(題辭)」에 나오고, "본성을 다한다"는 말은『중용』에 나온다.

**200** 성(性)과……바이기에 : 공자(孔子)가 성리학과 관계되는 직접적인 말을 많이 하지 않았다는 말이다. 『논어』「공야장(公冶長)」에 나오는 "선생님의 문장에 대해서는 들을 수 있었지만, 선생님께서 성과 천도를 말씀하시는 것은 들어보지 못하였다. [夫子之文章 可得而聞也 夫子之言性與天道 不可得而聞也]"라는 자공(子貢)의 말과, 「자한(子罕)」에 나오는 "공자께서는 이와 명과 인을 드물게 말씀하셨다. [子罕言利與命與仁]"라는 말을 인용하였다.

저 도가 동으로 돌아 우리 동방의 명현들이 배출되어 심성의 학문이 다시 찬란히 빛나게 되었다. 우리 동방은 비록 편벽된 말과 사악한 설이 있었으나 사이에 작은 구멍으로 엿보아 사라지게 할 수가 있었으며 의론(議論) 또한 어찌 감히 찬동하는 설을 낼 수 있었겠는가. 우리 동방의 이율곡 선생께서 말씀하시기를 "퇴계 이황은 주자를 모방하였고 화담 서경덕은 스스로 터득한 것이 많은데 화담이 자득한 것은 취하지 말고 퇴계가 모방한 것을 취하여야 한다.[201]"라고 하였으니, 지금 배우는 자들은 각자 이전의 철인들이 이미 밝힌 설을 모방함으로써 마음에 보존하고 본성을 기르는 모범을 얻을 수 있으리라.

謹按心與性皆從天理上出來 自天理之賦於人者 而言謂之性也 自天理之存諸人者 而言謂之心也 則心是一身之主宰性爲一心之全體也 故孟子曰 盡其心者 知其性也 知其性則知天矣 噫 人莫不有是心而盡其心者鮮矣 亦莫不有是性而知其性者寡矣 天理則無聖與 愚古與今之殊 而存心養性獨有聖愚古今之殊則有志於治敎者豈不慨然乎哉 蓋嘗論之虞書曰 人心惟危道心有微 惟精進一允執厥中 商書曰 惟皇上帝降衷于下民 若有恒性 千聖傳心之法 實自堯啓其端而萬世性學之原自湯而始矣

心有人心道心之分而性無善不善之分 故性之目有五曰 仁義禮智信也心之主有一敬已而矣 一心之體 旣有五性而五性之感又有七情則情之發也有爲道義而發者如欲孝其親 欲忠其君 見孺子入井而惻隱 見非義而羞惡 過

201 퇴계(退溪)5?한다 : 율곡 이이가 성호원에게 답한 편지에 있는 말이다. "대개 퇴계는 모방한 맛이 많으므로 그 말이 구애가 있고 조심하였으며, 화담은 스스로 터득한 맛이 많으므로 그 말이 즐겁고 호방하였습니다. 삼가면 실수가 적고, 호방하면 실수가 많으니, 차라리 퇴계의 모방하는 태도를 취할지언정 반드시 화담의 스스로 터득하는 것을 본받아서는 안 됩니다."

宗廟而恭敬之類是也 此則謂之道心 有謂人欲而發者 如飢欲食 寒欲衣 勞欲休 精盛思室之類是也 此則謂之人心 性則理也 而氣爲盛理之器也 理氣渾然旣不相離而心動則爲情 故發之者氣也 而所以發之者理也 非氣則不能發 非理則無所發 本無理發氣發之殊而但有或原或生之異 故道心雖不離乎氣 而氣發也爲道義則屬之性命者也 人心雖亦本乎理 而其發也爲人欲則屬之形氣者也

道心純是天現故有善而無惡 人心離乎理故有善有惡 當食而食 當衣而衣 聖賢所不免 此天理也 因食色之念而流而爲惡者 此人欲也 是知道心只可守之而已 而人心易流於人欲 故治心者於一念之發 知其爲道心則擴而充之 知其爲人心 則人心亦爲道心 以道心爲主宰人心 每聽命焉 則人心亦爲道而抑可以得養性之方矣

堯舜性之則子朱子所謂惟聖性者也　湯武反之則子思子所謂能盡其性者也 聖賢之心法於斯爲盛而及周之衰 吾夫子興焉則信乎道者萬世無蔽者也 雖然性與天道 夫子之所罕言 則當時高弟不爲不多而顔曾以外而知者鮮深矣 心之德固盛矣 而性豈亦易言哉 自鄒夫子旣歿至于有宋異端朋興 心性之正學幾乎 泯焉 故周張程朱懼而闢之以衛斯文 則前聖之說無復餘蘊而千萬歲傳來 心法終是不泯於異端矣

夫道東循我東方名賢輩出心性之學復旣燦乎 吾東則雖有詖辭邪說 豈能窺闖於其間而滅殘 議又何敢贊說哉 我東方李栗谷先生曰 退溪之依倣 花潭多自得 不取花潭之自得而取退溪之依倣 今之學者 盍各依倣乎前哲已明之說而得存心養性之規也哉

# 난곡유고 1권
蘭谷遺稿卷之一

## 서문
序

# 서문
序

## 마을 향약 서문[里約序]

무릇 향약(鄕約)이 리(里)에서 실행되는 것을 리약(里約)이라고 한다.[202] 통합하여 말하면 향약이고 나누어 말하면 리약이다. 향에는 리가 16개 있어 각각의 리마다 그 법(法)은 같으나 그 예규(例規)는 반드시 모두가 같을 필요가 없으니 대개 형편에 따라 실행할 수 있는 것을 헤아려 시행하기 때문이다. 대강 각각의 리약과 예칙(例則)을 들어보면 혹은 비록 같은 리에 살고 있어도 가입할 수 있거나 가입할 수 없다는 말이 있는데, 마치 먼저 인품을 판별하는 경우도 있고, 혹은 오로지 법규의 해석에만 힘쓰고 마을의 일은 관여하지 않는 경우도 있고, 혹은 사람은 적은데 물자는 많아 사사로이 계약한 것 같은 경우도 있는데, 모두 약법(約法)의 본의가 아니다.

우리 마을은 그렇지 않으니 대략 선배 부형들의 옛 리약과 예규에 근거하여 귀천이나 빈부, 현명함과 어리석음을 따지지 않고 모두에게 가입을 허락함으로써 모든 사람을 널리 사랑한다는 의리를 분명히 하였다. 또한 사농공

202 향약(鄕約)이……한다 : 조선은 중기 이후로 지방 고을의 행정단위를 5가(家)를 1통(統)으로, 10통을 1리(里)로, 10리를 1향(鄕)으로 묶어 통치하였다. 그리고 향에는 향약을, 리에는 리약을 만들어 하나의 사회규범으로 삼았다.

상(士農工商)의 신분과 직업을 막론하고 모두에게 리약에 참여함을 허락하여 사농공상 사민(四民)이 서로 도움이 되어준다는 의리를 밝혔다. 재물을 내놓을 때도 가난한 사람은 진실로 적게 내놓게 하고 가난하지 않더라도 또한 심하게 많이 내놓도록 하지 않아서 규약은 귀하고 재물은 천하다는 의리를 분명히 하였다. 사람 중에 간혹 지나치게 포괄적인 것을 싫어하는 자가 있어 내가 다음과 같이 이해시켰다.

"순상공(巡相公)[203]이 한 도(道)에 규약을 반포하여 대개 한 고을이라도 이 규약을 함께 하지 않는 곳이 없도록 하였고, 우리 수령이 한 고을에 규약을 만들어 또한 한 마을이라도 이 규약을 함께 하지 않는 곳이 없도록 하였습니다. 그러므로 우리들이 한 마을에서 규약을 세우면 또한 한 집이라도 이 규약을 함께 하지 않음이 없도록 해야 하지 않겠습니까. 옛날 성왕(聖王)이 중국을 보기를 마치 한 사람을 보듯이 하였으며, 천하를 보기를 한 집안을 보듯이 하였으니 아직도 온 세상을 교화할 수 있다면 이전 성인의 책을 읽고 예전 선왕의 법을 지키는 자가 다만 온 마을의 규약을 같이 하지 않겠습니까.

사람이 태어나 하루라도 법 없이는 살 수 없는데 동포 백성들을 어찌 법 밖으로 버려 홀로 지내게 할 수 있겠습니까. 다 함께 똑같이 규약에 들어가 간혹 규약을 범하는 자가 있다면 한 마을 사람들이 다 함께 이를 지키도록 하고, 이를 지키도록 하는데도 듣지 않는다면 한 마을 사람들이 함께 벌을 주는 것입니다. 함께 징벌함에도 뉘우치지 않으면 그 후에는 한 마을 사람들이 관아에 보고하여 함께 내쫓아도 늦지 않을 것입니다. 어찌 미리 그 규약을

203 순상공(巡相公) : 특정 지역을 순행하며 민심과 동정을 살피는 관리를 높여 부르는 말이다.

어길 것을 염려하여 규약에 들어옴을 허락하지 않을 수 있겠습니까.

또한 강학(講學)이라는 것은 장차 일용에 베풀고자 하는 것인데, 만약 한갓 강습에만 힘쓰고 백성을 살리는 도에는 밝지 못하다면 비록 가슴 속에 육경(六經)을 담고 있고 입으로 오례(五禮)를 외운들 또한 이익이 되겠습니까. 어찌 다만 선비만 그렇겠습니까. 농사꾼이든 장인이든 장사꾼이든 또한 그런 것이니 만약 다만 이익을 내는 것이 중요한 줄만 알고 예의(禮義)에는 전혀 어둡다면 비록 곡식을 산처럼 쌓아놓고 재물을 언덕처럼 쌓아놓고 있다 하더라도 금수와 무엇이 다르겠습니까. 사민이 다 같이 규약에 노력하고 마음으로 힘써서 서로 이익의 바탕이 되어주는 것만 못합니다. 어찌 반드시 선비는 선비여야 하고 농부는 농부여야만 해서 월(越)나라 사람이 진(秦)나라 사람 마른 것 보듯[204] 해야만 하겠습니까.

만약 규약이 완성되어 바야흐로 일이 이루어지지 않음이 없게 하려면 재물을 만들어내는 방법이 없을 수 없습니다. 재물을 만들어내는 방법은 만드는 사람이 많음보다 더 좋은 것이 없으니, 사람은 적으면서 많이 내는 것이 어찌 사람이 많으면서 고르게 내는 것과 같을 수 있겠습니까. 각자 이름 아래 힘닿는 대로 기록한 액수만큼 내어 하나로 수합하여 대략 장부대로 완성하고, 겸하여 관아에서 보충한 3천 냥을 각 동네에 고르게 배포하여 원금은 보존하고 이자를 받아 지속적으로 운영하게 하느니만 못할 것입니다. 모두 모였을 때 하나의 규약을 갖추어진다면 사마공이 말한 대로 '모임은 잦았으나 예의는 정성스러웠고, 물건은 소박했으나 정리는 두터웠다.'라고

204 월(越)나라……보듯 : 아무런 상관이 없는 것처럼 무심하다는 말이다. 원문 '진척(秦瘠)'은 '월시진척(越視秦瘠)'의 준말이다. 남의 불행이나 고통을 보면서도 감정에 아무런 동요가 없음을 비유한다. 춘추(春秋)시대 진(秦)나라는 서북에 위치하고 월(越)나라는 동남에 위치하여 거리가 매우 멀어 월나라의 사람이 진나라 사람의 살찌고 야윈 것을 하등의 관련 없이 여긴다는 데서 나온 말이다.

한 것 [205]처럼 이 또한 아름답지 않겠습니까.

아! 돌아보면 나는 다 늙도록 한 집안의 법도 이루지 못하였는데 망령되이 한 마을의 규약을 이룰 것을 말하고 있으니 반드시 여럿 중에 비웃는 자가 있을 것입니다. 그러나 이는 나의 말이 아니라 곧 예전부터 마을 노인들의 충성스럽고 돈후한 본의이고, 또한 예로부터 내려오는 좋은 풍속이 오히려 보존되어 있는 하나의 단서를 볼 수 있을 것입니다.

맹자가 인(仁)의 단서를 논하며 '진실로 이를 채우면 사해(四海)를 보존하기에 충분하지만 진실로 이를 채우지 못하면 처자식조차 보존하지 못한다.' 라고 하였으니 이 규약으로 한 마을을 충분히 보존할 수 있음 또한 선한 단서가 충분한지 충분하지 못한지에 달려 있을 뿐입니다. 무릇 우리들 모두 함께 이약을 맺은 사람으로서 힘써 권유해야 할 것이고, 힘써 권유한다면 이약이 이루어지는 실효를 볼 수 있고 우리 마을의 규약이 장차 다른 마을에 곱절이나 더욱 빛날 것입니다."

마침내 삼가 우리 수령의 이름을 쓰고 나머지를 통솔하여 각자 거처하는 곳에서 나이 순서로 이름을 열거하고 이름은 '이약안(里約案)'이라 한다.

夫鄕約之行於里者曰里約 統而言之則爲鄕約 分而言之則爲里約 鄕之里凡十有六各里之其法則同 而其例則未必皆同 蓋因其勢而度其可行之者 行之故也 槪聞各里約例則 厥或雖居同里者有可入不可入之說有若辨前人品者 或有專務講規不管里中事者 或有人寡而物多有若私契然者 皆非約法之

205 사마공(司馬公)이……말 : 송나라 사마광(司馬光)이 군목판관(群牧判官)으로 있을 때 손님이 오면 늘 술을 대접했으나 세 순배 내지 다섯 순배만 마시고 많아도 일곱 순배를 넘지 않았다. 술은 시장에서 사오고 과일은 배, 밤, 대추, 감뿐이고 안주는 포, 젓갈, 나물국에 그쳤으며, 기물은 자기와 칠기를 사용했다. 그리하여 "모임은 잦았으나 예는 정성스러웠고 물건은 소박했으나 정은 도타웠다. [會數而禮勤 物薄而情厚]" 한다. 《小學 善行》

本意也

吾里則不然 略因先父兄舊約例而無論 貴與賤 貧與富 某也賢 某也愚 皆許入約以明 汎愛衆之義 無論士與農 工與商而皆許參約以明四民相資之義 出財則貧固寡出 不貧亦不甚多出 以明貴約賤財之義焉

人或嫌其太廣者 予解之曰巡相公之頒約於一道也 蓋欲無一邑之不共是約也 吾城主之成約於一邑也 亦欲無一里之不共是約也 則吾輩之立約於一里也 亦不欲無一戶之不共是約乎 古者聖王視中國猶一人視天下 猶一家尙能擧一世 而甄陶之則讀先聖之書 遵先王之法者 獨不能擧一里而同其約乎

人之有生也 不可一日無法 同胞之民 何可棄之法外使之獨存也 莫如統同入約 若或有犯約者 則一里之人共規之 共規之而不聽則一里之人共罰之 共罰而不悛 然後一里之人 報官而共黜之 未爲晩也 何可預慮其犯約而不許其入約乎

且夫講學將以施於用也 若徒務講習而不明於生民之道 則雖胸藏六經 口誦五禮 亦可益哉 豈但士然農工商賈亦然 若但知生利之爲重而專昧禮義 則雖積穀如山積財如阜 與禽獸何別乎 莫如四民同約勞厥心力互相資益可也

何必儒則儒 農則農 若越人之視秦瘠乎 至若成約之方無物不成則不可無生財之道而生財之道莫貴乎生之者衆也 與其人寡而出多 曷若人衆而出均

莫如各各(名)下隨力出文收合于一 以成略于交(文???)而幷官補錢三緡均抛於各洞 存本取息永爲 會集時一約之備則司馬公所謂會數而禮勤物薄而情厚者 不亦善夫

噫 顧予年迫遲暮不能成一家之法 而妄談一里之成約必有笑于例者而此非予言 乃古里古老忠厚之本意 則抑可以見古來善俗 猶有存之者一端也

孟子論仁之端曰 苟能充之足以保四海 苟不充之無以保妻子 是約之足以保一里 亦在乎善端之充與不充 而凡我同約之人 勉旃哉 勉旃哉 則庶可見

成約之實效 而吾里之約其將倍有光於他里也 遂謹書吾城主名銜(御??)其餘

則各因其所居齒以爲序而列其名 名之曰里約案云爾

# 소종계 서[小宗契序]

아아, 우리 소종계는 어떤 연유로 설립되었는가. 삼가 생각해보니, 우리 고조부부군의 자손들이 점차 번성하였음에도 기일(忌日)에 제사를 받드는 절차가 내게 이르러 4대가 되었으니 장차 바꿔주어야 하는 상황이 되었으며 또한 가장 항렬이 높은 어른의 방으로 옮기지 못하였다.[206] 자손 된 자들이 해마다 한 번 올리는 의례가 없을 수 없으나 여러 세대 동안 가난하여 한 뙈기의 위토(位土)[207]도 마련하지 못하였으니 비록 추모하는 정성이 지극하다고 하여도 실행하기가 어렵지 않겠는가.

우리 아버지께서 살아계실 때 이런 생각을 늘 가슴속에 담아두시고는 나의 종숙부 세 분과 함께 누차 언급하셨으나 실행할 겨를이 없었던 것도 오래되었다. 종숙부 두 분이 불행히도 먼저 돌아가셨으므로 아버지의 선조를 받들고 후손에게 덕행을 남겨주려는 뜻[208]은 연로하실수록 날마다 더 외로워지셨다. 경신년(1860, 철종11) 겨울에 마침 사소한 종중의 재물을 다만 일곱 집에 나누어주었다가 다시 합하면서 이것을 가지고 길거(拮据)[209]해

206 기일(忌日)에……못하였다 : 전통 제례에서 4대조까지만 기제사를 모시고 5대가 되면 친진(親盡)이라 하여 제사를 지내지 않았다. 만약 자손 중에 친진하지 않은 자가 있으면 가장 어른인 자의 방[最長之房]에 옮겨 제사를 주관하게 했다. 《가례(家禮)》 〈사당장(祠堂章)〉

207 위토(位土) : 위토전(位土田)을 말한다. 산소에서 제사를 지내는 데 드는 비용을 마련하기 위하여 경작하는 밭이다.

208 후손에게……뜻 : 원문 유후((裕後)는 유곤(裕昆)과 같은 말로, 후손에게 덕행을 많이 남겨 준다는 뜻이다. 《서경》 〈중훼지고(仲虺之誥)〉에 "의로 일을 바로잡고 예로 마음을 바로잡아 후세에 덕행을 남겨 주소서. [以義制事 以禮制心 垂裕後昆]" 하였다.

209 길거(拮据) : 여러 방법을 동원하여 어떤 일을 행하는 모양을 가리키는 말이다. 《시경(詩經)》 〈국풍(國風) 빈풍(豳風) 치효4장(鴟鴞四章)〉에 "내가 손과 입 부지런히 놀려 내가 갈대 주워왔고, 내가 쌓고 모으느라 내 입이 끝내 병이 났으니 나는 아직 집이 없음이라,[予手拮据

서 우리 고조할아버지와 고조할머니의 위토를 조성하기에 이르렀다. 계종숙(季從叔)과 재종 아우 희구(熙九)와 희윤(熙允) 등 몇 사람 및 내가 우리 아버지께 여쭈어서 아버지의 지도로 전날에 겨를이 없어 하지 못하였던 근심이 조금이나마 해소되기에 이르렀는데, 아아! 이듬해 겨울에 홀연히 세상을 하직하시어 시작은 보았으나 끝을 보지 못하였으니 애통하고 애통하도다.

예전 같은 할아버지의 손자 네 사람 중 이제 계종숙 한 분만 살아 계시고, 나의 재종 형제 항렬의 아홉 사람 중 혹은 죽고 혹은 성년이 되지 못하여 오직 내가 어른이 되었으니. 이 계를 만든 일은 다만 모든 자손이 함께 축원하는 것뿐만이 아니라 나도 어찌 크게 바라는 것이 아니겠는가. 그러므로 이 계는 이것으로 세속에서 말하는 경제적 활동, 혹은 오락, 혹은 사사로운 용도가 아니므로 이름과 의리가 다만 하늘과 땅만큼이나 차이가 있는 정도가 아니니 힘쓰지 않을 수 있겠는가. 참으로 공경하여야 할 것이다.

무릇 그러하나 옛사람이 이르기를, "처음이 없는 이는 없으나 끝을 보는 이는 드물다.[210]"라고 하였다. 무릇 우리 계를 같이 하는 사람들은 곧 같은 할아버지의 자손이므로 후손들도 진실로 이미 만들어진 절차를 한결같이 따라야할 것이다. 오늘의 마음가짐이라면 이후에도 종사(宗祀)를 길이 보존함에 있어 어찌 범씨(范氏)의 의장(義莊)[211]을 부러워하며, 어찌 장씨의 동거

予所捋荼 予所蓄租 予口卒瘏 曰予未有室家]"라고 하였는데, 그 주(註)에 "길거는 입과 손이 함께 작업을 하는 모양이다. [拮据 手口共作之貌]"라고 하였다.

**210** 처음이……드물다 :《시경》〈대아(大雅) 탕(蕩)〉에 "하늘이 뭇 백성을 내셨으나, 그 명(命)을 믿고 있을 수만 없는 것은, 처음이 없는 이는 없으나 끝을 보는 이는 드물기 때문이다. [天生烝民, 其命匪諶, 靡不有初, 鮮克有終.]" 하였다.

**211** 범씨(范氏)의 의장(義莊) : 의장은 일가 중의 가난한 집을 도와주기 위하여 문중에서 관리하는 토지이다. 송(宋)나라의 재상 범중엄(范仲淹)이 좋은 전지(田地) 수천 묘(畝)를 사들여 그 조(租)를 거두어 저축해 두었다가 족인들 중에 혼가(婚嫁)나 상장(喪葬)을 치르지 못하는 자에게 공급해 주었다고 한다.《宋史 卷314 范仲淹列傳》

(同居)[212]를 부끄러워하겠는가. 힘쓸 지어다, 힘쓸 지어다. 할아버지의 혼령이 장차 “나에게 후손이 있도다.”라고 하시리라.

惟我小宗契何由而設也 伏念吾高祖考府君 子孫斬次蕃行而諱辰奉祀之節 及吾身四代 而將替爲勢又不得移於最長之房 則爲其子孫者不可無歲一薦之儀而累世貧寒素無尺寸位土 則雖有追慕之誠 其不難乎哉 吾先考在時念念在玆 每與吾從叔主三人累次言及而 未遑者久矣 從叔主二人不幸先逝則吾先考奉先裕後之志垂老而日益孤矣 歲庚申冬適因些小宗物第七家分而復合以是秸据以建吾高祖考妣位土之至 季從叔 再從弟 熙九 熙允 等 數三人暨予稟質于吾先考而得領可爲前日未遑之憂者稍或可伃 而粤明年冬奄忽辭世見其始而未覩其終痛矣痛矣 昔日同祖之孫 四人 今季從叔一人在世 予再從昆弟之行 九人或亡或未成而惟予爲居長則玆契之成就非但諸子孫之所共祝願也 於予豈非大所望乎 然則是契也 非此以世俗所謂爲産業爲遊樂爲私用者 其名與義不啻霄壤隔矣 其可不勉矣乎 其眞可敬也 夫然而古人云靡不有初鮮克有終 凡我同契之人 乃是同祖之子孫則至於後屬寔遵旣成之節目一如 今日之爲心則日后永保 宗祀何羨乎 范氏之義庄何愧乎 張氏之同居乎 勉之哉 勉之哉 祖考之靈 其將曰 予有後孫矣

212 장씨(張氏)의 동거(同居) : 장씨는 당(唐)나라 때 사람 장공예(張公藝)이다. 그는 구세(九世)의 친족이 한집에서 함께 살았는데, 고종(高宗)이 그 집을 방문하여 그렇게 할 수 있었던 방도를 묻자 참을 '인(忍)' 자 100개를 써서 바쳤다 한다. 《小學 卷6 善行》

# 봉연정[213] 상량문[鳳淵亭上樑文]

봉황은 높이 날아 빙빙 돌며 깃들 둥지를 반드시 가리니, 『시경(詩經)』에 “저 오동나무”라고 하였고, “깊은 못에 임한 듯 조심하고 경계하네.”라고 하였으니[214] 선조의 유업을 실추하지 말라 경계한 것이며, 『서경(書經)』에서 또한 “집터를 닦고 집을 엮는다.”라고 하였네.[215] 이에 거북점 쳐서 조상의 좋은 계책을 훌륭하게 계승하였도다.[216]

**213** 봉연정(鳳淵亭) : 경상남도 합천군 대병면 오동마을에 있는 정자이다. 1895년 겸산(謙山) 문용(文鏞)이 34세 때 동네 연못가에 세운 정자로, 훗날 고사정(孤査亭) 중건의 기초가 되었다.

**214** 봉황은……하였으니 : 봉연정(鳳淵亭)이라는 이름의 유래를 풀이한 말이다. 『시경(詩經)』「대아(大雅) 권아(卷阿)」에 “오동은 저 조양에서 자라고, 봉황은 고강에서 운다. [梧桐生矣 于彼朝陽 鳳凰鳴矣 于彼高岡]”라고 한 구절과, 「소아(小雅) 소민(小旻)」에 “두려워하고 경계할지니, 깊은 못가에 임한 듯, 얇은 얼음을 밟는 듯하라. [戰戰兢兢 如臨深淵 如履薄氷]”라고 한 구절에서 각각 봉(鳳)과 연(淵)을 뜻을 밝혔다.

**215** 또한……하였으니 : 『서경(書經)』을 인용하여 문용(文鏞)이 선조인 조선 중기의 학자 문덕수(文德粹, 1516~1595)의 유업(遺業)을 받들어 봉연정을 세운 뜻을 밝힌 말이다. 원문의 신긍당구(矧肯堂構)는 터를 닦고 집을 짓는다는 말이다. 『서경』「대고(大誥)」에 “아버지가 집을 지으려고 모든 방법을 강구해 놓았는데 아들이 집터를 닦으려고도 하지 않는다면, 나아가 집을 얽어 만들 수가 있겠는가. [若考作室 旣底法 厥子乃不肯堂 矧肯構]”라는 구절에서 차용하였다.

**216** 이에……계승하였도다 : 선조의 뜻을 받들어 봉연정을 세운 업적을 칭송하는 말이다. 원문의 연모(燕謨)는 자손을 위한 좋은 계책을 비유하는 말이다. 『시경』「문왕유성(文王有聲)」에 “후손에게 계책을 남겨 주어 공경하는 아들을 편안하게 하셨다. [詒厥孫謀 以燕翼子]”라고 한

대저 들으니 이 정자는 옛날 어사 고사공(孤查公)[217]께서 학문을 닦던[218] 옛 모습을 따른 것이고, 이전 임금[先聖朝, 명종]께서 내린 효자 정려(旌閭)를 옮겨 세운 새 터라 한다. 선조를 받들고 빈객을 응접함에 대해서 자못 느끼는 바가 중간에 이루지 못함이고,[219] 선조의 뜻과 사업을 이어감은 후손이 중창하기를 기다려야 하였다. 기산 북쪽에 산 지[220]이 오세(五世)가 되어서야 경영할 수 있었으니, 때로 현달하기도 하고 위축되기도 하였고, 강양(江陽)에서 10리 쯤 되는 곳과 가깝고 편리하였다.

매령(梅嶺)의 저녁 그늘이 서쪽으로 드리우면 의로운 용이 나타나는 맥락이 분명히 보이고, 금성(錦城)의 아침 해가 동쪽에서 떠오르면 춤추는 봉황이 집 위를 빙빙 도는 모습을 다투어 볼 수 있다. 동부(洞府)[221] 안에는

구절에서 유래하였다. 비승(丕承)은 조상의 큰 업적을 훌륭하게 계승한다는 말이다. 『서경』 「주서(周書) 군아(君牙)」에 "크게 드러나시도다, 문왕의 가르침이여. 크게 계승하셨도다, 무왕의 공렬이여. [丕顯哉, 文王謨; 丕承哉, 武王烈.]"라고 한 구절에서 유래하였다.

**217** 고사공(孤查公) : 조선 중기의 학자 문덕수(文德粹, 1516~1595)로, 본관은 남평(南平), 자는 경윤(景潤), 호는 고사이다. 남명(南冥) 조식(曺植, 1501~1572)과 신재(新齋) 최산두(崔山斗,1483~1536)를 사사하였다. 임진왜란이 일어나자 77세의 나이로 창의(倡義)하였다. 저서로 『고사실기(孤查實紀)』 2권 1책이 전한다.

**218** 학문을 닦던 : 원문의 장수(藏修)는 열심히 학문에 정진하는 모습을 형용하는 말이다. 『예기(禮記)』 「학기(學記)」에 "군자는 학문할 적에 장하고 수하고 식하고 유한다. [君子之於學也 藏焉 修焉 息焉 遊焉]"라고 하였는데, 그 소(疏)에 '장이란 마음에 항시 학업을 생각함이요, 수란 배우고 익히는 일을 폐하지 않음이다. [藏 謂心常懷抱學業也 修 謂修習不能廢也]'라고 하였다.

**219** 이전……있다 : 1555년 명종(明宗)이 문덕수의 효행을 칭송하며 『삼강록』에 기록하고 정려(旌閭)를 내렸는데, 문덕수 사후에 호수가 넘어 마을이 물에 잠기자 자손들이 더 이상 살지 못하고 산을 넘어 현재의 합천군 대병면 오동마을로 이주하여 터를 잡고 고사정(孤查亭)과 정려각(旌閭閣)을 새로 지었다.

**220** 기산(岐山) 북쪽에 산 지 : 남평 문씨의 세거지(世居地)가 옮겨진 일을 말한다. 『시경』 「노송(魯頌) 비궁(閟宮)」에 "후직의 후손이 실로 태왕이시니, 기산의 남쪽에 거주하시며, 비로소 상나라를 무찌르고. 문왕과 무왕에 이르러, 태왕의 전통을 이었네. [后稷之孫, 實維大王. 居岐之陽, 實始翦商. 至于文武, 纘大王之緒.]"라고 한 구절에서 차용하였다.

**221** 동부(洞府) : 신선들이 사는 곳을 가리키는데, 여기서는 남평 문씨가 새로 옮긴 세거지를 비유한다.

넉넉히 50 이랑 쯤 되는 맑은 못이 그림자 비추고 산천이 밖으로 서너 칸 아름다운 집이 빛을 더하도다. 가을에 외로운 배엔 사람이 앉아 있고 금빛 우물엔 낙엽이 휘날리고, 봄엔 높은 난간에 옥빛 물가 꽃잎 속에 물고기 희롱한다.

재물과 힘을 헤아려 보존에 힘써야 하니, 그런대로 완전하고 그런대로 합당하며[222] 세속에서 숭상하는 것과 다르지만, 적절하게도 검소하지도 않고 사치스럽지도 않도다. 내 책을 읽고 내 책을 강론하고 자손들의 학업은 가까운 것에서 시작하며, 내게 술을 거르며 내가 술을 사주니 손님과 벗이 기쁜 마음으로 멀리서부터 찾아오네.

이에 을미년(乙未年) 길한 때에 이처럼 상서로운 새의 이름을 부쳤으니, 선조의 뜻을 계승[223]한 사람의 공로가 온전히 아름다움을 보였으며 또한 후손들의 피 맺힌 정성을 진실로 알겠도다.

뜻이 있는 자들은 마침내 사업을 완성하니 어찌 조상들의 도움이 아니겠는가. 산봉우리가 간체(艮體, 산의 실체)로 벌여 서 있어서 어진 자손들은 머물 곳을 안 뒤에 안정하겠고, 밭두둑은 곤유(坤維, 땅의 바탕)에 이리저리 펼쳐져 있어 여기 사는 사람들 노력해서 먹을 것 넉넉하겠다. 날개 펼쳐 나는 듯한 용마루는 훗날까지 길이 보전하겠고, 빛나게 벽을 바른 정자는 이전보다 많으리라. 이에 들보 올리는 노래로 바꾸어 돗자리 펴고 기도하네.

**222** 그런대로……합당하니 : 봉연정이 제법 모양을 갖추었다는 말이다. 공자(孔子)께서 위(衛)나라 공자(公子) 형(荊)을 평가하여 "그는 집안 살림을 아주 잘하는 사람이다. 처음 살림을 나서 재물을 소유하게 되자 '이만하면 모여졌다.' 하였고, 조금 더 장만하게 되자 '이만하면 충분히 갖추었다.' 하였고, 부유하게 되자 '이만하면 충분히 훌륭하다.' 하였다. [善居室, 始有曰, 苟合矣, 少有曰, 苟完矣, 富有曰, 苟美矣.]"라고 한 말을 원용하였다.《論語 子路》

**223** 선조의 뜻을 계승 : 원문의 간고(幹蠱)는 간부지고(幹父之蠱)의 준말로, 아들이 부친의 뜻을 계승 발전시키는 것을 말한다.《周易 蠱卦 初六》 여기서는 부친 대신에 선조로 번역하였다.

鳳飛翺翔栖必澤所 詩蓋云于彼梧桐 淵臨戰兢 戒勿墜先 書亦曰矧肯堂構 爰契龜卜丕承燕謨 蓋聞玆亭 故御史孤査公藏修之舊型 是追先聖朝旌孝閭 移建之新址甚邇奉先接賓殆感者 中葉未遑繼志述事 寔竢乎後昆 重刱居歧 此五世乃營時有顯晦

去江陽十里 而近地占便宜 梅嶺之夕陰西倒 的見義龍來脉 錦城之朝旭東浮 爭瞻舞鳳軒翔

洞府中寬五十畝 澄潭涵影山川 外拱數三椽華屋 增輝秋月 孤帆人坐 金井飄葉 春晝危檻

魚戲玉潡浮花 量物力而務存 苟完苟合違俗尙 而惟適不儉不奢 讀吾書講吾書 子孫課業由近者始 醑我酒沽我酒 賓友懽情自遠方來 迺於靑年吉辰 錫此瑞禽嘉號 聿覩幹蠱人功專美 亦可謂雲仍血誠 儘覺有志者事竟成 何莫非祖宗宜佑 峯巒羅立以艮體 肖孫也知止有定 畎縱擴乎坤 維居人之食力斯優 翼然飛甍 庶幾永保於後 奐焉塗墍 斯乃將多于前 玆有修樑之歌 用替下筦之禱

| | |
|---|---|
| 어영차 들보 들어 동쪽으로 거세나 | 兒郎偉抛樑東 |
| 기산[224] 남쪽에 아침 햇살 모든 강에 가득하네 | 歧陽朝旭滿總江 |
| 선조의 영령께서 지난밤 꿈에 해주신 축원 | 先靈祝喩前宵夢 |
| 분명히 마음에 우러나니 참으로 감응하네 | 明發心誠感應中 |

224 기산 남쪽 : 주나라가 일어난 곳이다. 여기서는 가문이 왕성하게 일어나기를 바라는 마음을 나타낸다.

| | |
|---|---|
| 어영차 들보 들어 남쪽으로 거세나 | 兒郎偉抛樑南 |
| 주렴 너머 황매산 푸른 남기 방울지네 | 簾外黃梅滴翠嵐 |
| 천년의 원기 서려 크고도 넓으니 | 元氣千年磅且礴 |
| 나열한 산봉우리 마치 여러 아들 같도다 | 諸峰羅立似羣男 |

| | |
|---|---|
| 어영차 들보 들어 서쪽으로 거세나 | 兒郎偉抛樑西 |
| 태평성대 큰 은혜 하늘과 가지런하니 | 聖代洪恩天與齊 |
| 조부의 효자 정려 손자가 이어가며 | 祖以孝旌孫繼述 |
| 새롭게 중건한 정문 연못 제방에 가깝도다 | 重新棹楔近淵堤 |

| | |
|---|---|
| 어영차 들보 들어 북쪽으로 거세나 | 兒郎偉抛樑北 |
| 의젓한 용의 자태 천 리 뻗어 내려온 바른 맥 | 千里儀龍來正脉 |
| 황홀하도다 조상이 왕림하여 위에 계신 듯 | 恍若祖宗臨上在 |
| 그대의 효성과 그리움 생가건대 끝이 없으리 | 知君孝思思無極 |

| | |
|---|---|
| 어영차 들보 들어 위로 거세나 | 兒郎偉抛樑上 |
| 사람들 아스라이 북두성 바라보네 | 星斗超超人所仰 |
| 후손들 이를 좇아 학문을 권장하니 | 來許從玆勸學文 |
| 우뚝 높이 서서 가학을 배울 줄[225] 아네 | 卓然有立知趨向 |

**225** 가학을 배울 줄 : 남평 문씨(南平文氏) 집안에 내려오는 가르침을 후손들이 잘 배운다는 말이다. 공자(孔子)의 아들 리(鯉)가 종종걸음으로 뜰을 지나갈 때[鯉趨而過庭] 부친인 공자로부터 시(詩)와 예(禮)를 배울 것을 권유받았다는 고사에 근거하여 원문의 추향(趨向)을 가학이 지향하는 바로 번역한다.《論語 季氏》

어영차 들보 들어 아래로 거세나 兒郞偉抛樑下
계단 아래 맑은 못 쉬지 않고 흐르네 階下澄潭流不舍
정자의 사람들아 함양 공부 말하노니 寄語亭中涵養人
보시게나 살아 있는 물 근원에서 흘러나오네[226] 請看活水源源瀉

삼가 바라노니 들보 올린 뒤에 지란(芝蘭)이 뜰에 가득하고 청아(菁莪)는 물가에 만발하라.[227] 몇 걸음 앞의 정려에 게으름 부리지 말고 아침저녁으로 왕래하며, 세 칸 서재 또한 가을과 겨울의 강습에 마땅할 것이다. 무수히 많은 그 후손들[228] 장차 인(仁)에 정성스럽고 사려 깊으며 만년토록 무성하고 화목한 상서 이어가서 이 후대에도 공경을 숭상할지어다.

伏願上樑之後 芝蘭盈除 菁莪滿沚 數武先閭非懈朝暮之往來 三間書屋亦宜秋冬之講習 不億其麗將求 肫肫乎 淵淵乎 仁於萬斯年丕承 峯峯者 雝雝者 瑞嗣而後者尙其敬哉

226 살아……흘러나오네 : 문씨 집안이 대대로 번성할 것이라는 말이다. 朱熹의 시 〈관서유감(觀書有感)〉에 " 묻노니 어찌하면 저처럼 맑을까, 원천에서 콸콸 쏟아져 내려서라네. [問渠那得淸如許, 爲有源頭活水來.]"라고 한 말을 원용하였다.

227 지란(芝蘭)이……만발하라 : 후손들이 훌륭하게 자라기를 바라는 마음을 읊었다. 지란은 향기로운 지초와 난초로, 귀한 집안의 훌륭한 자손들을 비유한다. 진(晉)나라 사현(謝玄)이 숙부인 사안(謝安)에게 "비유컨대 지란과 옥수(玉樹)가 집안 뜰에 피어는 것과 같게 하겠다. [譬如芝蘭玉樹 欲使其生於庭階耳]"라고 하였다.《晉書 卷79 謝安列傳 謝玄》청아(菁莪)는 다북쑥으로 뛰어난 인재를 비유한다. 『시경』「청청자아(菁菁者莪)」에, "무성한 다북쑥이 저 물가에 있도다. [菁菁者莪 在彼中沚]"라고 이 시는 교육을 통해 훌륭한 인재를 많이 양성함을 예찬하는 시이다.

228 무수히……후손들 : 《시경》「문왕(文王)」에 "상(商)나라 자손은 그 수가 억뿐만이 아니네. [商之孫子 其麗不億]"라고 한 구절을 차용하였다.

# 제문
祭文

## 종숙부 제문 기묘년(乙卯年 1879 고종16) [祭從叔父文 己卯]

유세차 기묘년 3월 을사삭 19일 계해는 곧 나의 종숙부께서 돌아가신 기일이다. 전날 임술일 저녁에 희일(熙馹)은 삼가 보잘것없는 제수(祭需)를 갖추고 두 번 절하며 영령 앞에 통곡하면서 제문을 지어 말합니다.

아아! 슬프도다! 종숙부는 인자한 성품에 굳세고 명철한 자질을 겸하시어 집안 식구며, 종족, 이웃과 마을, 그리고 고을 사람들에게 정성스럽고 부지런하며 간곡히 권하기에 여력이 없으셨다. 우리 부자에게는 더욱 마음을 다하셨으니, 세상에서 이른바 친아우 혹은 친숙부라도 도리어 미치지 못하는 바가 있으리라.

늙어 백수가 되도록 몸에 아무런 병환이 없으셨으니 다만 요즘에 드물 정도가 아니라 옛사람 중에도 없었으므로 온전히 아름다운 일이다. 무릇 사람의 아들이 된 자로 어느 누가 감동하여 아름답게 여기며 부러워하지 않는 자가 있겠는가. 종조부께서는 90을 넘기신 나이[229]에 타고난 덕성[230]

229 90을 넘기신 나이 : 원문의 모기(旄期)는 90세와 100세의 나이를 말한다. 『예기』〈사의(射義)〉에 "90세와 100세가 되어도 도를 말함에 어지럽지 않은 분[旄期稱道不亂者]"이라 하였는

그대로 집에서 돌아가실 때까지 사람 마음에 아무런 유감이 없는 듯하셨다. 오직 우리 숙부께서는 병을 얻으면 근심이 지극하고, 상례를 당하면 슬픔이 극진하여 어린아이가 어버이를 따르듯 사모하는 정이 늙어서도 더욱 돈독하였으니 대개 타고난 성품이 자연스럽게 그렇게 한 것이다.

장례를 치르고 나서도 석 달 동안 혼정신성의 봉양을 스스로 그만 둘 수 없었고, 꿈속에서도 상복을 입고 따르셨다. 그리고 처자식의 봉양을 받지 않으셨으니 또한 구원(九原)에는 사람이 없다고 여겨 그렇게 했던 것인가. 네 아들을 두어 이미 다 낳고 다 키워 가정을 이룬 자가 셋인데 각각 살길을 찾았으니 또한 사람들이 어려워하는 바이다. 오직 저 이제 성년이 된 막내만 어머니 곁에서 아버지를 부르고, 책을 끼고 사는 어린 손자는 아버지를 따르며 할아버지를 부르니 참으로 이른바 세상에서 말하는 슬픔과 기쁨이니 섭섭할 것이 없도다.

돌아보면 나는 아무런 공적도 없이 세상에 잠겨있었기 때문에 돌아가실 때[231]에 미쳐 한마디 말씀도 가르침을 받지 못하였다. 오호라! 슬프도다. 종숙부가 세상에 계실 때는 종숙부가 계셨는데 종숙부 이후로 다시 종숙부 같은 이가 없도다. 종숙부가 없으니 나는 장차 누구를 우러러야 하는가.

데, 정현의 주에 "80세와 90세를 모(旄)라 하고 100세를 기(期)라 한다. [八十九十曰旄 百年曰期頤]"라고 하였다. 원문의 모기지년(旄期之年)은 90세와 100세 사이의 나이로, 여기서는 '90을 넘기신 나이'로 번역하였다.

**230** 타고난 덕성 : 원문 천작(天爵)은 사람이 주는 작위(爵位)라는 뜻의 인작(人爵)과 상대되는 말로, 아름다운 덕행과 같은 천연(天然)의 작위라는 뜻인데, 《맹자》 〈고자 상(告子上)〉에 "인의충신과 선을 좋아하여 게을리 하지 않는 이것이 바로 천작이요, 공경대부 같은 종류는 인작일 뿐이다. [仁義忠信樂善不倦 此天爵也 公卿大夫 此人爵也]"라는 말이 나온다.

**231** 돌아가실 때 : 원문의 역궤(易簀)는 죽음에 임박한 때를 말한다. 증자(曾子)가 죽을 때가 되자, 계손씨로부터 선사받은 화려한 자리[簀]를 바꾸라고 하자, 그의 아들이, "병이 위중하시니 지금은 변동할 수 없고 내일 아침에나 바꾸겠습니다."라고 하자, 증자가 "나는 무엇을 구하겠는가? 바르게 죽으면 그만이다." 하고 자리를 바꾸자 곧 운명하였다.

아아 글은 말을 다하지 못하고 말은 뜻을 다하지 못하도다. 애오라지 한잔 술을 삼가 올리니 밝은 영령께서는 부디 흠향하시오.

아아! 슬프도다.

상향.

維歲次 乙卯 三月 乙巳朔 十九日 癸亥 卽吾 從叔主仙化之期也 前夕壬戌 熙駰 謹具薄奠再拜 慟哭于靈筵之下 而侑之曰 嗚呼哀哉 叔主以慈仁之性 兼剛明之資 於家人宗族隣里鄕黨 孜孜惓惓勤勤懇懇 不有餘力於吾父子尤盡心焉 世所謂親弟親叔顧有所不及者 而至於老白首親無恙 則非但罕於今罔俾古人而專美焉則凡爲人子者 孰不觀感而艶羨哉 從祖主以旄期之年天爵自至考終于家於人心似無所憾 而惟吾叔主疾病而極其憂 喪葬而極其哀孺慕之情老而彌篤 蓋出於天賦之自然而然也

襄禮之粤三月晨昏之不能自已夢寐之境衰服以從而不以妻子爲養 抑謂九原無人歟 有男四人 旣生旣育成立者三而各迪生路亦人所難 而惟彼及冠之季兒傍母而呼爺攝册之癡孫隨父而號祖 眞所謂世間悲喜也 不足爲憾 而顧余無狀汨於世 故易簀之際不及一言承誨 嗚呼痛矣 叔主在世 叔主在已叔主之後 更無叔主 更無叔主 吾將安 抑書不盡言言不盡意 聊以單杯敬奠不昧尊靈 庶斯歆格 嗚呼哀哉 尙饗

# 종숙모 제문[祭從叔母文]

유세차 정미년(1907, 대한제국 고종44) 정월 신묘삭 26일 병진은 곧 나의 종숙모 양천 허씨(陽川許氏)가 세상을 하직한 기일이다. 전날 을묘일 저녁에 종질(從姪) 희일(熙馹)은 삼가 제수와 제문을 갖추고 영연(靈筵) 아래에서 통곡하고 제문을 지어 말합니다.

오호라 슬프도다! 우리 종숙모의 후덕한 성품과 아름다운 행실은 사람마다 칭송하였으니 반드시 친척의 화려한 글과 말이 필요한 것은 아니겠지만, 다만 내 마음 곳곳에 쌓인 사사로운 정이 있도다. 예전에 우리 어머니와 종숙모가 비록 사촌 동서이지만 정의(情誼)가 깊어 담장을 사이에 두고 살았으니 한집에서 사는 것과 무엇이 달랐겠는가. 가난하여 썰렁한 부엌에서 각자 살림을 맡으면서 의심나는 일이 있으면 서로 묻고 곤란한 일이 있으면 서로 의논하여 젊어서부터 늙어서까지 다른 사람들이 이간질하는 말이 없었다. 내 혼자 마음에 감동하고 기뻐하여 아울러 오래 사시기를 축원했는데, 어머니께서 먼저 돌아가시고 오직 종숙모가 남아 망극하게도 나를 위로하시며 불쌍히 여기시고 걱정하셨다.

나 또한 점점 늙어 자주 찾아뵙고 살피지 못하였으나, 길한 일이나 흉한 일, 기쁜 일과 슬픈 일 등 집안의 여러 가지 일이 있을 때 집안 어른에게 의지할 수 있었다. 이런 계책 이런 법도를 하늘은 어찌하여 남겨주지 않는가. 내 마음이 슬프도다. 스스로 내 생을 헤아려보건대 슬퍼할 날도 또한 얼마나 남았겠는가. 이것으로 스스로 위안을 삼으며 남은 여생을 보내고자 합니다. 듣자니 저승도 인간세계와 같다고 하니 우리 어머니와 함께 평소처럼 지내시고, 이 홀아비 아들도 겨우 늙은 몸을 보존하고 있다고 말해 주세요. 생각이 여기에 이르니 눈물 글썽입니다. 밝은 영령께선 이 잔을 받으소서.

오호라.

상향.

維歲次 丁未 正月 辛卯朔 二十六日 丙辰 卽吾從叔母主陽川許氏辭世之朞日也 前一夕乙卯從姪 熙駟 謹用菲奠操文慟哭于靈筵之下而 侑之曰 嗚呼哀哉 惟我叔母厚德懿行人人稱述 不必堂親賰以筆舌 獨有情私蘊我心曲 昔吾先妣與叔母主 雖從娣姒情誼甚摯隔墻分居同室何異 貧乏寒廚各主中饋有疑相質有難相議自少至老人無間　言私心感悅并祝遐年母氏先逝惟叔母存慰余罔極 旣恤且勤余又遲暮罕省闖問家間庶事吉凶歡戚 賴有家老是謀是度天何不遺 我心卽悲 自料吾生悲且幾時以此自慰以度餘年 聞說冥界有若人間與吾先妣倘如平昔爲說鰥兒 僅保衰殼 言念及此涕淚盈眶 不昧尊靈庶歆斯觴 嗚呼 尙饗

# 유계 송공 행장[柳溪宋公行狀]

공의 휘(諱)는 재렴(載濂), 자(字)는 윤대(潤大)이다. 유계(柳溪)라 자호(自號)하였으니 대개 그가 살던 곳으로 인해 지은 것이다. 가계가 은진(恩津)에서 나왔으며, 고려의 판원사(判院事) 휘 대원(大原)[232]에서부터 크게 현달하였다. 그의 아들 휘 득주(得珠)는 군수이고, 그의 아들 휘 춘경(春卿)도 군수이며 그의 아들 휘 명의(明誼)는 사헌부 집단(司憲府執端) 겸 안렴사(按廉使)로 문장(文章)과 절행(節行)이 포은(圃隱) 정몽주(鄭夢周)나 목은(牧隱) 이색(李穡) 등 제현들의 존경을 받았다. 이 분이 처음 회덕(懷德)[233]에 거주하며 자손이 번창하였는데 이로 말미암아 송촌(宋村)이라 불렀다. 아들 진사 휘 극기(克己)가 고흥 유씨(高興柳氏, 고흥백 유준(柳濬)의 따님)를 배필로 맞았는데 열녀의 행실로 정려(旌閭)를 받았다. 이분이 휘 유(愉)를 낳으니 세상에서 칭하는 쌍청당(雙淸堂)[234] 선생이시다. 숨은 덕이 있어 고을 사람들이 사당을 지어서 취금헌(醉琴軒) 박팽년(朴彭年)[235] 석곡(石谷) 송상민(宋尙敏)[236]과 함께 제향하고 있다.[237]

232 은진 송씨(恩津 宋氏)의 시조 송대원(宋大源)이 고려 때 판원사(判院事)를 지내고 나라에 공을 세워 은진군(恩津君)에 봉해졌다고 한다.

233 회덕(懷德) : 현재 대전광역시 대덕구 일대이다.

234 쌍청당(雙淸堂) 송유(宋愉) : 1388~1446. 고려말에 송도에서 벼슬하다가 고향 회덕으로 낙향하여 현재 은진 송씨가 대전 지역에 자리잡게 된 터전을 만들었다.

235 박팽년(朴彭年) : 1417~1456. 본관은 순천(順天), 자는 인수(仁叟), 호는 취금헌(醉琴軒), 시호는 충정(忠正)이다. 회덕 출신으로, 사육신의 한 사람이다.

236 송상민(宋尙敏) : 1626~1679. 본관은 은진(恩津), 자는 자신(子愼), 호는 석곡(石谷)이다. 송시열(宋時烈)·송준길(宋浚吉)의 문인이다. 송시열이 유배되자 억울함을 호소하는 소를 올렸는데, 당시 영의정이던 허적(許積)의 탄핵을 받고 궁궐 앞에서 장살되었다.

237 사당을……있다 : 대전시 동구에 있었던 정절서원(靖節書院)을 가리킨다. 1684년(숙종 10)

이 분의 아들 휘 계사(繼祠)는 지평(持平)이고, 이 분의 아들 휘 요년(遙年)은 문과 급제하였고 목사(牧使)와 군자감 정(軍資監正)을 지냈다. 이 분이 휘 여림(汝霖)을 낳으니 양근 군수(楊根郡守)를 지내고 좌통례(左通禮)에 추증되었다. 좌의정 김국광(金國光)[238]의 따님을 배필로 맞아 아홉 명의 아들을 두었는데, 그 중 둘째 아들인 충순위(忠順衛) 휘 세적(世勣)이 통찬(通贊) 곽계의(郭繼儀)의 따님에게 장가들어 처가를 따라 회덕에서 삼가현(三嘉縣) 병수촌(幷樹村)으로 이주하여[239] 다섯 아들을 낳았다.

그 중 다섯째 휘 기(琦)[240]는 벼슬이 주부(主簿)로 형조 참의(刑曹參議)에 추증되었다. 이분이 네 아들을 낳았는데 그 중 네 번째인 휘 희신(希信)은 겨우 16세에 임진왜란이 일어나자 부형을 도와 망우당(忘憂堂) 곽재우(郭再祐) 공의 의병에 참여하였다. 이분이 공의 5대조이다.

고조는 휘 팽년(彭年)이고, 증조는 휘 정걸(挺傑)이시다. 조부인 휘 지문(之文)은 향년 19세에 일찍 세상을 떠났는데, 배필은 동래 정씨(東萊鄭氏) 중석(重碩)의 따님으로 유복자를 품고서 외진 시골에서 종신토록 상(喪)을 지냈다.[241] 쇠락한 마을에 때때로 촌경(村警)[242]이 있으면 비록 장부라도

에 지방 유림의 공의로 송유(宋愉)·박팽년(朴彭年)·송갑조(宋甲祚)의 학문과 덕행을 추모하기 위해 창건하였고, 1701년(숙종 27)에 김경여(金慶餘)와 송상민(宋尙敏), 1822년(순조 22)에 송국택(宋國澤)을 추가 배향하였다. 대원군의 서원철폐령으로 1871년(고종 8)에 훼철된 뒤 복원하지 못하였다.

**238** 김국광(金國光) : 1415~1480. 본관은 광산(光山), 자는 관경(觀卿), 호는 서석(瑞石), 시호는 정정(丁靖)이다.

**239** 충순위(忠順衛)……되었다 : 은진 송씨(恩津宋氏) 10세 손인 세적(世勣)이 곽원(郭元)의 후손인 계의(繼儀)의 따님과 결혼하여 처갓집이 있는 경남 합천(陜川)으로 이주한 일을 말한다. 삼가(三嘉)는 합천의 옛 이름이다.

**240** 기(琦) : 1517~1595. 본관은 은진(恩津), 자는 계옥(季玉)이다. 삼종형(三從兄)인 규암(圭菴) 송인수(宋麟壽)에게 글을 배우고 남명( 南冥) 조식(曺植)과 교유하였다. 1592년 임진왜란이 일어나자 아들 3형제를 데리고 창의(倡義)하여 곽재우와 합류하였다.

**241** 조부인……지냈다 : 조부인 송지문(宋之文)의 부인이 유복자를 낳고 평생 절개를 지키며

사람은 홀로 있기가 어려운데 마침 더할 나위 없이 큰 호랑이가 매번 안채에서 낮에는 숨어 있다 밤에는 나타나서 지켜주기를 뱃속의 갓난아이가 다 자란 뒤에야 그쳤다. 그리하여 살던 사람이 그 집 뒤에 있는 바위를 호랑이바위[虎嵒]라 하였다. 아아! 기이하도다! 감응한 것이 선대 유씨(柳氏) 할머니의 열녀행실에 조금도 부끄럽지 않으니 자손이 번창함이 마땅하도다.

아버지 휘 필언(必彦)은 부친상을 당하고 다섯 달 만에 태어나셨다. 성품이 효성스러워 모친을 사랑하는 마음이 갓난아이 때부터 흰머리가 될 때까지 시종 달라지지 않았다. 모친상을 당하여 상을 다 마치고 나서 "나는 장차 어머니가 돌아가신 날 죽을 것이다."라고 하였는데 과연 신유년(辛酉年) 8월 8일 향년 72세의 나이에 편안히 돌아가시니 같은 달 같은 날 같은 시였다. 사람들은 모두 기이하게 여기며 "이는 바로 효성과 사모함의 결과이다."라고 하였다.

배필 고양 전씨(高陽田氏) 절충장군 맹현(孟賢)의 따님은 매우 아름다운 규방의 법도가 있었다. 딸 하나와 아들 넷을 낳았는데, 네 아들은 각각 자식을 셋씩 두었다. 딸은 사인(士人) 임원복(林元馥)에게 시집가서 또한 세 자식을 두니 가문의 창대함과 자손의 번창이 대개 이로부터 말미암은 것이다. 재기(載淇)라는 분과 재연(載淵)이라는 분은 공의 큰 형님과 둘째 형님이고 재락(載洛)이라는 분은 공의 막내아우이시다. 공의 순서는 4남에서 세 번째인데 백미(白眉)이시다. 막내아우와 같은 시간에 쌍둥이로 태어나 우애가 더욱 돈독하였으니 기이하도다. 아버지는 어머니와 같은 달 같은 날 같은

남편의 제사를 지냈다는 말이다. 종신지상(終身之喪)은 평생 입는 상으로 기일을 말한다. 《예기(禮記)》〈제의(祭義)〉에 "군자는 평생토록 입는 상이 있으니, 기일을 말한다. [君子有終身之喪 忌日之謂也]"라고 한 데서 유래하였다.

**242** 촌경(村驚) : 마을에 울리는 경보로, 도적이나 호랑이가 나타났을 때 위급한 상황을 알려주는 일이다.

시에 돌아가시고 아들은 동생과 같은 해 같은 달 같은 날 같은 시에 태어났도다. 아버지는 효자였고 자식은 우애 있었으니 참으로 이른바 죽고 삶에 유감이 없다는 것이리라. 조부에서 자손에게까지 삼세 동안 이처럼 세 가지 기이한 일이 있으니 어찌 융성하지 않겠는가.

공은 천성이 순후하고 근검하여 어버이가 살아 계실 때에는 맛난 음식으로 정성을 다하였고, 어버이가 돌아가신 날에는 의례와 절차를 예에 맞게 하였다. 어버이 무덤이 금굴(金窟)에 있어 아주 가까운 것은 아니지만 한겨울이나 한여름에도 초하루와 보름에는 성묘하기를 늙어서까지 그만두지 않았다. 형에게는 공손하고 아우에게는 우애 있어 잠잘 때는 이불을 같이 덮고 먹을 때는 상을 함께 하였다. 종친과 빈객에게는 은혜와 예의가 두루 미쳤고 자제들을 가르침에는 법도가 있었다. 그러므로 종당과 이웃 마을에서 칭송해 마지않으며 “군자로다! 군자로다!” 하였다.

천명에 따라 갑술년 정월 26일에 돌아가시니 향년 56세였다. 옛 현(縣)의 두곡(斗谷) 유좌(酉坐)의 언덕에 장사지내니 이 골짝이다. 곁에는 친족들의 묘가 많은 족산(族山)인데 공의 묘가 정중앙에 있어 산세를 보함하고 있는 모습이 바로 군자가 크게 포용하고 있는 모습과도 같으므로 이름을 포산(包山)이라 고쳐 불렀다. 오호라! 하늘은 이것으로 복을 주고 땅은 이를 기다려 많은 복이 사람에게 가서 유택(幽宅)이 되었도다.

배필은 여주 이씨(驪州李氏) 맹도(孟道)의 따님으로 지극한 부덕(婦德)이 있었다. 향년 58세로 돌아가시어 집 뒤 임좌(壬坐)의 언덕에 장사지냈다. 두 딸과 세 아들을 낳으니, 택량(宅樑), 택주(宅柱), 택길(宅吉)인데, 택길이 재종숙의 후사가 되었다. 사위는 조계우(趙啓愚)와 권사목(權思穆)이다. 택량은 3남3녀를 두었는데 치하(致厦)와 치영(致璟)과 치홍(致弘)으로, 치홍이 둘째 아들의 후사가 되었다. 사위는 박두기(朴斗基), 박효영(朴孝英), 정광

필(鄭匡弼)이다.

치하는 딸 하나와 아들 둘을 두었는데, 딸은 윤의성(尹宜性)에게 시집갔고, 아들은 종만(鍾萬), 종천(鍾千), 종국(鍾國)인데 종국이 작은 아버지의 후사가 되었다. 치영은 딸 셋을 낳아 첫째는 심봉준(沈鳳準), 둘째는 윤수학(尹洙學), 셋째는 오정순(吳貞淳)에게 시집갔다. 치홍은 아들 하나와 딸 둘을 낳았는데 아들은 종해(鍾諧)이고 딸은 정현재(鄭鉉在)에게 시집갔다. 기타 나머지 내외의 증손과 현손은 너무 많아 다 기록하지 못한다. 종손(從孫) 치화(致華)가 일찍이 행장을 지었으나 때로 자못 미비된 것들이 있었다. 직계 자손인 종만, 종천, 종국, 종해가 마음을 함께하고 힘을 합하여 무덤에서 몇 걸음 떨어진 땅에 병사(丙舍) 세 칸을 짓고 처마에 "포산재(包山齋)"라는 편액(扁額)을 거니 이는 공의 복력(福力)으로 인해 그렇게 된 것이다. 종만이 나에게 실제 발자취를 추가로 기록해 주기를 부탁하였다. 무척 가까운 친척 간에 부득이 글을 못한다고 사양했으나 일단 눈으로 보고 귀로 들은 것으로 아래와 같이 추모하여 서술한다.

公諱載濂字潤大 自號柳溪蓋因其居而稱焉 系出恩津自高麗判院事諱大原始大顯 子諱得珠郡守 子諱春卿 郡守 子諱 明誼 爲司憲執端兼按廉使文章節行爲鄭圃隱 李牧隱 諸賢之所推重 始居懷德 子孫蕃昌 故仍謂之宋村子諱克己進士配高興柳氏以烈行旌閭 是生諱愉 卽世所稱雙淸堂先生也 有隱德鄕人立祠以朴醉琴彭年宋石谷尙敏餟享焉 子諱繼祠持平 子諱遙年文科官牧使軍資監正 生諱汝霖楊根郡守贈左通禮配左議政金國光女生九子第二子諱世勣忠順衛 娶通贊郭繼儀女從甥館自懷移居三嘉幷樹村生五男

第五諱琦官主簿贈刑曹參議 是生四子第四諱希信年纔十六丁龍蛇之變陪父兄同赴忘憂堂 郭公再佑義旅之擧 寔公之五代祖也 高祖諱彭年 曾祖諱

挺傑 祖諱之文 享年十九而早世配東萊鄭氏重碩女懷遺腹兒居終身之喪於窮巷 殘村時有村警 雖丈夫人難於獨處而適有無等大虎每在守護於庭幃晝伏夜現 至遺腹嬰孩成立而後乃已 故居人名其屋後巖曰虎喦焉 噫嘻異哉其所以感應者 儘無愧於先世柳氏祖妣之烈行 宜其子姓之振振也

考諱必彦父喪五月而生 性孝愛母之心自赤子時至白首終始不渝 母喪既畢喪曰 吾將同歸于先妣辭世之日矣 果以辛酉八月八日享七十二而考終乃同月日時也 人皆異之曰 此乃孝思所致也

配高陽田氏折衝孟賢女克有閨範 生女一男四 四男各有三子 女適士人林元馥亦有三子 門閭之昌大 子孫之蕃衍 蓋兆於此 曰載淇曰載淵 公之伯仲兄也 曰載洛 公之季弟也 公序於四男 居三而爲白眉焉 與季弟同時雙生友愛尤篤 其異哉 父之於母同月日時而逝子之於弟同年月日時而生 父孝子友眞所謂死生無憾者也 祖子孫三世有此三異 豈不盛矣乎哉

公天性淳厚勤儉親在之日甘旨竭誠 親喪之日儀節合禮 親塋在金窟亦不甚邇而雖祁寒盛暑朔望省拜至老不廢 恭兄友弟寢則同被食則同案 於宗戚賓恩禮周至教訓子弟克有軌度 故宗黨隣里靡不稱頌曰 君子人 君子人云

以天年考終於甲戌正月二十六日享年五十六 葬于古縣斗谷酉坐原是谷也 傍多族山而公之墓居於正中山勢包含有似乎正人君子包容之大 故改稱包山焉 於乎天其以此福地待此多福之人而爲之幽宅歟 配驪州李氏孟道女極有婦德 享年五十八 葬于家后壬坐原 生二女三男 曰宅樑 曰宅柱 曰宅吉宅吉爲再從叔 后壻 趙啓愚 權思穆 宅樑 生三男三女 曰致厦 曰致璟 曰致弘致弘爲第二房 后壻 朴斗基 朴孝英 鄭匡弼 致厦 生女一男三 女適尹宜性男鍾萬 鍾千 鍾國 鍾國爲仲父后 致璟生女三一沈鳳準二尹洙學三吳貞淳致弘生男一女一 男鍾諧 女鄭鉉在 其餘內外曾玄多不盡錄 其從孫致華嘗贊其實錄而時則頗有未備者 其祠孫 鍾萬 鍾千 鍾國 鍾諧 同心協力構丙舍三

間於墳壟數武之址 而扁其楣曰包山齋 此莫非公福力致然也 鍾萬求余追錄其實蹟 腆親之地不得以不文辭 姑以耳目所及追術如右

# 난곡유고 2권

蘭谷遺稿卷之二

## 부록

附錄

만사
挽

## 족질(根培)의 만사[族姪根培]

| | |
|---|---|
| 문헌가에 이 같은 분 | 文獻家中有若人 |
| 연세 육십 오 세이셨네 | 行年六十五年春 |
| 거문고 안고 제나라 문에서 이야기 나눌 이 없어도[243] | 抱瑟齋門無與語 |
| 경전 가르친 분곡에서 저절로 참됨 이루었네[244] | 授經汾曲自成眞 |
| 청산에 또 무성하게 풀만 우거지고 | 青山又宿離離草 |
| 백수는 남은 생에 새벽에도 축 늘어지네 | 白首餘生落落晨 |

**243** 거문고……없어도 : 세속과 영합하지 않았다는 말이다. 당(唐)나라 한유(韓愈)의 〈답진상서(答陳商書)〉에 "제(齊)나라 왕이 우(竽)라는 관악기 연주를 듣기 좋아하였다. 어떤 사람이 그 소식을 듣고 거문고를 옆에 끼고 제나라로 가서 3년 동안 궁궐 문 앞에 서서 관직 얻기를 구하였지만, 결국 제나라 왕의 부름을 받지 못하였다. 그 사람이 격앙된 어조로 자신의 거문고 실력이 귀신을 감동시킬 정도로 빼어난데 임금의 부름을 받지 못한 데 대해 분통을 터뜨리자, 다른 사람이 그 사람을 보고 비웃으며 '제나라 왕이 좋아하는 것은 피리 연주이지 거문고가 아니니, 당신의 거문고 실력이 아무리 뛰어나도 제나라 왕은 좋아하지 않을 것이다.'라고 하였다."라고 한 고사를 차용한 것이다.《全唐文 卷553》

**244** 경전……이루었네 : 송희일의 학문이 훌륭했다는 말이다. 분곡(汾曲)은 중국 산서성(山西省) 서남쪽에 위치한 분수(汾水)를 가리키는데, 수(隋)나라 학자 왕통(王通, 584~617)이 제자들을 가르친 곳이다. 여기에서 뒤에 당나라의 기틀을 이루는 방현령(房玄齡), 위징(魏徵), 이정(李靖), 정원(程元), 두위(竇威) 등 1000여 명의 문도가 배출되었다.《資治通鑑 卷179 隋紀》《舊唐書 卷190上 文苑列傳上 王勃》 여기서는 송희일이 강학하던 곳을 말한다.

쓸쓸하구나 가난한 오두막은 싸늘히 잠 못 이루니　悄悵窮廬寒不夢
한밤중 서리 내린 달빛에 문득 마음 상하누나　夜來霜月便傷神

## 금주 허유[245]의 만사[又 金州 許愈]

| | |
|---|---|
| 그윽한 난초가 텅 빈 계곡에 있음은 | 幽蘭在空谷 |
| 공자도 가슴 아파하던 일[246] | 尼父所傷悲 |
| 지금 세상에 어떻게 말하리오 | 今世嗟何說 |
| 공은 정녕 죽고 모르는가 | 公寧死不知 |

**245** 허유(許愈) : 1833~1904. 본관은 김해(金海), 자는 퇴이(退而), 호는 남려(南黎)·후산(后山)이다. 원문의 금주(金州)는 지금의 경남 김해를 가리킨다.

**246** 그윽한……일 : 공곡유란(空谷幽蘭)의 고사를 말한다. 공자(孔子)가 뜻을 이루지 못하고 낙담하고 있을 때, 하루는 골짜기에 홀로 핀 난초를 보고 깨달음을 얻었다고 한다. 원문의 이부(尼父)는 공자를 가리킨다.

## 응천 박효영[247]의 만사[又 凝川朴孝英]

| | |
|---|---|
| 너그럽고 온화한 자질 평소에도 남달랐고 | 寬溫稟質異常倫 |
| 문장은 제쳐놓아도 좋은 사람이었네 | 除却文章是好人 |
| 이웃에서 서로 지내며 정의 두터웠고 | 隣里相居情誼厚 |
| 항상 만남을 생각하며 자주 왕래하였지 | 常思會面往來頻 |

| | |
|---|---|
| 지난가을 옷깃 나란히 강양[248]으로 나가 | 前秋聯袂出江陽 |
| 이르는 집집마다 술 가득 마셨지 | 所到家家酒滿觴 |
| 어지러이 술잔 돌리며 흠뻑 취해 | 亂飮無巡因醉倒 |
| 한평생 근심과 기쁨도 모두 잊었지 | 一生憂樂渾然忘 |

| | |
|---|---|
| 돌아와 얼마 되지 않아 부음 받고는 | 歸來未幾實音承 |
| 듣자마자 놀란 마음 또 꽉 막혀오네 | 聞輒警心又塞膺 |
| 뜬 세상에 기박한 인생 꿈속 같은데 | 浮世奇生如夢境 |
| 조문 짓노라니 슬픈 눈물 가득하구나 | 誄題哀淚更層層 |

**247** 박효영(朴孝英) : 1827~1905. 본관은 밀양(密陽), 자는 행원(行源), 호는 윤산(輪山) · 계구(戒懼)이다.

**248** 강양(江陽) : 지금의 경남 합천(陜川)의 옛 이름이다.

# 팔계 정재규[249]의 만사[又 八溪鄭載圭]

| | |
|---|---|
| 흰머리로 구천에서 만날 약속 나누었는데 | 白首交期盡九泉 |
| 어찌하여 그대 또한 훌쩍 날아가셨나 | 如何吾子又翩然 |
| 옛 모습 아름다웠는데 어찌 다시 보리오 | 古貌休休那復見 |
| 저물녘 빈산엔 차가운 매미 소리만 들리누나 | 空山斜日聽寒蟬 |

**249** 정재규(鄭載圭) : 1843~1911. 본관은 초계(草溪), 자는 영오(英五)·후윤(厚允), 호는 노백헌(老柏軒)·애산(艾山)이다. 김홍집(金弘集) 등 개화파에 의한 개화운동이 시기상조임을 밝히고 위정척사(衛正斥邪)를 주장하였다. 1905년 을사조약이 맺어진 후 최익현(崔益鉉) 등과 의병을 일으킬 것을 계획하였으나 성사시키지 못하였다. 저서로 《노백헌집(老柏軒集)》이 있다.

# 족질 근흠의 만사[又 族姪根欽]

| | |
|---|---|
| 행수단 옆에 작은 여막 지으니 | 杏樹壇邊築小廬 |
| 그윽한 농가 큰 선비 살기에 합당하네[250] | 幽庄端合碩人居 |
| 가난하고 굶주려도 두려워 않고 덕을 달게 여기며 | 不怕飢窮甘飽德 |
| 우뚝하게 성현의 책 가득 쌓아두었네 | 兀頭滿積聖賢書 |
| | |
| 문장은 공교로웠으나 시대엔 졸렬하여 | 工於詞賦拙於時 |
| 끝내 시골에서 늙어 알아주는 이 못 만났지 | 終老林泉不見知 |
| 구석진 골짝에 그윽한 난초 이제 홀로 빼어나니 | 窮谷幽蘭今獨秀 |
| 우리 공이 남긴 내음 여기에서 증명되네 | 我公遺臭證於斯 |
| | |
| 분분한 이 세상 땅을 가려 밟고 | 紛紛斯世擇地蹈 |
| 울울한 평생 뜻은 고상하였지 | 鬱鬱平生志尙高 |
| 고매한 담론 맑게 울리며 시가 나왔고 | 高談淸越因詩發 |
| 기이한 기상 높고 높아 술 마시면 호걸이었지 | 奇氣崚층得酒豪 |
| | |
| 시골 서당은 당시 스승의 말씀 듣는 자리였으니 | 村塾當時間丈筵 |
| 옷섶 걷고 따르며 모신지 몇 년이었던가 | 摳衣趨拜幾多年 |

250 행수단……합당하네 : 송희일이 지은 서재가 주인과 잘 어울린다는 말이다. 행수단(杏樹壇)은 공자가 앉아 쉬며 거문고를 탔다는 곳으로 고결한 풍류를 비유한다. 석인(碩人)은 현자(賢者)를 나타내는 말이다. 《시경(詩經)》「위풍(衛風) 고반(考槃)」에 "고반이 높은 언덕에 있으니, 석인이 머물러 지내는구나. 홀로 자다 잠 깨어 누워, 즐거움 남에게 말 않기로 길이 맹세하네. [考槃在陸 碩人之軸 獨寐寤宿 永矢不告]"라고 하였다. 여기서는 송희일을 가리킨다.

| | |
|---|---|
| 각성시키고 일깨워주는 힘[251] 있었으니 | 非無警覺提撕力 |
| 그 어찌 꿈에선들 학업 전념하지 않으랴 | 其奈顳夢業未專 |
| | |
| 생각해보니 옛날 선친께서 살아계실 때 | 憶昔先君在世時 |
| 사귀는 화목한 우정 가장 좋았지 | 交情睦誼最相親 |
| 정해년 이래 풍수의 감회[252] | 丁亥以來風樹感 |
| 공을 보내는 오늘 갑절이나 가슴 아파라 | 送公今日倍傷神 |

**251** 각성하고 일깨우는 힘 : 인격을 수양함으로써 얻어지는 힘을 말한다. 원문의 경각제시(警覺提撕)는 스스로 각성하고 일깨우는 수양을 말한다. 주자가 "아무 일이 없을 때에는 존양(存養)을 하는 도리가 그 속에 있으니, 자신을 일깨우고 각성시켜 방자하게 되지 않도록 해야 할 것이요, 강습하거나 응접할 때에 이르러서는 의리를 생각하고 헤아려야 할 것이다. [無事時 且存養在這裏 提撕警覺 不要放肆 到講習應接時 便當思量義理]"라고 한 말에서 인용하였다. 『朱子語類 卷95』

**252** 정해년 이래 풍수의 감회 : 정해년(1887, 고종24)에 돌아가신 부모님을 그리워하는 마음을 말한다. 풍수(風樹)의 감회는 어버이 생전에 효도를 다하지 못하고 사후에 이를 슬퍼하는 마음을 비유하는 말이다. 공자(孔子)가 길을 가다가 고어(皐魚)라는 사람이 길에서 칼을 안고 슬피 울고 있기에 까닭을 물었더니, "나무는 고요하고자 하여도 바람이 그치지 않고 자식이 봉양하고 싶어도 어버이는 기다려 주지 않는다. [樹欲靜而風不止 子欲養而親不待]"라고 하고는, 서서 울다가 말라 죽었다는 고사에서 온 말이다. 《韓詩外傳 卷9》

# 종말(宗末) 동병의 만사[又 宗末東柄]

| | |
|---|---|
| 우리 선조께서 남으로 내려오시고 오랫동안 | 吾祖南來久 |
| 같은 종파로 우의는 더욱 깊었지 | 派同誼尤深 |
| 큰 그릇 굳센 의지로 성인의 가르침 지키며[253] | 弘毅守聖訓 |
| 깊고 잠잠히 자기 마음 간직하였지[254] | 淵默秉我心 |
| 평생에 곤궁한 액운 많았는데 | 平生多困衡 |
| 아아 슬프다 모두가 하늘에 맡겼도다 | 嗟哉都付天 |
| 용 잡는 기술 평소의 뜻은 어긋나고 | 屠龍違素志 |
| 남은 생을 책 읽으며 소일하였도다[255] | 餘日付殘編 |
| 통렬히 마셨지만 어찌 탓할소냐 | 痛飮亦何傷 |
| 뜻은 호걸스럽고 특별하였지 | 志豪力邁然 |
| 두 어르신 흰머리 되도록 | 兩翁至皓首 |
| 한 집에서 함께 한 4년 | 一室同四年 |
| 충심으로 얼마나 많은 일들을 | 中心多少事 |

**253** 큰……지키며 : 《논어(論語)》 태백(泰伯)에 "선비는 그릇이 큼직하고 뜻이 굳세지 않으면 안 되나니, 책임이 무겁고 갈 길이 멀기 때문이다. [士不可以不弘毅 任重而道遠]" 하였다

**254** 깊고……지켜주었지 : 《장자(莊子)》 〈재유(在宥)〉편의 "시동처럼 앉아 있어도 용처럼 드러나고, 못처럼 잠잠하여도 우레처럼 울린다. [尸居而龍見 淵默而雷聲]"라는 말을 원용하였다.

**255** 용……소일하였도다 : 뛰어난 재주를 지니고도 그 능력을 펼치지 못하고 책을 읽으며 여생을 보냈다는 말이다. 원문의 도룡(屠龍)은 용을 잡는 기술로, 많은 노력을 기울여 이룬 능력을 비유한다. 《장자》 〈열어구(列禦寇)〉에 "주평만(朱泙漫)이 용 잡는 기술을 지리익(支離益)에게 배우는데 천금의 재산을 다 없애고 3년 만에 기술은 배웠으나 그 묘법을 써 볼 곳이 없었다. [朱泙漫學屠龍於支離益 單千金之家 三年技成 而無所用其巧]" 한 데서 유래한 말이다. 원문의 여일부잔편(餘日付殘編)은 주자(朱子)의 "남은 여생을 독서로 보내겠다. [且將餘日付殘編]"라는 말을 인용한 것이다.

| | |
|---|---|
| 매번 공과 더불어 베풀었던가 | 每每與公宣 |
| 어리석은 나는 스승을 오래 따르며 | 癡我從師久 |
| 공에게 심복하여 받은 가르침 새겼지 | 服公誨誘鑴 |
| 덕 있는 모습 어찌나 높은지 | 德儀何仡仡 |
| 내 평소 공경하던 바였네 | 我所平日欽 |
| 하늘은 어찌 남겨 주지 않고 | 天胡不憖遺 |
| 돌연 형용과 음성을 떼어 놓으시나 | 遽使隔形音 |
| 어진 자는 장수한다는 말[256] 징험할 수 있으니 | 仁壽從可驗 |
| 공에게 그 이치 이처럼 진실되네 | 於公理斯諶 |
| 예전 덕 있는 어르신들 모두 돌아가 | 舊德零落盡 |
| 우리 집안도 가엾을 뿐이네 | 吾宗止可憐 |
| 예전에 다니며 즐겨 노닐던 곳 | 昔日行樂地 |
| 누구와 함께 돌아보리오 | 誰與共周旋 |
| 애써 해로가[257] 지으려니 | 强裁薤露歌 |
| 나도 모르게 눈물만 줄줄 흐르네 | 不覺淚漣漣 |

**256** 어진……말 : 《논어(論語)》 옹야(雍也)에 나오는 말이다. 논어에 "지혜로운 자는 움직이고 어진 자는 고요하며, 지혜로운 자는 즐거워하고 어진 자는 장수한다. [知者動 仁者靜 知者樂 仁者壽]"라고 하였다.

**257** 해로가(薤露歌) : 부추 위에 맺힌 이슬처럼 덧없이 지는 인생을 슬퍼하는 노래로, 초상 때 부르던 만가이다. 한 고조(漢高祖)에게 반기를 들다 패망한 전횡(田橫)의 죽음을 두고 그 무리가 지은 만가 2장 중 1장에 "부추 위에 맺힌 이슬 어이 쉽게 마르나. 이슬은 말라도 내일이면 다시 내리지만, 사람은 죽어 한번 가면 언제나 돌아오나. [薤上朝露何易晞 露晞明朝更復落 人死一去何時歸]"라고 하였다. 《古今注 音樂》

## 하산 조남규의 만사[又 夏山曹南奎]

오호라! 공은 어질고 선한 사람이었도다. 타고난 성품은 순수하고 말씀이 적으시어 집에 계실 때는 집안사람들은 사람이 없는 것이 아닌가 의심하고, 마을에 나가시면 마을 사람들은 마치 사람이 있는 것처럼 여겼다. 책 읽으며 보낸 70년, 많은 후인들을 권장하고 분발케 하였다. 내 평소의 모습대로 하고, 마음으로 하는 것이지 나이로 하는 것이 아니다. 하루 저녁에 홀연 돌아가마 하는구나. 쓸쓸하구나 바람 불고 눈 덮인 길에 병들어 상여줄 잡지 못하고 대신 통곡하며 만사를 보낸다.

嗚呼 公仁善人也 賦性醇粹 語言罕默 居室室人疑無人 處鄕鄕人若有人 讀書七十年 獎發後人多矣 以我平生之度 以心不以年也 一夕忽云歸 凄凄風雪路 病不能執其紼 替送一哭曰

하루 저녁 서풍 불더니　　一夕西風至
먼 길 가는 사람이라고 말하네　　爲道征遐人
빈 정자에서 저 멀리 바라보는데　　空亭極遠眺
초목마저 새 빛을 잃었구나　　草木容喪新
돌아감은 바로 여기에 있는데　　歸伸正在玆
이별은 모이는 때 없으리　　離澗無合辰
이름이 어찌 조정에 추천되지 않았는가　　名盍廊廟薦
마음은 영리에 머물지 않았다　　心非榮利居
영롱한 자태 바라보아도 보이지 않고　　琅然瞻不得

| | |
|---|---|
| 남은 운치 샘과 골짜기에 비어있네 | 餘韻泉谷虛 |
| 물안개 부질없이 돌아나가는데 | 烟波但逶迤 |
| 빈 서재엔 바람 소리만 소슬하다 | 空齋出蕭瑟 |
| 하릴없이 머물며 바라보는데 | 懈怠宿看爲 |
| 산만하게 책들만 쌓여 있구나 | 散漫委書帙 |
| 작은 북소리 교대로 부르고 | 微鼓音召遞 |
| 슬픈 말은 정적을 깨뜨리네 | 哀語破幽寂 |
| 창망히 무덤 들어가는 길 | 滄芒夜臺路 |
| 그대는 무슨 연고로 나아가시나 | 夫君甚故卽 |
| 옥 같은 분 나 이제 스승 없는데 | 玉人無我師 |
| 하늘 귀신은 어찌 이리 잔인한가 | 天鬼奚慘毒 |
| 미약한 넝쿨 의지할 데 없는데 | 弱蔓無所依 |
| 구름 낀 숲에 하늘은 적막하구나 | 樹雲空寂寞 |
| 어느새 고을은 어두워지고 | 居然理郡暗 |
| 가로막혔으니 어떻게 보리오 | 阻濶何由覿 |
| 젊음은 다시 오지 않으리니 | 盛年無再至 |
| 끝남도 다시 의심하지 않도다 | 已焉不復疑 |
| 생사가 이로부터 달라지니 | 幽明從此異 |
| 신령이 내려오신들 참으로 어찌하랴 | 格思諒奚爲 |
| 꿈속도 일찍이 진짜 아님을 | 夢想曾不眞 |
| 같이 깨달으며 옷자락에 눈물 떨군다 | 同覺淚沾衣 |

## 광산 후인 김영화의 만사[又 光山后人金永華]

| | |
|---|---|
| 이 고을 월조평[258]에 | 玆鄕月朝評 |
| 우리 당의 북두성이란 명성 있었지 | 吾黨星斗名 |
| 반평생의 과거 공부는 | 半日理學業 |
| 다만 부모의 영예를 위해서였네 | 只欲爲親榮 |
| 골짜기 난초는 새로 돋아 향기롭고 | 谷蘭新生馥 |
| 행단엔 다시 명성 있었네[259] | 壇杏復有聲 |
| 한 동산에 인재를 도야하였으니 | 一囿陶鎔裏 |
| 제자의 정성 어찌 아니 이루랴 | 盍遂及門誠 |

**258** 월조평(月朝評) : 인물평을 말한다. 월단평(月旦評)과 같은 말로, 후한(後漢)의 허소(許劭)가 종형 허정(許靖)과 함께 향당(鄕黨)의 인물을 매월 초하루에 평론하였던 데서 유래하였다. 《後漢書 卷九十八》 조조(曹操)에 대해 평화시엔 유능한 신하이나 난세엔 영웅이 될 것이라는 평을 내렸다는 고사가 전한다.

**259** 행단(杏壇)엔……있었네 : 송희일이 제자들을 훌륭하게 가르쳤다는 말이다. 행단은 공자가 제자들과 강학(講學)했던 곳이다. 《장자》 어부(漁父)에 "공자가 치유(緇帷)의 숲 속에서 노닐며, 행단(杏壇) 위에 앉아서 휴식을 취했나니, 제자들은 글을 읽고 공자는 거문고를 타며 노래를 불렀다."는 말에서 유래한다.

# 종하생 기용의 만사[又 宗下生祺用]

| | |
|---|---|
| 문장은 한유의 세대에서 일어나고 | 文起昌黎世 |
| 시는 소옹의 시대였지 | 詩是堯夫時 |
| 즐겨 하는 바를 어찌 일 삼으셨는가 | 所樂何所事 |
| 사람들이 알아주지 않음을 근심하지 않으셨네[260] | 不患人不知 |
| 심의 입어 사마광의 법도를 지키고 | 深衣守司馬 |
| 운명 좋아하기는 유안세 같았네[261] | 好命是元城 |
| 누군들 들보 꺾이는 아픔이 없으리오 | 孰無摧樑痛 |
| 나는 제자로서 정성이 있도다 | 我有及門誠 |

**260** 사람들이……않으셨네 : 송희일의 덕성을 공자의 말을 빌려 칭송하는 말이다. 《논어》〈학이(學而)〉에 "사람들이 알아주지 않더라도 서운해 하지 않는다면 군자가 아니겠는가. [人不知而不慍 不亦君子乎]", "남이 자신을 알아주지 못함을 걱정하지 말고, 내가 남을 알지 못함을 걱정해야 한다. [不患人之不己知 患不知人也]"라고 한 말을 인용하였다.

**261** 심의(深衣)……같았네 : 북송(北宋)의 문신 사마광(司馬光)의 예(禮)와 유안세(劉安世)의 강직함을 빌려 송희일을 칭송하는 말이다. 사마광은《예기》에 의거해서 심의(深衣)를 만들어 입어 보며 소옹(邵雍)에게도 이를 권하였다고 한다.《宋名臣言行錄 外集 卷5》 원성(元城)은 사마광의 제자로 간의대부(諫議大夫)가 되어 직간(直諫)을 잘해 전상호(殿上虎)라는 별명을 얻었다. 《宋元學案 卷20 元城學案》

# 정하생 무송 윤택순의 만사[又 情下生茂松尹鐸淳]

| | |
|---|---|
| 황매산 북쪽 기슭에 어른이 살았는데 | 黃梅北麓長人居 |
| 몇 이랑 농사에 초막 한 채 | 數畝農桑一草廬 |
| 학업 전하며 죽으로 공양하고 | 緖業猶傳饘粥供 |
| 규모는 성현의 책 읽기 좋아했네 | 規模好讀聖賢書 |
| 지식은 육예에서 놀며 일찍이 게으름 없었고 | 知能遊藝曾無倦 |
| 공경히 벗들과 사귀며 오래 소원하지 않았네 | 敬以交朋久不疎 |
| 맏아들 훌륭한 손자 자취 잇기 마땅하니 | 允子肖孫宜繼蹟 |
| 공은 비록 갔으나 뛰어난 후손 이으리라 | 公雖逝矣勝生於 |

## 족질 기용의 만사[又 族姪箕用]

| | |
|---|---|
| 말세의 습속 날로 쇠퇴해가는데 | 季俗日衰弊 |
| 오로지 공에겐 옛 기상 남아 있었네 | 惟公古氣在 |
| 풍의는 보기에 넉넉하였고 | 風儀觀綽綽 |
| 논의는 듣기에 온화하였다 | 論議聽溫溫 |
| 일찍이 문단의 명예 독차지하고 | 早擅騷壇譽 |
| 만년엔 향당의 존경 받았네 | 晚推鄉黨尊 |
| 부지런히 일생의 계책 행하며 | 矻矻窮年計 |
| 시서 닦으며 학업 더욱 돈독하였네 | 詩書業更敦 |

# 종친 교생 호문의 만사[又 宗敎生鎬文]

| | |
|---|---|
| 우리 가문에서 아름다운 문장으로 칭송하였고 | 我宗稱文雅 |
| 삼대에 공의 집안 드러났지 | 三世見公家 |
| 초가집에서 읊조리며 | 茅屋可長嘯 |
| 서책은 쓸데없는 일[262] 아니었네 | 簡編非炊沙 |
| 우람히 솟은 은행나무 | 亭亭文杏樹 |
| 백 년 늙은 가지들 | 百歲老杈枒 |
| 공에 이르러 학문이 더욱 풍성해지니 | 到公益富學 |
| 묵정밭에 부지런히 씨 뿌려 거두었네[263] | 肯穫勤菑畬 |
| 취한 후에는 천성 더욱 엄해지고 | 醉餘凝性本 |
| 읊조린 뒤에는 아름다운 꽃망울 피어나네 | 吟後散奇葩 |
| 학업 정밀하였으나 운명이 여기에서 돌아가니 | 業精命還此 |
| 과거에 낙방하기 몇 년이었던가 | 幾年屈公車 |
| 잠료영웅 한스러워 | 賺了英雄恨 |

262 쓸데없는 일 : 원문 취사(炊沙)는 쓸데없는 일을 말한다. 송나라 황정견(黃庭堅)의 시에 "모래를 쪄서 미음을 지으면 끝내 배부르지 않고, 얼음에 문자를 아로새기면 헛되이 공교로울 뿐이네. [炊沙作糜終不飽 鏤氷文字費工巧]" 하였다.

263 묵정밭에……거두었네 :선조의 업을 이어 학문과 강학에 힘써 큰 결실을 보았다는 말이다. 원문의 긍확(肯穫)은 조상의 업을 계승하는 것을 비유하는 말이다. 《서경(書經)》 〈대고(大誥)〉에 "아비가 땅을 일구어 놓았는데, 자식이 씨 뿌리려 하지 않는다면, 더구나 곡식을 수확하겠는가. [厥父菑 厥子乃不肯播 矧肯穫]"라고 한 데서 유래하였다. 치여(菑畬)는 전답을 가리킨다. 금방 개간한 농지를 치(菑)라고 하고, 2년 된 밭을 신(新)이라 하고, 3년 된 밭을 여(畬)라고 하는데, 여기서는 바탕이 되는 학문을 비유한다. 한유(韓愈)의 〈부독서성남(符讀書城南)〉 시에 "문장이 어찌 귀하지 않으리오, 경서의 가르침이 바로 치여라네. [文章豈不貴 經訓乃菑畬]"라고 하였다. 《韓昌黎集 卷6》

| | |
|---|---|
| 늘그막에 한탄하였네[264] | 白頭儘堪嗟 |
| 잡풀을 세상은 좋다고 입으니 | 蕭艾世好服 |
| 난초 두르며 아름다운 수양 생각하였네[265] | 有蘭擬修姱 |
| 서릿바람 북산에 불어 | 霜風吹北山 |
| 꺾여지니 골짜기엔 휑하도다 | 催折谷谽谺 |
| 학업 전하던 일 남아 있는 듯하고 | 猶餘口授業 |
| 고을 지키는 후생들 아름답다 | 鄉保後生嘉 |
| 선비들이여 여기서 멈추어 | 士也止於此 |
| 차마 세도를 더럽힐 수 없다네 | 不忍世道汚 |

**264** 잠료영웅(賺了英雄)……한탄하였네 : 늙은 나이에 과거에 합격하여 나라에 누가 될 것을 싫어하였다는 말이다. '잠료영웅'은 당나라의 시인 조하(趙嘏)가 쓴 시로, "태종 황제께서 장구한 계책을 세우셨으나, 얻은 영웅은 모두 흰머리 늙은이였네. [太宗皇帝眞長策 賺得英雄盡白頭]"라고 하였다.《古今事文類聚 前集 卷27 賺了英雄》당나라 말기 과거제도가 쇠락하여 영웅호걸들이 늙어서야 겨우 과거에 급제하여 조정에 들어가게 되자 나라가 늙어졌다는 한탄이 담긴 시다.

**265** 잡풀을……생각하였네 : 무능한 자들이 과거에 급제하는 세태를 떠나 향기로운 절조를 지키며 살았다는 말이다. 소애(蕭艾)는 쑥덤불로 여기서는 무능한 관리들을, 난초는 세태와 영합하지 않고 고결한 절조를 지키는 선비의 아름다움을 비유한다. 초(楚) 나라 조정에서 쫓겨난 뒤에 굴원(屈原)이 지은《이소경(離騷經)》에 "난초 지초 변해서 이제는 향기 없고, 전혜 향초 바뀌어서 띠풀이 되었도다. 예전에는 그토록 향기를 내뿜더니, 지금은 그저 이런 잡초들이 되었는가. [蘭芷變而不芳兮 荃蕙化而爲茅 何昔日之芳草兮 今直爲此蕭艾也]"라는 구절이 나온다.

## 족손 호완의 만사[又 族孫鎬完]

| | |
|---|---|
| 뜻있는 선비 기박한 사람 많았으니 | 志士多奇數 |
| 아아 예로부터 그러하였다 | 噫噫自古然 |
| 마갈은 한유의 명이었고266 | 磨蝎韓公命 |
| 현조는 양웅의 책이었네267 | 玄鳥楊子篇 |
| 술을 보면 사람들은 서로 추억하였고 | 見酒人相憶 |
| 시를 지어 세상에 함께 전하네 | 將詩世共傳 |
| 가르침 전해주던 산에 비 내리더니 | 教授山前雨 |
| 졸졸 흘러 눈물샘 이루네 | 涓涓成淚泉 |

**266** 마갈(磨蝎)은 한유(韓愈)의 명이었고 : 마갈은 고대의 점성술에서 말하는 12궁(宮)의 하나인 마갈궁을 가리킨다. 이 별자리를 명궁(命宮)으로 가진 자는 평생 비방을 받고 좌절을 경험하게 된다고 한다. 소식(蘇軾)의 글에 "한퇴지(韓退之)의 시에 '내가 태어날 적에 달이 남두에 있었다.'라고 하였으니, 퇴지는 마갈을 신궁으로 삼았음을 알겠다. 나도 그만 마갈을 명궁(命宮)으로 삼아서, 평생토록 비방을 많이 받았으니, 아마도 퇴지와 같은 병에 걸린 것이리라. [退之詩云 我生之辰 月宿南斗 乃知退之磨蠍爲身宮 而僕乃以磨蠍爲命 平生多得謗譽 殆是同病也]"라는 내용이 있다.《東坡全集 卷101 命分》

**267** 현조(玄鳥)는 양웅(揚雄)의 책이었네 : 한나라 양웅의 주저인《태현경》에 얽힌 전설을 말하는 것으로 보이는데 확실하지는 않다. 양웅이 비방과 음해로 황제에게 버림받고 은거하여 역의 원리를 새롭게 해석한 태현경을 저술하였다.

## 종하생 호곤의 만사[又 宗下生鎬坤]

| | |
|---|---|
| 아름다웠다고[268] 어른들 통곡하고 | 休休長者哭 |
| 씩씩했노라고 옛사람은 말하네 | 仡仡古人言 |
| 어려움 속에서도 태어나 성장하고 늙었으며 | 困拂生長老 |
| 문장은 조부 아들 손자로 이어지네 | 詞章祖子孫 |
| 진솔하도다 송공의 글이여 | 坦率宋公筆 |
| 적막하기가 양웅의 집 같았네[269] | 寂廖楊子門 |
| 용정에 있을 보배[270]임을 | 龍亭有寶屑 |
| 후학들에게 어찌 끝내 잊을소냐 | 後學詎終諼 |

**268** 아름다웠다고 : 원문 휴휴(休休)는 아름답다는 말이다. 《서경(書經)》 진서(秦誓)에 "어떤 한 신하가 있는데, 한결같이 정성스럽기만 할 뿐 다른 특별한 재주는 없으나, 그 마음이 아름다워 남을 포용하는 것처럼 보인다. 그리하여 남이 재능을 지니고 있으면 자기가 지닌 것처럼 기뻐하고, 남에게 훌륭한 점이 있으면 자기 마음속으로 좋아한다. [若有一个臣 斷斷兮無他技 其心休休焉 其如有容焉 人之有技 若己有之 人之彦聖 其心好之]"라는 말이 나오는데, 《대학장구(大學章句)》 전(傳) 10장에도 이 말이 인용되어 있다.

**269** 적막하기가……같았네 : 한나라의 학자 양웅(揚雄)이 몹시 가난하여 '적막으로 덕을 지킨다.'라고 하며 저술에 몰두했다고 한다.

**270** 용정(龍亭)에 있을 보배 : 문장의 훌륭함을 칭송하는 말이다. 용정은 용정자(龍亭子)라고도 하는데, 가마의 일종이다. 임금의 조서(詔書)나 옥책(玉册), 금보(金寶)나 황제에게 바치는 표문(表文) 자문(咨文) 등을 옮길 때 사용하였다. 《국역 세종실록 오례의 배표의(拜表依)》

## 시하생 조병규의 만사[又 侍下生趙炳奎]

| | |
|---|---|
| 예전에 우리 아버지 어진 고을 찾았으니 | 昔我先君卜里仁 |
| 교유하던 선비 중 공과 가장 친하셨지 | 交游文學最公親 |
| 아름다운 기상에 온 좌석 기울어지고 | 氣貌偉然傾座榻 |
| 빛나는 문장에 옷깃이 움직였네 | 詞華炳若動襟紳 |
| 벼슬한 날[271] 없어도 처음의 뜻 굽히지 않았고 | 無日紆青初志屈 |
| 늙어서도 마음 새롭기를 기약했네 | 可期頭白晚懷新 |
| 이제 덕 있는 원로들 모두 죽고 없으니 | 如今耆德凋零盡 |
| 난초 핀 언덕 향하는 마음 더욱 아리구나 | 來向蘭畦倍愴神 |

**271** 벼슬한 날 : 원문의 '우청(紆青)'은 '우청타자(紆青拖紫)'의 준말로, 청색과 보라색 인끈을 늘어뜨린 고관(高官)을 가리킨다. 한(漢)나라 때 공후(公侯)는 보라색 인끈을 차고, 구경(九卿)은 청색 인끈을 찼던 데서 유래하였다.

## 사하생 전기호의 만사[又 査下生全琪浩]

황매산 우뚝하고 지령이 화려하여[272] 梅山屹屹地靈華
대아의 풍채 옛집의 재목이로다 大雅風標梃古家
학 울음소리 구천에 들리게 할 수 없으니 鳴鶴無緣聞九天
칠십 여년 건강히 살다가 노을 속으로 돌아갔네 七旬康濟付烟霞

우리 아버지와 평소 친히 사귀시는 모습 아름다웠고 先君當日懿親附
아들들도 인연 따라 더욱 가까이 지내며 빛났지 小子夤緣亦邇光
외로워진 나를 가엾어 하며 자주 가르치고 경계하셨으니
憫我伶仃頻敎戒
알지는 못했어도 기쁨에 겨웠음을 누가 잊을 수 있으랴 無知有喜誰能忘

규성[273]이 하룻밤에 정체를 감추니 奎躔一夜晦精彩
마을은 쓸쓸히 저녁 기운 차구나 洞府蒼茫夕氣凉
병을 진맥하고 염습 갖춤에 모두 결례하여 病診殮設情俱闕
상엿줄 잡고 청산에 이르니 눈물 줄줄 흐르누나 相紼青山涕泗滂

**272** 지령(地靈)이 화려하여 : 인걸(人傑)이 많이 나온다는 말이다. 당나라 왕발(王勃)의 〈등왕각서(滕王閣序)〉에 "걸출한 인물이 나오는 것은 그 땅이 신령스럽기 때문이다. [人傑地靈]" 하였다.

**273** 규성(奎星) : 규전(奎躔)은 28수(宿)의 하나인 규성(奎星)의 자리로, 문장(文章)이나 문운(文運)을 주관하는 별자리이다.

# 종하생 덕용의 만사[又 宗下生悳用]

경원지회(慶元之會) 신축년(1901, 대한제국 고종38)에 나의 스승이신 종숙 난곡공께서 9월 29일 고종하시고 석 달이 되어 장례를 치루니 지뢰월(地雷月, 동짓달) 18일이다. 선비들이 그 행실과 의리를 애석해하며 장례식에 모였으니 내가 감히 한 마디 말이 없을 수 없어 삼가 영결시를 짓는다. 시는 다음과 같다.

慶元之會 辛丑之歲 吾師從叔蘭谷公 以九月二十九日考終 三月而葬 乃地雷月十八日也　士人惜其行義而會葬 余不敢無一辭謹爲之訣曰

| | |
|---|---|
| 일찍이 재주 탁월했으나 제나라 궁문의 비파요[274] | 早工齊門瑟 |
| 늘그막에 뜻 높았으니 초나라 나그네의 관이었네[275] | 晩高楚客冠 |
| 얼마나 다행이었나 직접 『주역』을 배웠으니 | 何幸親受易 |
| 곤궁함 속에서 도의 지킴을 이제 다시 보네[276] | 固窮今復觀 |

**274** 일찍이……비파요 : 어려서부터 재주가 비상하였으나 세상과 맞지 않아 쓰여지지 않았다는 말이다. 춘추시대 제(齊)나라 선왕(宣王)이 피리를 매우 좋아하였는데, 어떤 사람이 그 궐문에서 3년 동안 비파를 연주하며 벼슬을 구했으나 얻을 수 없었다는 고사에서 유래하였다. 《韓昌黎集 卷18 答陳商書》

**275** 늘그막에……관이었네 : 늙어서도 고결한 뜻을 잃지 않았다는 말이다. 춘추시대 초(楚)나라의 종의(鍾儀)가 진(晉)나라에 붙잡혀 갇혀 있었는데, 진왕이 종의(鍾儀)를 보고서 "남쪽나라 관(冠)을 쓰고 갇혀 있는 자가 누구냐?"라고 묻자, 군리(軍吏)가 "초나라에서 포로로 잡혀 온 자입니다." 하였다. 진나라 임금이 그로 하여금 초나라의 음악을 연주하게 하자 종의는 고향을 그리면서 자기 나라 토속의 곡조를 연주하였다. 진나라 임금이 그 음악을 다 듣고는 슬퍼하면서 종의를 석방하였다. 《春秋左氏傳 成公9年》

**276** 얼마나……보네 : 원문의 '고궁(固窮)'은 곤궁한 중에도 도의(道義)를 지키며 편안히 여기는

것을 말한다. 《논어(論語)》 〈위령공(衛靈公)〉에 "군자는 곤궁해도 이를 편안히 여기면서 도의를 지키지만, 소인은 빈궁하면 제멋대로 군다. [君子固窮 小人窮斯濫矣]"라는 공자의 말을 차용하였다.

## 시하생 문선호의 만사[又 侍下生文宣浩]

| | |
|---|---|
| 모든 풀 마르고 난초가 계곡에 숨으니 | 衆芳既蕪谷蘭藏 |
| 남쪽 선비들 가장 마음 상해 했네 | 人士南州最倍傷 |
| 여러 대에 이웃에 살면서 먼저 교분이 두터웠고 | 累世比隣先契厚 |
| 다년 간 모시고 따라 자세히 알았네 | 多年追倍得知詳 |
| 시와 술로 풍류 나누며 담론하는 자리요 | 風流詩酒論談席 |
| 의관 진중히 갖추고 예를 강하는 마당이었네 | 珍重衣冠講禮場 |
| 황매산 향해 소식을 묻고라니 | 欲向黃梅消息問 |
| 흰 구름 어드매가 곧 신선 마을인가 | 白雲何處是仙鄉 |

# 하생 윤우학의 만사[又 下生尹禹學]

| | |
|---|---|
| 황매산에서 자유로웠던 숨은 군자 | 梅山自在隱君子 |
| 유유자적하며 숨어 산 칠십여 년 | 適軸囂囂七十年 |
| 세상에선 문장가의 가풍 더욱 풍부해졌다고 말하고 | 世述家風文益富 |
| 비루한 세속 못 본 척 뜻은 더욱 굳었네 | 眼空俗陋志愈堅 |
| 붉은 휘장 자주 열어 관선재 모임 갖고 | 絳帳頻開觀善會 |
| 푸른 옷의 선비들 계몽의 자리 많이 열었네[277] | 青襟多作啓蒙筵 |
| 심산유곡에 난초는 시들고 벌써 한 해가 저물어도 | 蘭萎幽谷驚歲晏 |
| 향기 남아 있어 기록하여 전할 수 있네 | 猶有遺芳可記傳 |

**277** 붉은……열었네 : 송희일이 학당을 열어 많은 유생들을 길러낸 일을 칭송하는 말이다. 원문의 관선(觀善)은 주자(朱子)가 학문을 연마하고 제자들을 기른 무이정사(武夷精舍)의 관선재(觀善齋)를 가리키는데, 여기서는 송희일의 학당을 말한다. 청금(青衿)은 푸른 옷을 입은 사람이란 의미로, 유생(儒生)을 비유한다. 《시경》〈정풍(鄭風) 자금(子衿)〉에 "푸르고 푸른 그대의 옷깃이여, 길이 생각하는 나의 마음이로다. [青青子衿, 悠悠我心.]" 하였다.

## 종교생 호언의 만사[又 宗教生鎬彦]

| | |
|---|---|
| 낙엽 지는 인간 세상 눈에 가득 가을이요 | 搖落人間滿目秋 |
| 계곡의 난초도 꺾이니 또한 시름겨워라 | 谷蘭委折亦堪愁 |
| 화장하여 세상에 아부함을 부끄러워하니 고집스런 성품 때문이오 | 羞粧時世由狷性 |
| 가업에 기탁하여 시서에 힘씀도 졸렬한 계책이라 | 寄業詩書用拙謀 |
| 예전의 영웅호걸 많이도 이와 같았는데 | 英雄在古多如此 |
| 오늘날 천박한 습속에 이런 사람 없도다 | 薄俗伊今或是無 |
| 오고 가며 장인의 여유로운 솜씨 넓혀주어 | 饒得來往灰傑匠 |
| 널리 의지하니 오히려 전형을 구할 수 있네 | 博依猶可典型求 |

## 시교생 최덕환의 만사[又 侍教生崔德煥]

| | |
|---|---|
| 천 겹 황매산 봉우리 | 千重梅嶽屹 |
| 백 굽이 향계는 길어라 | 百折香溪長 |
| 학문에 전념한 지 칠십여 년 | 藏修七十載 |
| 은거하셨어도 빛이 남았네 | 薖軸有餘光 |
| 동소남[278]처럼 밭 갈며 글 읽었고 | 董生耕有讀 |
| 원헌[279]처럼 가난해도 강인했네 | 原憲貧且强 |
| 빈틈없는 기상은 엄연했고 | 抑抑氣像儼 |
| 정성스런 말씀은 선량하셨지 | 諄諄德音良 |
| 북두성과 문성[280]의 명망이 있었고 | 北斗文星望 |
| 동도[281]는 처사의 고을이었네 | 東都處士鄕 |
| 슬프다 시월[282]이 되어 | 哀哉純坤會 |
| 온 천지가 모두 깎였네 | 天地盡剝皮 |

**278** 동소남(董召南) : 당나라 안풍(安豐) 사람으로, 주경야독(晝耕夜讀)하며 부모에게 효도하고 처자식을 사랑하였다고 한다. 한유(韓愈)의 〈동생행(董生行)〉에 "수주 속현에 안풍이란 고을이 있는데, 당나라 정원 연간에 이 고을 사람 동소남이 그곳에 은거하여 의를 행하였다. [壽州屬縣有安豐 唐貞元年時 縣人董生召南 隱居行義於其中]"라고 하였다. 《小學 善行》

**279** 원헌(原憲) : 공자의 제자 중의 하나로 매우 가난하게 살았다. 같은 제자인 대부호 자공(子貢)이 집에 찾아와 무슨 병이 있느냐고 묻자, 대답하기를, "재물이 없는 것을 가난이라고 하고, 도를 배우고서 행하지 않는 것을 병이라고 들었다. 나는 가난할지언정 병이 들지는 않았다."라고 하니, 자공이 부끄러워하였다고 한다. 《莊子 讓王》

**280** 문성(文星) : 창성(文昌星) 혹은 문곡성(文曲星)이라고도 하는데, 문운(文運)을 주관한다는 별이다.

**281** 동도(東都) : 경주(慶州)의 옛 이름이다.

**282** 시월 : 원문의 '순곤(純坤)'은 음력 10월을 가리킨다.

| | |
|---|---|
| 군자도 보호받지 못하여 | 君子不見保 |
| 영원히 비통하게 마쳤네 | 終焉永悲傷 |
| 장님이 도와주는 자를 잃은 듯 | 瞽者失其相 |
| 헤매이며 부질없이 허둥지둥하네 | 擿埴空倀倀 |
| 먼 길 가시는 오늘 | 卽遠今有日 |
| 언덕에 새 무덤 고하네 | 新阡告若堂 |
| 병 들어 상여줄도 잡지 못하니 | 病未馳相紼 |
| 나도 모르게 흐르는 눈물 | 不覺涕淚滂 |
| 문명과 야만 인간과 짐승의 사이에 | 華夷人獸際 |
| 공께서는 고결하게 돌아가셨네 | 公能潔歸藏 |
| 가장 슬픈 건 뒤에 죽는 자들이 | 最哀後死者 |
| 뒤를 잇지 못한다는 것 | 不能保衣裳 |

## 하생 김녕 김재권의 만사[又 下生金寧金在權]

| | |
|---|---|
| 공의 평생 사업 | 惟公一生事 |
| 옛사람에게 부끄럼 없네 | 無愧古之人 |
| 삼가고 정성스럽게 몸과 예를 지키셨고 | 謹慤持身禮 |
| 온화하고 공손하게 사물을 사랑하셨네 | 溫恭接物仁 |
| 우리 유학의 공로를 맡길 만하니 | 斯門功可任 |
| 스승의 자리에서 자상하게 가르치셨네 | 函席誨每諄 |
| 풍진세상 할 일도 많이 남았는데 | 未了塵世債 |
| 갑자기 하늘나라 손님 되셨네 | 遽作玉京賓 |

## 족질 송은필의 만사[又 族姪殷弼]

| | |
|---|---|
| 공의 인생 불우했으니 | 夫公生不遇 |
| 운명 또한 어찌 그리 기박했던가 | 賦命亦何奇 |
| 과문 공부는 처음 계획 아니었고 | 墻屋非初計 |
| 시서는 만년까지 간직하셨네 | 詩書保晚期 |
| 곤궁함을 지킴은 평소 본분에 편안함이요 | 固窮安素分 |
| 잠잠히 계심은 알려지기를 구하지 않음이셨네 | 守默不求知 |
| 천 년 전 하지장을 추억하던 일 | 千載賀監憶 |
| 술 있어도 누굴 위해 가져갈까[283] | 得醪誰爲持 |

**283** 천 년……가져갈까 : 송희일을 추억하는 말이다. 이백(李白)이 장안(長安)에 왔을 때 하지장(賀知章)이 그의 능력을 알아보고 우대한 일이 있었는데, 뒤에 이백이 하지장의 무덤을 찾아 〈술을 대하고 하지장을 추억하다(對酒憶賀監)〉라는 유명한 시를 지었다.

## 청주 곽치호의 만사 3수[又三首 淸州郭致鎬]

순박한 풍모 대대로 전하고 大朴淳風世世傳
나이 잊은 사귐 우리 선조부터였지 忘年交契自吾先
시와 예의 집안[284] 명성 끊기지 않고 詩禮家聲恒不絶
어질고 훌륭한 자손 끝없이 이어지리 仁孫肖子好連綿

남쪽 추로의 고을[285] 어찌 이름 얻었나 吾南鄒魯以何名
예로부터 사림 중 공 같은 분이 누가 있으랴 從古士林孰如公
우리 유학이 장차 없어지게 되었으니 하늘은 무슨 생각인가 斯文將喪天何意
난곡공 끝내 돌아가시니 이치가 통하지 않네 蘭谷終虛理寞通

낙엽 지고 서리 내려 오두막 싸늘한데 木落霜凄白屋寒
붉은 명정 가는 길 정말로 안타깝네 丹旌歸路正堪憐
이 이별이 천 년 될 줄 어찌 알았으리오 那知此別成千古
쓸쓸히 골목 구석에 홀로 서 있네 獨立踽踽巷一邊

**284** 시(詩)와 예(禮)의 집안 : 대대로 훌륭한 가학(家學) 전통이 있는 가문을 가리킨다. 공자(孔子)가 뜰 앞을 지나가는 아들 이(鯉)에게 시(詩)와 예(禮)를 공부할 것을 권유한 고사에 유래한다.《論語 季氏》

**285** 추로(鄒魯)의 고을 : 유학이 크게 융성한 마을이라는 말이다. 추(鄒)는 맹자의 고향이고 노(魯)는 공자의 고향이다.

## 시생 월성 최승환의 만사[又 侍生月城崔升煥]

| | |
|---|---|
| 북두성 같은 문장의 명망 | 北斗文章望 |
| 남쪽 지방의 신실한 현인 | 南州愷悌賢 |
| 위엄과 거동 산처럼 솟았고 | 威儀山特立 |
| 담소하면 정말로 따스하셨네 | 談笑正溫然 |
| 어찌 생각이나 했나 복통으로 | 那意河魚疾 |
| 갑자기 흉악한 일 당하실 줄을 | 遽作龍蛇年 |
| 부질없는 황매산의 달은 | 空有梅岡月 |
| 하염없이 하늘을 비추네 | 蒼茫照先天 |

## 하생 광산 김사현의 만사[又 下生光山金社鉉]

| | |
|---|---|
| 지난 해 입춘날 포산[286]에서 | 苞山去歲立春日 |
| 선생님 모실 수 있어 기뻐했는데[287] | 喜得尋常御李心 |
| 기양 땅[288]에 덕 있는 어른 다시 누가 있으리오 | 岐陽耆德復誰在 |
| 어찌 차마 문성이 갑자기 오늘 떨어짐을 보리오 | 忍看文星忽墜今 |

**286** 포산(苞山) : 경상북도 현풍(玄風)의 옛 이름이다.

**287** 선생님……기뻐했는데 : 원문의 어리(御李)는 존경하는 어른을 모신다는 말이다. 후한 때 순상(荀爽)이 이응(李膺)을 배알하고 이응을 위해 수레를 몬 뒤에 집에 돌아와서 "오늘에야 내가 이군(李君)을 위해 수레를 몰았다." 하였다. 《後漢書 卷67 黨錮列傳 李膺》

**288** 기양(岐陽) 땅 : 합천군을 가리키는 말이다. 원래 기산(岐山)의 남쪽이라는 뜻인데, 기산은 문왕(文王)의 고향이다.

## 서원 곽희묵의 만사[又 西原郭曦默]

| | |
|---|---|
| 장수는 어짊에서 나오니 백 년 가려니 했는데 | 壽必由仁擬百齡 |
| 갑작스런 공의 부음 나를 놀라게 하네 | 忽聞公訃使余驚 |
| 순박한 모습은 옛 풍속을 따름이고 | 淳朴儀容隨故俗 |
| 고명한 자질로 이전 경전을 널리 배웠네 | 高明姿質博前經 |
| 난실엔 사람 없어도 향기 남아 있고 | 蘭室無人遺臭在 |
| 행단 터엔 남긴 음성 맑아라 | 杏壇有地宿音淸 |
| 구슬피 홀로 남쪽 하늘에 서 있자니 | 悵然獨向天南立 |
| 만사 한 편으로는 마음 다할 수 없네 | 一片誄詞不盡情 |

## 시생 함안 조영규의 만사[又 侍生咸安趙暎奎]

가수현에 봉황 울고 상서로운 햇빛 길게 드리울 제　鳴鳳嘉陵瑞日長

평생 책만 읽다가 높이 날아 올랐네　一生劬卷起高翔

옛 집에 전하는 의발 부끄럽지 않고　古家衣鉢傳無忝

당세의 모범이요 가르침은 반듯했네　當世模楷教有方

신체 건강하시어 학처럼 수명 더하시더니　百體康寧增壽鶴

모든 기대 쓸쓸해지고 바로 헛일이 되었네[289]　萬期寥寂便亡羊

아름답던 선대의 우의 누가 강론하리오　欽惟先誼從誰講

텅 빈 산에 가을 지나자 온갖 꽃이 지네　秋盡空山敗衆芳

**289** 헛일이 되었네 : 원문은 망양(亡羊)인데, 이 말은 갈림길이 많아 잃은 양을 찾기 어렵다는 다기망양(多岐亡羊)의 준말이다.

# 파산 윤영성의 만사[又 坡山尹永性]

| | |
|---|---|
| 봉성[290]은 아름답고 황매산 높은데 | 鳳城佳麗黃梅屹 |
| 깊은 골짝 기이한 바위 저절로 봉우리 되었네 | 絶壑奇巖自成巒 |
| 굽이굽이 긴 시내 깊이 깊이 흐르고 | 曲曲長溪深深來 |
| 끝없이 맑은 물결 또 세차게 여울지네 | 不盡淸流又激湍 |
| 산 깊고 시내가 감싸 한 구역이 열린 곳 | 山奧川抱闢一區 |
| 일찍이 도사 한 분 있어 금으로 만든 갓을 썼지 | 曾有道客金爲冠 |
| 쌍청당이 남긴 맥락 남쪽에선 처음이요[291] | 雙淸遺緖南爲初 |
| 이곳에 터를 닦아 높고도 너그러웠네 | 此焉卜築高而寬 |
| 대대로 시와 예를 가업으로 이었고[292] | 世世詩禮如箕裘 |
| 영남의 큰 가문에도 부끄러울 것 없네 | 無愧嶠南巨門欄 |
| 오늘날 큰 선비 있어 기꺼이 숨어 살아[293] | 今有碩人甘大隱 |
| 늦게까지 서로 골짝의 난초를 기약했네 | 歲暮相期谷中蘭 |

**290** 봉성(鳳城) : 합천군 삼가면의 옛 이름이다. 혹은 전라남도 구례군을 가리키기도 한다.

**291** 쌍청당(雙淸堂)이……처음이요 : 쌍청당은 송유(宋愉, 1388~1446)로 충청도 회덕(지금의 대전광역시)에 자리 잡아 가문을 크게 일으켰다. 그 뒤에 송세적(宋世勣)이 회덕에서 삼가현으로 이사하여 이곳에 일족이 번성하고 있다.

**292** 대대로……이었고 : 송씨 문중에서 지속적으로 유학자가 나왔다는 말이다. 시례(詩禮)는 공자가 아들 공리(孔鯉)에게 "시를 배웠느냐?", "예를 배웠느냐?"라고 물은 데서 유래한 말로 학업을 잇는다는 뜻이다. 원문 기구(箕裘)는 《예기》 〈학기(學記)〉의 "훌륭한 대장장이의 아들은 아비의 일을 본받아 응용해서 가죽옷 만드는 것을 익히게 마련이고, 활을 잘 만드는 궁장(弓匠)의 아들은 아비의 일을 본받아 응용해서 키 만드는 것을 익히게 마련이다. [良冶之子 必學爲裘 良弓之子 必學爲箕]"라는 말에서 유래한 것으로 역시 가업을 잇는다는 뜻이다.

**293** 숨어 살아 : 원문의 '대은(大隱)'은 저자에 숨어 사는 것을 말한다. 진(晉)나라의 왕강거(王康琚)가 지은 〈반초은시(反招隱詩)〉에 "작은 은자는 산림에 숨어 살고, 큰 은자는 저자에 숨어사네. [小隱隱陵藪 大隱隱朝市]"라고 하였다.

천년토록 공자의 곡조를 배우기 원했고[294] 千載願學尼父操
문 앞의 은행나무로 강단을 만들었네[295] 門前杏子又可壇
평생 가난하다고 해서 즐거움을 고치지 않았은; 一生不以貧改樂
원헌의 담장과 안연의 도시락[296] 原憲之堵顔賢簞
옥 같이 완성되어 내가 살아날 수 있었고[297] 庯玉于成吾何活
〈고반장〉 부르며 남에게 알리지 않으리라 다짐했네[298]
永矢不告歌考槃
몸은 삼가고 마음은 확실히 잡았으며 持身謹拙操心確
망령된 자 사귀지 않았고 단정한 사람 사귀었네 無人妄交交其端
두어 폭 책들은 깨끗한 방에 있고 數幅圖書蕭洒室
때때로 우러러 보고 굽어보다가 길게 탄식했네 有時仰屈堪長歎
나는 원래 볼품없는 사람이었으나 而我合下樗櫟質

294 천년토록……원했고 : 은거하며 공자의 학문을 배우기를 원했다는 말이다. 공자의 곡조는 의란조(猗蘭操)를 말하는데, 공자가 알아주는 임금을 만나지 못하고 위(衛)나라에서 노(魯)나라로 돌아가는 길에 깊은 골짜기에서 향기 나는 난초가 무성한 것을 보고 때를 만나지 못한 불우한 현자에 비유하여 지었다고 한다. 《古今事文類聚 後集 卷29 作猗蘭操》

295 문 앞의……만들었네 : 원문의 행단(杏壇)은 공자가 제자를 가르치던 곳을 말한다. 행단(杏壇)의 고사는 "공자가 치유(緇帷)의 숲 속에서 노닐며, 행단(杏壇) 위에 앉아서 휴식을 취했나니, 제자들은 글을 읽고 공자는 거문고를 타며 노래를 불렀다."라고 한 《장자》 어부(漁父)의 말에서 유래한다.

296 원헌의……도시락 : 송희일의 가난한 삶을 말한다. 공자의 제자 중 원헌과 한회가 가장 가난하여 원헌은 깨진 옹기로 창문을 내고 안회는 도시락 하나의 밥과 물총 하나의 물로 지내면서도 즐거워했다고 한다. 원문의 '簞'은 '簞'의 오자로 보아 정정하여 해석했다.

297 옥같이……있었고 : 송희일이 고난 끝에 자신을 완성했다는 말이다. 송나라 장재(張載)의 〈서명(西銘)〉에 "궁한 상황 속에서 근심에 잠기게 하는 것은 그대를 옥으로 만들어 주려는 것이다. [貧賤憂戚 庸玉汝於成也]"라고 한 말을 인용하였다.

298 〈고반장(考槃章)〉……다짐했네 : 은거하는 즐거움을 혼자서 온전히 간직하겠다는 뜻이다. 《시경(詩經)》 〈위풍(衛風) 고반(考槃)〉에 "그릇 두드리며 언덕에서 노래하니 큰 사람의 은거지라. 혼자 잠들고 일어나지만 길이 맹세코 남에게 알리지 않으리라[考槃在陸 碩人之軸 獨寐寤宿 永矢弗告]"라고 하였다.

분명히 속마음을 말하는데 아끼지 않았네　　左契不惜論心肝

인연 따라 물처럼 이어진 게 얼마나 되었나　　彙緣水接幾多時

술동이 붉은 촛불 앞에서 달 이야기하며 기뻐했지　　緣樽紅燭評月懽

그 뒤로 두어 해 보지 못했는데　　邇來不見三數年

가련타 들보의 달 지금 이미 싸늘하네　　可怜樑月今已寒

일과 정이 깊은데 상여줄 잡아주지도 못하고　　事與情深違執紼

머리 돌려보니 산양[299] 땅에 묵은 풀만 남아있네　　回首山陽宿草殘

**299** 산양(山陽) : 친구와 같이 우정을 나누던 곳을 말한다. 진(晉)나라 상수(向秀)가 혜강(嵇康)과 산양 땅에서 절친하게 지냈는데, 혜강이 죽은 뒤에 그곳을 지나다가 이웃집에서 들려오는 피리 소리를 듣고는 옛 추억을 생각하며 〈사구부(思舊賦)〉를 지었던 고사가 전한다. 《晉書 卷49 向秀列傳》

## 여주 이석관의 만사[又 驪州李碩瓘]

삼산이 오래 정기 모아　三山儲孕久

난곡에서 철인이 나셨네　蘭谷哲人生

도에 뜻을 두고 정성 간직하여 아름답고　道意藏誠媚

화려한 문장은 비단처럼 이루어졌네　詞華線錦成

단표에도 저절로 즐겁고[300]　簞瓢自在樂

샘과 바위에 다시 가슴에 홍이 나네　泉石更關情

기쁨과 노여움은 드러내는 빛 없어도　喜怒無形色

베푸는 행실에는 실제 이름 있었네　施爲有實名

우뚝한 모습 눈 위의 달빛처럼 빛나고　魁儀雪月朗

대의는 춘추처럼 밝았네　大義春秋明

많은 관리들 다투어 가르침 받았으니　星弁爭薰沐

처사들은 고운 빛을 다했네　雲林盡彩精

물결 막는 큰 지주[301] 같았고　中流嵬砥柱

당시의 큰 저울이었네　當世鉅權衡

나는 감나무 들판에서 얹혀 살았고　我入柿郊寓

**300** 단표(簞瓢)에도 저절로 즐겁고 : 가난해도 유유자적하며 안빈낙도(安貧樂道)하는 모습을 칭송하는 말이다. 《논어(論語)》〈옹야(雍也)〉에 공자가 안회를 칭찬하며 "어질도다, 안회(顏回)여! 한 그릇의 밥과 한 표주박의 물을 마시며 누추한 골목에 사는 것을 사람들은 근심하며 견디지 못하는데, 안회는 그 즐거움을 바꾸지 않는구나. 어질도다, 안회여![賢哉 回也 一簞食 一瓢飮 在陋巷 人不堪其憂 回也 不改其樂 賢哉 回也]"라고 한 데서 유래한다.

**301** 물결……지주(砥柱) : 지주는 황하(黃河)의 거센 물살 가운데 우뚝이 서 있는 바위산으로, 혼탁한 세속에 휩쓸리지 않고 꿋꿋하게 자신의 절조를 지키는 군자를 말한다.

| | |
|---|---|
| 공은 쑥부쟁이 계곡에서 수고하셨지 | 公勞蓬澗行 |
| 함께 만나면 좋은 말씀 펼치고 | 好言合簪敍 |
| 편지엔 부럽고 슬픈 마음 보냈네 | 羨悵裁書呈 |
| 앞 골목 매화를 읊고 | 風咏梅前巷 |
| 버들 아래 길을 따라갔지 | 追隨柳下程 |
| 하늘이 사문을 급히 버려 | 惟天喪文速 |
| 갑자기 학이 언덕에서 울었네[302] | 忽地以皐鳴 |
| 보배로운 거울 누가 때를 닦으리오 | 寶鑑誰磨垢 |
| 좋은 거문고도 다시 소리내지 못하리라 | 瑤琴不復聲 |
| 지금 돌아가셔서 재앙[303]이라고 하지만 | 今歸云木稼 |
| 뒷날의 경사가 정자에 가득 증명되리라 | 後慶證榭盈 |
| 애통하게 어진 군자 추억하다가 | 慟憶賢君子 |
| 홀로 술잔 마주하여 눈물 흘리네 | 淚和獨對觥 |

**302** 학이 언덕에서 울었네 : 《시경(詩經)》 소아(小雅) 학명편(鶴鳴篇)에 "학(鶴)이 구고(九皐)에서 우니 소리가 하늘에 들린다. [鶴鳴于九皐 聲聞于天]"는 구절을 인용한 말이다.

**303** 재앙 : 원문은 목가(木稼)인데, 이는 극심한 추위 때문에 나무에 얼어붙은 고드름으로, 현인(賢人)이나 고관(高官)에게 재앙이 있을 때 나타나는 조짐이라고 한다.

# 족말 동오의 만사[又 族末東五]

| | |
|---|---|
| 향기로운 난초 깊은 골짝에 있어도 | 香蘭生在深山谷 |
| 사람 없다고 스스로 꽃 피우지 않는 건 아니라네 | 不以無人自不芳 |
| 나보다 한 살 적은데 먼저 멀리 떠났으나 | 少我一年先遠逝 |
| 구대나 함께 이웃하여 살았으니 무슨 상관있으랴 | 同隣九世亦何妨 |
| 집안 가난해도 괴안국 따른다 말하지 않았고 | 貧家不道追安國 |
| 저승에서 문장 닦아 자하를 이으리라[304] | 冥府修文繼卜商 |
| 상여소리 구슬퍼 그리움 점점 간절한데 | 紼語哀哀思轉切 |
| 새벽녘 남은 달 텅 빈 들보에 가득하네[305] | 五更殘月滿空樑 |

304 집안……이으리라 : 송희일이 허망한 생각을 품지 않았고 학업에 열중했다는 말이다. 원문의 안국(安國)은 일장춘몽의 고사에 나오는 괴안국(槐安國)을 말한다. 복상(卜商)은 공자의 제자 자하(子夏)이다.

305 새벽녘……가득하네 : 두보(杜甫)의 시를 차용하여 무척 보고 싶으나 볼 수 없는 마음을 표현하였다. 두보가 이백(李白)을 그리워하며 지은 〈몽이백[夢李白]〉에 "들보 위에 가득 기우는 달빛, 그대의 얼굴을 비추는 듯. [落月滿屋樑 猶疑照顔色]"라고 노래한 구절에서 차용하였다. 《杜少陵詩集 卷7》

## 화순 최원근의 만사[又 和順崔元根]

걸출한 모습에 비단 같은 속마음 魁傑風儀錦繡腸
남쪽 하늘 북두성처럼 명성이 높았네 南天星斗望聲長
멀리서 가엾어하노니 백옥루기문을 遙憐白玉樓頭記
옥황상제 응당 빨리 지으라 재촉하겠지 上帝應催下筆忙

공은 친구로 생각했으나 나는 스승으로 생각했고 公視朋從我視師
경전 서로 토론하여 여러 의심 풀었네 執經相討釋羣疑
지난 가을 강양관[306]에서 去年秋月江陽館
절하고 헤어진 일이 천고의 슬픔 될 줄 어찌 알았을까 一拜那知千古悲

306 강양관(江陽館) : 합천군 야로면에 있는 조선시대 객사(客舍)이다. 객사는 객관(客館)이라고도 하는데, 해당 지역을 찾아온 중앙관리나 중요한 손님들의 숙소였다.

## 족질 운용의 만사[又 族姪雲用]

| | |
|---|---|
| 고향 산골의 은군자 | 山鄕隱君子 |
| 사숙하여 재능 이루었네 | 私淑以成才 |
| 그 선비는 가난했어도 부족함 없었고 | 士也貧非病 |
| 늙어도 덕이 쇠약해지지 않았네 | 老而德不衰 |
| 세상 살면서 언제나 남을 용납했고 | 處世常容物 |
| 사람들 가르쳐 각각 재능 다하게 했네 | 敎人各盡材 |
| 지금부터 다시 누구를 우러를까 | 從此復誰仰 |
| 캄캄한 거리에서 홀로 슬퍼하노라 | 昏衢堪自哀 |

## 족제 헌익의 만사[又 族弟憲翼]

| | |
|---|---|
| 덕과 의리 풍류는 대대로 아름다워 | 德義風流世世欽 |
| 나이 칠십에 조예 깊으셨네 | 行年七十造之深 |
| 글 짓는 일 모두 부질없어라 | 詩賦詞章渾謾事 |
| 곤궁과 형통 영욕이 또 무슨 마음인가 | 窮通榮辱亦何心 |
| 군자는 여기에서 모두 취하니 | 君子於斯皆所取 |
| 선인의 생각 가장 잘 찾았네 | 先人之思最相尋 |
| 골짝의 난초 아직 향기 남아 있으니 | 谷蘭猶有餘香在 |
| 서로 찾기 기다림은 지금 만이 아니로다 | 也待相求適匪今 |

## 청주 곽운종의 만사[又 淸州郭運鍾]

| | |
|---|---|
| 대대로 같은 마을에 살아 인연이 더욱 깊었고 | 世世同隣契益深 |
| 백아의 거문고처럼 지음으로 지냈네[307] | 牙琴山水許知音 |
| 비바람 치는 집에서도 서로 지팡이 끌고 다녔고 | 風場雨屋笻相曳 |
| 달 밝은 저녁 꽃 핀 아침에 몇 번이나 같이 마셨나 | 月夕花朝酒幾斟 |
| 집안의 학문과 명성 자식이 잇고 | 詩禮家聲兒或繼 |
| 집안의 가업은 맏아들이 찾아 계승하리 | 箕裘事業胤君尋 |
| 오호라 지금부터 생사가 나뉘었으니 | 嗚呼從此幽明隔 |
| 사사로운 정 추억하자 눈물을 금할 수 없네 | 追憶情私淚不禁 |

**307** 백아(伯牙)의……지냈네 : 거문고의 명연주자인 백아의 고산유수(高山流水)라는 곡조를 오직 종자기(鍾子期)만이 알아들었다는 백아지음(伯牙知音)의 고사를 인용한 표현이다.

## 족질 간용의 만사[又 族姪幹用]

| | |
|---|---|
| 오중의 어른 많지 않으시나 | 吳中長老不多儔 |
| 정신과 풍채 이 어른이 으뜸이셨네 | 神采文衡許上頭 |
| 갑자기 흉악한 꿈 깨어보니 | 起起忽焉辰巳夢 |
| 후생들 어디서 따르리이까 | 後生何處可從求 |
| | |
| 산마을에서 가르치실 때 서대초가 무성했지 | 教授山前草色垂 |
| 불기성에서 배우던 아이가[308] | 不其城下挾箱兒 |
| 추억하노라 예전에 어려서 가까이 모시면서 | 憶昔童騃趁几杖 |
| 논어 학이편을 배우던 때를 | 魯論一部學而時 |
| | |
| 세상이 알아주지 않아 은거하셨고[309] | 瑟罷齊門賦遂初 |
| 막걸리 한잔에 진정 세상에 정이 없었네 | 濁醪聊復世情疎 |
| 득실과 궁통은 운명대로 따르는 것 | 得喪窮通隨所遇 |
| 느긋이 즐기지 않으면 또 어찌 하겠는가 | 悠悠不樂復何如 |

**308** 산마을에서……아이가 : 이 만사를 지은 송간용(宋幹用)이 스승인 송희일을 추억하는 말이다. 후한의 대학자 정현(鄭玄)이 불기성(不其城) 남산(南山)에서 가르칠 때 책을 묶는 풀인 서대초(書帶草)가 자랐다는 고사를 인용한 표현이다.

**309** 세상이……은거하셨네 : 제나라 사람이 비파를 잘 연주했는데, 그때의 제나라 임금이 우(竽)라는 악기를 좋아하여 끝내 등용되지 못했다는 고사가 있다. 진(晉)나라의 손작(孫綽) 젊어서 산수(山水)에 노닐며 은거하는 고상한 생활을 할 뜻을 말한 〈수초부(遂初賦)〉를 지었는데, 이를 인용하여 표현하였다.

# 족손 호장의 만사[又 族孫鎬章]

| | |
|---|---|
| 같은 마을의 큰 학자[310] 일찍부터 흠모했네 | 同里康成夙所欽 |
| 우애 좋은 집안[311]에 또 봄이 깊도다 | 韋家花樹又春深 |
| 글귀 조금씩 읽을 때 입에 가시가 많았고 | 句讀稍通多口棘 |
| 어리석어 정수리에 꽂히는 가르침을 본받기 어려웠네 | 膏肓難效下頂鍼 |
| 술 마시면 도연명의 술자리 같았는데 | 造飲時斟靖節酒 |
| 지인 적어지니 백아의 거문고[312]를 켜지 않았네 | 少知休鼓伯牙琴 |
| 천고의 상여 수레 만류하지 못하고 | 千古仙輪挽不得 |
| 찬바람에 눈물 뿌리며 함께 옷깃을 적시네 | 寒風洒淚共沾襟 |

**310** 큰 학자 : 원문은 강성(康成)이다. 강성은 정현(鄭玄)의 자로, 후한을 대표하는 학자였다.

**311** 우애 좋은 집안 : 원문은 위씨 집안의 화수(花樹)이다. 당(唐)나라의 시인인 잠삼(岑參)이 위씨 집안 사람들이 꽃나무 아래에서 모여 술을 마시며 다정히 지내는 모습에 감탄하여 시를 지었다는 고사가 있다. 여기에서 화수회(花樹會)라는 말이 나왔다.

**312** 백아(伯牙)의 거문고 : 마음을 나누는 친구 사이를 비유하는 말이다. 춘추 시대 백아는 거문고를 잘 탔는데, 그의 벗 종자기(鍾子期)가 백아가 높은 산을 그리며 거문고를 타면 "높고 높도다! 마치 태산과 같도다![峨峨兮若泰山]"라 하고, 또 도도한 강물에 뜻을 두고 거문고를 타면 "넓고 넓도다! 마치 강하와 같도다![洋洋兮若江河]"라고 할 정도로 백아의 마음을 잘 알았다. 이런 종자기가 죽자 백아는 자신의 거문고 소리를 들을 사람이 없다 하여 줄을 끊고 다시는 거문고를 타지 않았다고 한다. 《列子 湯問》

# 종하생 기휴와 인휴의 만사[又 宗下生機烋麟烋]

| | |
|---|---|
| 문단의 앞잡이요 | 詞壇鼓角 |
| 종중의 대들보라 | 宗廈棟樑 |
| 순박하신 자질에 | 醇醇其質 |
| 성실한 행동 | 慥慥其行 |
| 평소 접대하실 때 | 居常應接 |
| 원만하면서도 반듯하셨지 | 圓中有方 |
| 말씀은 조용하셨으니 | 辭氣守默 |
| 오직 덕과 부합했네 | 惟德之符 |
| 좌절하신 운명이라[313] | 磨蝎爲命 |
| 아아 오호라 | 噫噫於戲 |
| 세상에 인정받지 못했으니 | 抱瑟齊門 |
| 누가 속마음을 알겠는가 | 有誰知音 |
| 문득 시 지으니 | 飜然賦詩 |
| 나의 책이요 나의 거문고라 | 我書我琴 |
| 열두 곳 오막살이에 | 十二行窩 |
| 소옹이 작은 수레 타고 다니듯[314] | 邵公小車 |

**313** 좌절하신 운명이라 : 원문은 마갈(磨蝎)이다. 마갈은 마갈궁(磨蝎宮)의 약칭으로, 고대에 점성가들이 좌절과 비방의 운세를 상징하는 별자리로 여겼다.

**314** 열 두 곳……다니듯 : 송(宋)나라의 유학자인 소옹(邵雍)이 처음 낙양에 와서 비바람도 가리지 못할 정도의 누옥(陋屋)에 살면서도 그곳을 안락와(安樂窩)라고 이름 짓고는, 가끔씩 자그마한 수레를 타고 외출하여 즐기곤 하였는데, 사람들이 서로 접대하려고 안락와와 비슷한 집을 지어 놓고는 행와(行窩)라고 불렀다는 고사가 전한다. 《宋史 卷427 邵雍列傳》

| | |
|---|---|
| 덕이 마을과 이웃을 배부르게 하여 | 德飽鄕隣 |
| 모두 아름답다 했네 | 咸曰令嘉 |
| 은혜가 보잘것없는 우리에게도 미쳐 | 施及無狀 |
| 어진 가르침 주셨네 | 授之以仁 |
| 여러 방법으로 바로잡아 주셔서 | 矯揉多方 |
| 공의 어짊에 탄복했네 | 服公之仁 |
| 우리 학문은 끝났도다 | 斯文已矣 |
| 갑자기 자리에 누우셨으니 | 奄忽床茲 |
| 책상 위 책들은 | 案上書帙 |
| 다시 누구에게 줄까 | 復誰貽之 |
| 경전 안고 둘러보아도 | 抱經顧眄 |
| 우러러 믿을 분이 없네 | 無所仰恃 |
| 상엿줄 잡고 하소연하니 | 執紼呼訴 |
| 영원히 그 모습과 이별일세 | 永隔形儀 |

## 벗 변영규의 만사[又 友生卞榮奎]

난초 향기 좋아 깊은 골짝 이르렀더니　　恃蘭尋谷到
난초 시들어도 향기는 아직 남아　　蘭死谷猶香
꽃 필 기약 있음을 알겠으니　　知有花期在
비록 시들어도 길이 마음 상하지 않으리　　雖萎不永傷

## 족말 민용의 만사[又 族末民用]

가을바람에 그리워 바다를 유람하려 했는데　秋風有懷而遊海兮
함께 행차 준비 못해 한스럽도다　恨夫不與之治綦
서쪽으로 지리산 바라보고 동쪽으로 높은 누대를 밟았는데
西望頭流東躡大臺兮
천년토록 깨끗한 달 마음의 기약을 비추네　千載寒月照心期
시월에 돌아와 뜨락의 꽃을 살피니　十月歸檢庭花兮
국화 피지 않고 난초는 슬프도다　霜傑不芳芝蕙悲
잇따라 황매산 골짝기의 난초가 시들었다는 말을 듣고
俄聞梅山谷裏蘭萎兮
피눈물이 가슴에 드리우네　淚痕血點胸憶垂
문병하려다가 곡하게 되었으니　代診探而往哭兮
오막살이 쓸쓸히 흰 장막으로 덮었네　半枷寥寥掩素帷
일찍부터 하늘로 이사 가고 싶어 하시더니　嘗欲移家居天上兮
어찌 정녕 한 말씀도 남기지 않으셨나　胡不丁寧遺一辭
벗은 있었으나 당파는 없었으니 진정한 군자셨고　有朋無黨眞君子兮
백년 동안 가난하셨으나 탄식하지 않으셨네　固窮百年無嗟咨
내 소매 강과 바다의 바람과 햇빛 닮았지만　我袖江海風光兮
영전에서 한번 펼치면 능히 알아주시겠지　一展靈床能知之

## 종하생 치진의 만사[又 宗下生致珍]

| | |
|---|---|
| 문창부 어둡고 소미성도 어둡더니 | 文昌府暗少微晦 |
| 재앙이 모두 군자의 집에 이르렀네[315] | 厄會都臻君子家 |
| 세월 흘러 행단에는 부질없이 나무만 남아 있고 | 杏壇世降空餘樹 |
| 난곡에 가을 와도 꽃은 보이지 않네 | 蘭谷秋歸不見花 |
| 옛 물건 전하여 청전[316]이 남았으니 | 相傳舊物青氈在 |
| 홀로 높은 재주 안고 있어 백발이 서글퍼라 | 獨抱高才白髮嗟 |
| 공경히 초혼가 지으니 혼령은 가지 마시고 | 敬賦招魂魄莫往 |
| 사방에서 도적 막으면 막을 수도 있으리라 | 四方扞賊可能遮 |

**315** 문창부……이르렀네 : 송희일이 세상을 버렸다는 말이다. 문창부(文昌府)는 도교에서 말하는 하늘의 관청으로 인간의 운명 중 특히 문장에 관한 일을 담당한다고 하며, 소미성(少微星)은 처사성(處士星)으로 이 별이 희미하거나 떨어지면 인간 세상의 처사(處士)가 죽는다고 한다.

**316** 청전(青氈) : 푸른색 털방석으로 선비들이 주로 사용하던 것인데, 이로 인해 집안 대대로 전해오는 물건의 뜻하는 말이 되었다. 진(晉)나라 왕헌지(王獻之)가 누워 있는 방에 도둑이 들어와서 물건을 모조리 훔쳐 가려 할 적에, 그가 "도둑이여, 그 푸른 모포는 우리 집안의 유물이니, 그것만은 두고 가는 것이 좋겠다. [偸兒 青氈我家舊物 可特置之]"라고 하자, 도둑이 질겁하고 도망쳤다는 고사가 있다.《晉書 卷80 王羲之列傳 王獻之》

# 종하생 희조의 만사[又 宗下生熙朝]

| | |
|---|---|
| 황매산에서 태어나셔서 | 梅嶽申降生 |
| 난초를 허리에 차니 향기로웠네 | 蘭兮子佩香 |
| 공융의 근심 없는 술이요[317] | 北海無憂酒 |
| 맹교의 불평 가득한 울음이라[318] | 東野不平鳴 |
| 풍상의 괴로움 힘들게 겪으셨고 | 經力風霜若 |
| 다만 북두성 같은 이름만 남기셨네 | 只餘星斗名 |
| 경박한 지금의 세태 | 澆風今世態 |
| 외로운 서리 같은 후생의 마음 | 孤霜後生情 |
| 다만 바라노니 훌륭한 자손이 | 但願趍庭玉 |
| 아마도 명성 크게 떨치기를 | 庶幾放厥聲 |

**317** 공융(孔融)의……술이요 : 원문의 북해(北海)는 후한시대 공융의 별칭이다. 그가 "늘상 좌상객이 집안에 가득하고, 술동이에 술이 떨어지지만 않는다면, 내가 걱정할 것이 뭐가 있으랴. [坐上客恒滿 樽中酒不空 吾無憂矣]"라고 했던 고사가 있다. 《蒙求 下 孔融坐滿》

**318** 맹교(孟郊)의……울음이라 : 원문의 동야(東野)는 당나라의 시인 맹교의 자(字)이다. 한유(韓愈)의 제자로 크게 출세하지 못하였는데, 한유가 〈맹동야를 보내며 지은 서[送孟東野序]〉를 지어 위로했다. 이 글에 '무릇 만물은 평정을 얻지 못하면 소리를 낸다. [大凡物不得其平則鳴]'라는 유명한 말이 나온다.

# 종생 종천의 만사[又 族生鍾千]

| | |
|---|---|
| 태산북두의 문장에 박옥 같은 자질 | 山斗之文璞玉姿 |
| 공의 모습 어디에서 얻었나 | 得來何處我公儀 |
| 엄연히 강우[319]에 드넓게 향기 날리고 | 儼然磅礴香江右 |
| 만고의 황매산은 고요히 옮기지 않네 | 萬古黃梅靜不移 |
| | |
| 부귀와 사치로는 청빈한 마음 빼앗기 어렵고 | 富奢難奪貧清心 |
| 과거를 버리고[320] 숲에서 은거하던 마음 | 罷棘圍來林下心 |
| 거칠고 졸렬한 글로 등불 켜고 지어 보지만 | 荒詞拙筆評燈夕 |
| 모습만 그릴뿐 마음은 그리지 못하겠네 | 只畫形容未盡心 |
| | |
| 서재에서 나그네 생활 우연이 아니었으니 | 旅食殘齋不偶然 |
| 광풍제월[321] 모시고 삼 년이 지났네 | 一天光霽過三年 |
| 포산기를 어루만지며 읽었고 | 摩挲誦讀包山記 |
| 근원은 연옹에 접하여 한결같이 전했네[322] | 源接淵翁一體傳 |

**319** 강우(江右) : 경상남도를 말한다. 서울에서 낙동강을 바라봤을 때, 강의 오른쪽이라는 뜻이다. 상대적으로 강좌(江左)는 경상북도를 가리킨다.

**320** 과거(科擧)를 버리고 : 원문 극위(棘圍)는 옛날에 과거 시험을 볼 때, 사방에 가시를 둘러치고 경계하였으므로 유래한 말이다.

**321** 광풍제월(光風霽月) : 매우 고상하고 훌륭한 인품을 묘사하는 말이다. 황정견(黃庭堅)이 《산곡집(山谷集)》에서 주돈이(周敦頤)를 칭송하며 "주무숙은 마음이 씻은 듯 깨끗하여 마치 맑은 바람이나 밝은 달과 같다. [胸中灑落 如光風霽月]"라고 한 데서 유래하였다.

**322** 근원은……전했네 : 송희일의 학문이 연재(淵齋) 송병선(宋秉璿, 1836~1905)의 학문과 일치한다는 말이다. 송병선은 구한말의 저명한 학자이자 우국지사로 을사조약 후 자결하여 순국

| | |
|---|---|
| 북풍에 눈보라 몰아치고 해는 서쪽으로 지는데 | 雪風吹北日西邊 |
| 세상에선 난곡의 신선 묻고 돌아오네 | 世上埋歸蘭谷仙 |
| 문밖의 행단은 이제 누가 주인 되리오 | 門外杏壇誰可主 |
| 긴 봄날 같은 음덕으로 자손이 현명하리라 | 長春餘蔭子孫賢 |

하였다.

## 족생 종해의 만사[又 族生鍾諧]

| | |
|---|---|
| 저승에서 다시 일어날 수 없으니 | 九原不復作 |
| 어디에서 그 모습 볼까 | 何處見儀容 |
| 늙은 나무는 센 바람 속에 서 있고 | 老木扶風立 |
| 외론 산은 눈을 이고 높다랗네 | 孤山載雪崇 |
| 생도들은 제자리 찾지 못해 슬프고 | 經生悲失所 |
| 어른들은 벗을 잃어 애도하네 | 丈德悼喪朋 |
| 믿는바 신명이 살아 있어 | 所信神明活 |
| 기름 다 떨어졌어도 불길은 끝이 없네 | 脂窮火不窮 |

# 족제 겸락의 만사[又 族弟謙洛]

공의 평생을 말하자니 謂公平生事

탄식하고 마음 상하네 歎息堪可傷

한 몸 번갈아 좌절하였고 一身交磨蝎

모든 일 헤매기만 하였네 百爲俱忘羊

무너진 책상엔 부질없이 책만 쌓았고 頹床空儲袠

쓰러진 오막살이 정말 처량해라 弊廬正悲涼

분수에 만족함이 즐거움이니 安分是所樂

실컷 마셔도 무슨 상관 있으리오 痛飮亦無妨

공은 어찌 그리 급히도 이렇게 되셨나 公何遽至此

차가운 해는 햇빛도 없네 寒日爲無光

## 남평 문언두의 만사[又 南平文彥斗]

| | |
|---|---|
| 푸른 갈대밭에 이슬은 희어지고 | 蒼葭露爲白 |
| 그리움 완연히 그 안에 있네 | 所懷宛在中 |
| 온화한 자세 도에 가까웠고 | 溫溫姿近道 |
| 부지런히 학문에 힘썼네 | 勉勉學加工 |
| 효성과 우애는 선대의 가업에서 나왔고 | 孝友由前業 |
| 시경과 서경은 후대의 자신을 여유 있게 했네 | 詩書裕後躬 |
| 인간 세상에서 할 일은 어찌하는가 | 如何人間債 |
| 하늘의 이치 공정하지 못하네 | 天理未爲公 |

## 족손 일병의 만사[又 族孫一炳]

| | |
|---|---|
| 삼대 이어진 문장가 집안 | 三世文獻宅 |
| 평생 마음의 고통 겪었네 | 一生困衡心 |
| 세상에서 인정받지 못하였고[323] | 去抱齊門瑟 |
| 돌아와 등림의 숲을 가꾸었네[324] | 歸裁鄧下林 |
| 세상사 잊은 지 오래 | 世事忘懷久 |
| 도서를 완색하는 뜻 깊었네 | 圖書翫意深 |
| 고을에선 용정의 강론이 있었고 | 鄕有龍亭講 |
| 마을에선 녹동의 훈계를 전했네[325] | 里傳鹿洞箴 |

| | |
|---|---|
| 흰머리로도 마치 새로 사귀는 듯했으니 | 白首如新誼 |
| 공 같은 이 또 누가 있을까 | 如公更有誰 |
| 곤궁과 근심을 서로 위로했고 | 窮愁同所慰 |
| 술 있으면 서로 그리워했지 | 有酒或相思 |
| 백번 허물 있어도 어찌 정의 있으리오 | 百過寧闌意 |
| 한마디 말로도 웃을 수 있었네 | 一言可解頤 |
| 각각 열다섯 살에 만나서 | 各抱年志學 |

323 세상에서 인정받지 못하였고 : 주??? 참조.

324 돌아와……가꾸었네 : 제자를 양성했다는 말이다. 원문의 등림(鄧林)은 좋은 재목으로 가득하다는 전설상의 숲이다.

325 고을에선……전했네 : 송희일이 제자를 가르치는 데에 힘썼다는 말이다. 용정(龍亭)은 궁궐 안의 뜰을 가리키고, 녹동(鹿洞)은 주희(朱熹)가 강학한 백록동서원(白鹿洞書院)을 말한다.

| | |
|---|---|
| 유유히 세한[326]을 기약했네 | 悠悠歲寒期 |
| 같은 취향 가진 자 어디서 구하리오 | 臭味求何處 |
| 골짝의 난초 갑자기 시들었네 | 谷蘭遽萎離 |

**326** 세한(歲寒) : 추어진 날씨, 즉 노년을 말한다. 《논어(論語)》 〈자한편(子罕篇)〉에 "날씨가 추워진 다음에야 송백이 뒤늦게 시든다는 것을 알 수가 있다. [歲寒然後知松柏之後凋也]"는 말이 실려 있다.

# 서원 곽윤항의 만사[又 西原郭潤恒]

| | |
|---|---|
| 몇 대동안 이웃에 살았고 | 接隣經幾世 |
| 여러 해 스승으로 모셨네 | 負笈陪多年 |
| 한탄스럽도다 재주가 둔하여 | 堪嘆才知鈍 |
| 가르침을 온전히 받지 못하였으니 | 未蒙教誨專 |
| 시서는 한가로운 사업이요 | 詩書閑事業 |
| 거문고와 술로 숲과 샘을 좋아하셨네 | 琴酒好林泉 |
| 어느 곳으로 모습이 멀어졌는가 | 何處儀形隔 |
| 아아 눈물만 흐르는구나 | 嗚呼涕泗漣 |

| | |
|---|---|
| 나를 자식처럼 사랑하셨고 | 愛余如子姪 |
| 나도 부형처럼 공을 믿었네 | 恃公若父兄 |
| 우리 유학의 사기를 일으키셨고 | 斯門興士氣 |
| 고을에선 기풍을 더하셨네 | 鄉黨倍風情 |
| 강론하는 자리에 선각이 없으시니 | 講席無先覺 |
| 어두운 거리의 후생은 어찌하나 | 昏衢奈後生 |
| 훌륭한 자손 재주 많으니 | 令孫多才藝 |
| 앞길로 나아갈 것을 크게 믿노라 | 大倚進前程 |

## 창녕 성치학의 만사[又 昌寧成致學]

| | |
|---|---|
| 일찍이 과거를 사양하고 만년엔 강호에 계시며 | 早辭槐試晩林塘 |
| 안빈낙도하시면서 뜻은 더욱 굳세었지 | 樂在安貧志益剛 |
| 공손하고 검소하며 인자하심을 평소 일삼으셨고 | 恭儉仁慈爲所事 |
| 문장과 언론은 고을의 으뜸이셨지 | 文詞言論丈於鄕 |
| 문 앞의 은행나무는 우뚝 서 있고 | 門前老杏亭亭秀 |
| 골짝의 난초는 담담히 향기나네 | 谷裏幽蘭淡淡香 |
| 애통하도다 어리석은 우리들 배울 곳 없으니 | 痛矣羣蒙無學處 |
| 황매산 쓸쓸하고 달빛 황량하네 | 黃梅山寂月荒凉 |

## 족질 기익의 만사[又 族姪基益]

| | |
|---|---|
| 순박하고 옛스런 풍모와 중후한 기량 | 朴古之風厚重器 |
| 남쪽 지역에서 명성이 자자했네[327] | 南州藉藉月朝評 |
| 힘들게 지냈어도 분명 우리 유학의 사업하셨고 | 困拂自是吾儒事 |
| 원만하고 겸손하였으니 말세에도 무슨 상관 있으리오 | 圓遜何傷衰世情 |
| 경전 공부 쌓여 이미 다 외우셨고 | 工積於經如誦已 |
| 세상에서 숨어 살며 영화를 구하지 않았네 | 遯藏斯世不求榮 |
| 누가 다시 용정의 자리를 펴리오 | 有誰復設龍亭座 |
| 우리 유학 깊이 밝혀지지 못함을 탄식하노라 | 嘆息斯文苦不明 |

| | |
|---|---|
| 삼백 리 남쪽 땅에 제일이던 분 | 三百吳中第一人 |
| 어려서부터 서로 지킨 우정 가장 친했네 | 早年相守最情親 |
| 어찌 알았는가 오늘 이 가아의 길에서 | 那知今日佳俄路 |
| 갑자기 늙은 몸에 눈물이 수건에 가득할 줄을 | 遽使衰腸淚滿巾 |

**327** 명성이 자자했네 : 원문은 월조평(月朝評)이다. 월조평은 후한 시대의 허소(許劭)가 매달 초하루에 고을의 인물을 평가했던 고사에서 유래한다.

## 족말 치창의 만사[又 族末致昶]

문장 호걸이요 술에는 신선이라 文中豪傑飮中仙
황매산에서 받은 원기 온전히 간직하셨네 禀得梅山元氣全
밤낮으로 그대 따라 삼 년을 지냈고 晝夜隨君三過臘
나이는 나보다 한 살 적었네 春程少我一來年
서로 본받아 풍류 즐기며 강론하는 자리 열었고 觀善風流開講帳
새로운 생각에 간행하였으나 책을 마치지는 못했네 新案刊保未終篇
누가 알았으리오 오늘 우리 문중에 誰知今日吾門內
난곡의 상여가 저 언덕을 향할 줄을 蘭谷靈輀向彼阡

## 족말 치규의 만사[又 族末致奎]

| | |
|---|---|
| 공이 처세하신 방법을 보면 | 觀公處世道 |
| 다른 사람 헐뜯지 않으셨고 | 不出毁人言 |
| 공에게 세상 또한 그러해서 | 於公世亦然 |
| 공을 헐뜯는 사람 보지 못했네 | 不見毁公人 |
| | |
| 온화하고 중후한 모습 | 溫和豊厚容 |
| 보는 사람 마음이 항상 취한듯했지 | 見者心常醉 |
| 하물며 저 포산의 집에서 | 矧彼包山屋 |
| 보고 느낀 게 여러 해 되네 | 觀感歲年累 |
| | |
| 칠십 년도 오래 살았다 말하지만 | 七十惟云壽 |
| 공의 덕에는 어울리지 않네 | 在公不稱德 |
| 강호에 은거하여 | 林泉一布衣 |
| 헛되이 늙었으니 더욱 슬퍼라 | 虛老尤可慨 |
| | |
| 오늘 돌아가신 날 | 今此大歸日 |
| 온 마을 모두 탄식하였네 | 鄕里共咨嗟 |
| 너나없이 덕에 감동하였으나 | 感德無彼此 |
| 누가 나보다 더 하리오 | 人其孰余多 |
| | |
| 살아서는 좋은 선비라는 명망 있었고 | 生有善士望 |

| | |
|---|---|
| 죽어서는 군자로 마치셨네 | 死得君子終 |
| 저승에서 다시 일어나신다면 | 九原如可作 |
| 공이 아니면 누구를 따르리오 | 微公誰與從 |

## 진주 유우락의 만사[又 晉州柳宇洛]

삼가고 독실함은 천부적인 공의 성품 謹篤公賦性

몸가짐은 부지런하고도 반듯했지 持身勵而莊

흰머리로 경전의 뜻 연구했고 白首窮經旨

문장은 책 상자에 넘쳤네 詞翰溢盈箱

큰 도움이 되어 매번 따랐고 彊輔每追隨

산수에 노닐기를 좋아하셨지 泉石好徜徉

집안은 검소하게 다스리시고 家政守儉約

세상 혼탁하니 어울리지 않았네 世渾不低昂

자제하는 위엄과 법도 抑抑威儀則

빛나던 주옥같은 속마음 燦燦珠玉腸

어찌 겉치레를 할까[328] 邊幅何曾修

일편단심 바탕은 진정 진실하셨네 赤衷質直良

속상하도다 공에겐 따르는 이 없었으나 傷哉公無儔

마음 편안하고 몸은 건강하셨지 心恬身彊康

내 사는 곳 공의 집과 가까워 我寓隣庄近

알고 지낸 지 십 년쯤 되네 許知十年强

공은 어찌하여 세상을 싫어하여 公胡厭斯世

쓸쓸히 황매산 언덕에 사셨나 寂寂梅之岡

**328** 어찌 겉치레를 할까 : 옷의 가장자리를 다듬지 않는다는 뜻인 '불수변폭(不修邊幅)'이라는 말을 인용한 표현이다. 이 말은 겉모습ㅂ을 꾸미지 않는다는 뜻이다.

| | |
|---|---|
| 눈보라 쓸쓸한 저물녘 | 風雪暮凄凄 |
| 고향 산엔 붉은 명정 드날리네 | 故山丹旐揚 |
| 구슬피 바라보며 늙은 눈물 뿌릴 제 | 悵望寄衰淚 |
| 석양은 산방을 비끼었네 | 日斜倚山房 |

## 족손 호택의 만사[又 族孫鎬宅]

| | |
|---|---|
| 일찍이 마을의 큰 학자를 알았지만 | 夙知同里曾 |
| 배우지 못하고 문인 문명선이었네[329] | 不學居門宣 |
| 이젠 어디서 우러를까 | 從今何所仰 |
| 통곡하며 눈물이 샘처럼 흐르네 | 痛哭淚懸泉 |

**329** 일찍이……공명선(公明宣) : 족손 송호택의 스승다움을 칭송하는 말이다. 원문의 동리정(同里鄭)은 동리증(同里曾)의 오자로 보고 바꿔 번역하였다. 동리증은 같은 마을에 사는 증자(曾子)라는 말로, 송호택을 공자의 제자인 증자와 같은 인품과 학식을 갖춘 인물이라는 의미이다. 공명선(公明宣)은 증자의 제자로 증자에게 배우는 3년 동안 책을 읽지 않자, 증자가 그에게 학문을 배우지 않는 이유를 물었다. 이에 공명선이 대답하기를, "어찌 감히 배우지 않았겠습니까. 선생님의 평소 생활을 보았는데, 부모님이 계시면 개나 말에게도 화를 내지 않았고, 빈객을 접대할 때는 공경을 다하였고, 관직에서는 아랫사람을 다치게 하지 않으셨습니다. 제가 이 모습을 보고 열심히 배우려 하고 있습니다만 제대로 되지 않습니다. 어찌 감히 아무것도 배우지 않으면서 선생님의 문하에 있겠습니까."라고 하였다. 《小學 稽古》

## 종말 지명의 만사[又 宗末至明]

| | |
|---|---|
| 흰머리 누가 긴지 비교해 보았지 | 較來白髮長 |
| 나보다 한 살이 많았네 | 長我一年强 |
| 만년에 고향에 돌아와 | 晩有還鄕日 |
| 이웃하였고 같은 문중이었네 | 隣誼與宗盟 |
| 많은 선비들이 입에 올려 하는 말은 | 藉藉多士口 |
| 그대가 각고의 공부를 하셨다 칭찬했네 | 稱君刻苦工 |
| 정성스러운 효성은 선조의 발자취를 이었고 | 誠孝繩先武 |
| 시서로 어리석은 자들을 깨우쳤네 | 詩書啓羣蒙 |
| 이에 삼평의 시절[330]에 이르러서는 | 爰及三平世 |
| 먼저 죽는 걸 영광으로 여겼지 | 先死自爲榮 |
| 일양[331]이 비록 왕복하지만 | 一陽雖往復 |
| 눈 덮인 산은 공이 떠난 후 가벼워지네 | 雪山去後輕 |

**330** 삼평(三平)의 시절 : 원문은 삼평은 당(唐)나라 사공도(司空圖)가 말한 세 가지의 평온함인데, “재주를 헤아려 볼 때 마땅히 쉬어야 하고, 분수를 헤아려 볼 때 마땅히 쉬어야 하고, 늙어 눈이 침침하니 마땅히 물러나 쉬어야 한다. [量才一宜休 揣分二宜休 耄而聵三宜休]”라고 하였다. 《舊唐書 卷190 文苑列傳 司空圖》

**331** 일양(一陽) : 동짓날에 양기가 처음 생긴다는 말이다.

## 족제 재락의 만사[又 族弟在洛]

| | |
|---|---|
| 중년에 삼가현에 살 곳 정하였으니 | 中葉奠嘉鄕 |
| 높고 높은 황매산 아래라 | 屹屹梅之岡 |
| 황매산은 정기를 키워 | 梅岡育精氣 |
| 사는 사람들 끝없이 받았네 | 居人受無彊 |
| 우리 공은 여기서 나셔서 | 我公出乎此 |
| 자질이 뛰어나고 어질었네 | 稟質秀而良 |
| 가업을 이으셨고 | 繼述箕裘業 |
| 단현에 이름 날리셨네 | 丹縣名字揚 |
| 말씀은 본래 주옥이 매달린 듯 | 舌本懸珠玉 |
| 뱃속엔 여러 경전 쌓여 있지 | 肚裏載羣經 |
| 엄숙한 거동과 모습 | 威儀攝以嚴 |
| 깨끗한 갓과 의복 | 冠服着之明 |
| 몸가짐은 언제나 어리석은 듯하시고 | 持身常若愚 |
| 세상살이는 청빈을 잃을까 두려워하셨지 | 處世恐失淸 |
| 가난하다 한마디 하지 않으셨고 | 不言一字貧 |
| 스스로 만종의 영예[332]를 가진 듯하셨네 | 自有萬鍾榮 |
| 술 만나면 천 잔도 적고 | 遇酒千鍾少 |
| 시 읊으면 백 편이나 길었네 | 吟詩百篇長 |

332 만종(萬鍾)의 영예 : 높은 벼슬을 하였다는 말이다. 만종은 신하가 받는 가장 많은 봉급이다.

고을의 대장부요　　鄕黨大丈夫
시골의 노선생이라　　邨塾老先生
뜻을 얻지 못해 울적했고　　鬱鬱不得志
슬프고 마음 상해 더러 쓸쓸했네　　踽踽或悲傷
지난날 내가 배우기 시작했을 때　　昔我年纔學
산속 서당에서 배우기를 허락하셨네　　山齋許昇堂
우리 아버지 나를 업고 안고　　先子背腹我
눈보라 날려도 거리낌 없이　　不憚雪風飀
책 상자 지고 계신 곳에 가서　　負笈隨所居
십 년이나 배웠네　　灑掃十載强
그런데 지금 이름 날리지 못했으니　　而今坐無聞
부질없이 아버지만 속였구나　　空爲欺父兄
고요히 잘 수양하셔서　　靜裏頤養厚
오래 강녕하실 줄 알았는데　　擬謂壽且康
어찌해서 병 하나를 만나　　云何姤一疾
갑자기 돌아가셨나　　奄忽乃爲喪
고꾸라지듯 댁으로 달려가　　顚倒就楹下
통곡하다 목을 놓았네　　慟哭至失聲

## 진주 유원중의 만사[又 晋州柳遠重]

| | |
|---|---|
| 온화하시고 아름다우셨지 | 溫溫復抑抑 |
| 머리 희어도 마음 곧게 하려 힘쓰셨네 | 白首勵貞心 |
| 초가집에 연기 노을이 맑고 | 茆屋烟霞淡 |
| 거문고와 책으로 세월이 깊었네 | 琴書歲月深 |
| 우리 선인과 만난 일 거슬러 헤아려보니 | 溯念先人契 |
| 오늘의 마음 어이 견디리오 | 奈何此日忱 |
| 황매산 봉우리 아래 무덤에서 | 四尺梅岡下 |
| 먼 하늘 보니 눈물이 옷깃에 가득하네 | 翹首淚盈襟 |

# 종하생 가용의 만사[又 宗下生可用]

| | |
|---|---|
| 우리 고을과 우리 문중에 | 吾黨與吾族 |
| 공은 대장부셨지 | 公居大丈夫 |
| 곤묵[333]으로 한결같은 마음 지켰고 | 困默一心柄 |
| 홍의[334] 두 글자로 부적 삼았네 | 弘毅二字符 |
| 용을 잡는 큰 수단이 있었으나 | 屠龍大手段 |
| 좌절하여 신세가 궁했네 | 磨蝎小命途 |
| 그만두어야겠다 너무 쇠약해졌구나 하면서 | 已矣甚衰也 |
| 배우고 또한 기뻐하였네 | 學而亦悅乎 |
| 소강절의 낙양 오두막 같고[335] | 行窩康節洛 |
| 호안정의 호주 의재 같았네[336] | 義齋安定湖 |
| 단란하고 화목한 자리 | 一團和風座 |
| 모두가 충실한 제자[337]였지 | 幾個立雪徒 |
| 송백으로 선영을 둘러쌓고 | 松杉先墓事 |

**333** 곤묵(困默) : 《중용(中庸)》의 열심히 노력하여야 알 수 있다는 '곤이지지(困而知之)'와 《논어(論語)》의 잠잠히 속으로 기억한다는 '묵이식지(默而識之)'를 함께 말한 표현이다.

**334** 홍의(弘毅) : 논어(論語)》 태백(泰伯)에 "선비는 그릇이 큼직하고 뜻이 굳세지 않으면 안 되나니, 책임이 무겁고 갈 길이 멀기 때문이다. [士不可以不弘毅 任重而道遠]"라고 하였다.

**335** 소강절(邵康節)의……같았네 : 주 ??? 참조.

**336** 호안정(胡安定)의……같았네 : 안정은 송(宋)나라의 학자 호원(胡瑗)의 자이다. 호원은 호주(湖州)에서 경의재(經義齋)와 치사재(治事齋)를 설립하여 교육에 힘썼다.

**337** 충실한 제자 : 원문은 눈을 맞으며 서서 스승을 모시던 '입설도(立雪徒)'이다. 송나라의 대학자인 정호(程顥)의 수제자였던 양시(楊時)와 유초(游酢)가 정호의 사후에 배움을 청하러 정호의 아우인 정이(程頤)를 찾아갔을 때, 마침 정이가 문밖에 눈이 한 자나 쌓일 동안 눈을 감은 채 앉아 있었으므로 감히 떠나가지 못하고 시립해 있었다고 하는 고사가 있다.

| | |
|---|---|
| 온 문중이 화목하기를 도모했네 | 花樹一宗謨 |
| 수신제가는 항상 먼저 하였고 | 修齊上常事 |
| 남쪽 땅에서 매번 앞장섰네 | 吳中每先驅 |
| 어른들은 공 따라 다 하셨으니 | 耆德隨公盡 |
| 아득히 후생들만 걱정스럽도다 | 悠悠後生憂 |

## 문하생 종화의 만사[又 門下生鍾和]

| | |
|---|---|
| 온 세상에 원기 쌓여 | 斗南元氣積 |
| 우리 선생님 뽑혀 나셨네 | 挺出我先生 |
| 모습과 행동은 태산만큼 무거우셨고 | 儀表泰山重 |
| 품으신 속마음은 얼음과 눈처럼 맑았네 | 衿期氷雪清 |
| 거센 강물 속 지주처럼 높다랗고 | 激湍砥柱屹 |
| 사물을 판단할 때는 저울처럼 공평하셨지 | 裁物準衡平 |
| 수복은 하늘에서 내려 누리는 것 | 壽福由天享 |
| 의리는 경전을 분별하여 밝아지네 | 義理卞經明 |
| 자식은 정성스럽고 효도하며 | 有子能誠孝 |
| 손자는 가업을 잇네 | 有孫也肯堂 |
| 나를 가르치시다가 어찌 마치지 못하셨나 | 敎余何不卒 |
| 긴 밤에 헤매고 다니게 되었도다 | 長夜擿埴行 |

## 문하생 중순의 만사[又 門下生中淳]

| | |
|---|---|
| 선생께선 우리를 안타까이 여겨 | 先生悶余輩 |
| 아침저녁으로 정성껏 가르치셨네 | 晨夕誨諄諄 |
| 나를 친아들처럼 여기셨고 | 視余如親子 |
| 나도 어버이처럼 섬겼네 | 事公如事親 |
| 품부 받은 기상이 인과 덕을 겸하셨고 | 稟氣兼仁德 |
| 천명과 짝하여 수와 복을 온전히 하셨네 | 永言壽福全 |
| 높다란 저 포산의 서당에서 | 屹彼包山舍 |
| 몇 차례나 강론 자리 여셨나 | 幾開講禮筵 |
| 그 모습 이제 영원히 닫혔으니 | 儀形今永閟 |
| 학업 마칠 기약 없네 | 卒業定無期 |
| 고을과 이웃 사람들 한스러워하니 | 鄕隣猶憾若 |
| 하물며 내 마음은 비통해지네 | 矧是我心悲 |

# 종말 율락의 만사[又 族末律洛]

| | |
|---|---|
| 오호라 나의 노래여 | 嗚呼我歌兮 |
| 차가운 하늘에 눈물 뿌리도다 | 揮淚凍寒天 |
| 어찌해서 팔구월에 | 如何八九月 |
| 제비울음 저절로 슬펐던가 | 鷰鳴各自憐 |
| 맑은 지팡이 소리 동쪽을 적셔 오로지 하였고 | 淸節浹東擅 |
| 외론 배 남쪽을 진압하여 흔들렸네 | 孤舟鎭南翩 |
| 세병관 위에서 주저하셨고 | 逗遛兵館上 |
| 충렬사 앞에서 강개하셨지 | 慷慨烈祠前 |
| 돌아오는 길 저녁에 마암에서 | 歸路馬巖夕 |
| 홀연히 소식 듣고 깜짝 놀랐네 | 忽聞揔愕然 |
| 오호라 나의 노래여 | 嗚呼我歌兮 |
| 상사와 병고에도 한번 문병도 못했네 | 喪病無一診 |
| 명철한 스승과 어진 벗들 | 明師與良朋 |
| 책상 위엔 천고의 현인들 | 丌上千載賢 |
| 언론은 어느 자리든 다스렸고 | 言論某座繩 |
| 문장은 시대의 저울이 되었네 | 文章時俗銓 |
| 가을 서리와 봄 이슬 같은 계절엔 | 秋霜春露節 |
| 안봉사[338]에서 몇 번 온전히 만났네 | 安峰幾會全 |
| 같은 마을에서 십대나 살았으니 | 同閈十世麗 |

338 안봉사(安峰寺) : 경상북도 상주에 있는 사찰이다.

| | |
|---|---|
| 이웃들 신선처럼 바라보지 않겠는가 | 儔不望如仙 |
| 문장을 심었으니 보답받을 일 있으리니 | 文種食報事 |
| 훌륭한 자손에게 전하리라 | 令子肖孫傳 |
| 오호라 죽은 자도 알 터이니 | 嗚呼死有知 |
| 슬퍼하지 않기로 기약하네 | 以不悲期焉 |

## 청주 곽치구의 만사[又 淸州郭致龜]

| | |
|---|---|
| 쌍청당 큰 가문 은진에서 시작했고 | 雙淸華閥自恩津 |
| 너그럽고 아름다운 풍모 가장 뛰어났네 | 德宇寬雅出等倫 |
| 만권시서 어진 뜻과 학업 | 萬卷詩書賢志業 |
| 한구석 산수 간에서 늙도록 경륜을 쌓았네 | 一區泉石老經綸 |
| 찬비 내릴 제 친척들 슬퍼하고 | 雨寒花樹悲親戚 |
| 세모에 유림의 선비들 슬퍼하네 | 歲暮儒林慽衆賓 |
| 대대로 전한 문장가 집안 | 世世相傳文翰手 |
| 학 같고 기린 같은 자손을 보리라 | 從看子鶴與孫麟 |

## 평산 신상로의 만사[又 平山申相老]

| | |
|---|---|
| 편안한 마음으로 도를 즐겼으니 천진한 품성이요 | 安心樂道稟天眞 |
| 더욱 맑고 한가로움 얻어 풍진세상 멀리했네 | 剩得淸閒遠世塵 |
| 효성과 우애 집안에 전하고 덕행과 학업을 겸했고 | 孝友傳家兼德業 |
| 시서로 손님 맞이하고 어진 인연을 펼쳤네 | 詩書迎客布仁緣 |
| 선조를 이어 난초 있었으니 | 可因先閥惟蘭在 |
| 은혜로운 가르침 온 가문에 가득하네 | 却把惠訓渾室仝 |
| 끝없는 저 세상에 새벽 오지 않으리니 | 大夜泉門難再曉 |
| 그 모습 어디에서 다시 맞아보겠는가 | 儀形何處更相延 |

## 전주 최숙민의 만사[又 全州崔淑民]

| | |
|---|---|
| 오랫동안 말세에 현자의 길 막혀 | 久矣世衰賢路塞 |
| 큰 산 긴 골짝엔 곤궁한 오두막도 많아라 | 太山長谷多窮廬 |
| 오늘 공을 곡하다보니 그리움 끝없어라 | 哭公今日懷無限 |
| 뉘와 함께 천고의 서적을 논하리오 | 誰與相論千古書 |

## 족손 호공의 만사[又 族孫鎬恭]

| | |
|---|---|
| 헌칠한 기품은 옛사람의 자태였고 | 軒然氣宇古人姿 |
| 덕업과 문장은 모든 이가 추앙했지 | 德業文章衆所推 |
| 지금은 지극한 가르침 받을 곳이 없으니 | 至誨伊今無處受 |
| 후생들이 여쭐 분은 그 누구신가 | 後生考問更何其 |

## 제문
祭文

### 문하생 송종화 송헌인 송중순 유두성 성상권 권천수 [門下生宋鍾和宋憲仁宋中淳柳斗成成相權權千壽]

유세차 신축년(1901) 11월 계해삭 18일 경진 바로 우리 처사 난곡 은진 송선생이 영원히 묻히는 날이다. 하루 전날 기묘에 문하생 송종화 송헌인 송중순 유두성 성상권 권천수 등은 삼가 거친 글과 부족한 술로 영전에서 두 번 절하고 통곡하옵니다.

아아
선생이 계실 때는
문창성이 나오더니
선생이 돌아가시자
문장의 근원이 끊겼도다
아아 선생이시여
어찌 한 분의 착한 선비일 뿐이시리오
어려서부터 늙으실 때까지
처음과 끝이 조금도 어그러지지 않으셨네
황매산의 정기와
난곡의 아름다우심이라

일찍이 과거 공부 거두시고

만년에 강호에 자리잡으셨네

부귀로도 마음 빼앗을 수 없고

가난해도 마음 상하지 않으셨네

방구석에도 부끄럽지 않으셨고[339]

옥 같은 얼굴은 험이 없으셨네

지금 세상의 본보기요

이전 스승의 의리시라

아아 우리들은 스승으로 모신지

지금까지 몇 년인가

한줄기 포산은

아련히 저기에 있구나

꽃피면 행단을 찾았고

기수에서 바람 쐬고 시 읊었지[340]

너희들의 학업은

소학과 대학이며

네가 사랑한 건 시경 서경을 전수함이라

**339** 방구석에도 부끄럽지 않으셨고 : 원문 옥루(屋漏)는 가장 어두운 서북쪽 방구석을 가리키는데, 아무도 모르는 자기의 마음속이라는 의미로 쓰인다. 《시경》〈억(抑)〉에 "혼자 방 안에 있는 그대의 모습을 살펴볼 때에도, 으슥한 방구석에 부끄러움이 없도록 할지어다. [相在爾室 尙不愧于屋漏]"라는 말이 나온다.

**340** 기수(沂水)에서……읊었지 : 공자가 제자들에게 하고 싶은 것을 묻자, 증점(曾點)이 "늦은 봄에 봄옷이 만들어지면 관을 쓴 벗 대여섯 명과 아이들 예닐곱 명을 데리고 기수에 가서 목욕을 하고 기우제 드리는 무우에서 바람을 쏘인 뒤에 노래하며 돌아오겠다. [暮春者 春服既成 冠者五六人 童子六七人 浴乎沂 風乎舞雩 詠而歸]"라고 자신의 뜻을 밝히자, 공자가 감탄하며 허여한 내용이 《논어》 선진(先進)에 나온다.

정성껏 가르치셔서

얼음 녹듯 환해졌네

어진 자 오래 산다 해서[341]

백 년 사시기를 희망했더니

아아 늦가을에

들보가 꺾였구나[342]

햇빛 속 바람처럼 살랑거리다가

갠 날의 달빛처럼 가물거리니[343]

누가 통곡하지 않으리오

우리들은 허둥거리네

문장과 술은

공이 예전에 사랑하시던 것이니

사랑하시던 것으로 드리옵니다

이제 직접 가르침을 받지 못하니[344]

**341** 어진……해서 : 《논어》 〈옹야(雍也)〉에 "지혜로운 자는 즐겁고 어진 자는 장수한다. [知者樂 仁者壽]" 하였다.

**342** 들보가 꺾였구나 : 현자가 죽었다는 말이다. 공자(孔子)가 자신이 별세할 꿈을 꾸고 아침에 일찍 일어나 뒷짐을 지고 지팡이를 짚고 문 앞에서 한가로이 거닐며 노래하기를 "태산이 무너지겠구나. 들보가 부러지겠구나. 철인이 죽게 되겠구나. [泰山其頹乎 樑木其壞乎 哲人其萎乎]" 하였다. 《禮記 檀弓上》 이후로 태산이 무너지고 들보가 부러짐은 곧 스승이나 철인의 죽음을 의미하게 되었다.

**343** 햇빛……가물거리니 : 송희일의 고상하고 훌륭한 인품을 칭송하며 그리워하는 말이다. 황정견(黃庭堅)이 《산곡집(山谷集)》에서 주돈이(周敦頤)를 칭송하며 "주무숙은 마음이 씻은 듯 깨끗하여 마치 맑은 바람이나 밝은 달과 같다. [胸中灑落 如光風霽月]"라고 한 구절을 차용하였다. 송나라의 시인 황정견(黃庭堅)이 주돈이(周敦頤)를 칭송하여 "속이 시원스러워 비가 갠 뒤의 화창한 바람이나 밝은 달과 같다. [胸中灑落 如光風霽月]" 한 말에서 유래한다.

**344** 이제……못하니 : 원문 경해(警該)는 경해(謦咳)의 잘못일 것이다. 경해는 스승의 기침소리를 직접 들어가면서 배운다는 말이다.

통곡하고 통곡하옵니다

어찌해서 통곡하는가

우리들의 사사로운 정 때문이 아니라

공의 문채를 곡하옵니다

제문을 지어 영결하려 하니

무슨 말을 하는지도 모르겠습니다

영령께서 아실 테니

이곳에 임하시기를 바라나이다

오호라! 흠향하소서

維歲次 辛丑十一月癸亥朔 十八日庚辰 卽我處士蘭谷恩津宋先生 永歸之日 也 前一夕己卯 門下生 宋鍾和 宋憲仁 宋中淳 柳斗成 成相權 權千壽等 謹以荒詞薄맥 再拜慟哭于靈几之下曰 嗚呼 先生之在 文星出矣 先生之歿 詞源絶矣 嗚呼先生 豈一善士 自少至老 不差終始 梅岳之精 蘭谷之美 早掇 槐場 晩卜林塘 不以富奪 不以貧傷 屋漏無愧 玉色無疵 今世模楷 先師義理 嗟我摳衣 幾年于是 一抹包山 依依在彼 花尋杏壇 風咏沂水 爾之所業 小大 學焉 吾之所愛 詩書傳焉 諄諄有敎 氷釋煥然 仁者壽也 希望百年 嗚呼季秋 棟樑摧折 光風颯省霽月明滅 孰不慟哭 吾輩屑屑 文也酒也 公昔所愛 侑以 所愛 不睹謦諧 慟哭慟哭 胡爲而哭非我情私 哭公之文 臨紙永訣 不知所云 靈若有知 庶幾格斯 嗚呼尙饗

## 교리 권봉희의 제문[又 校理權鳳熙]

유세차 임인년(1902) 9월 29일 병술은 바로 난곡 송공의 소상이다. 하루 전 을유 저녁 동갑 아우 전 교리 권봉희는 갑자기 설사병에 걸려 가서 곡하지 못하고 아들 재수를 다시 보내어 제문을 가지고 영전 아래 공경히 고하나이다.

오호라 슬프도다
송씨 가문에 이름난 조상 있으시니
빛나는 쌍청당이시라
쌓은 덕과 남긴 경사로
현인 석사가 세상에 빼어났도다
그중 일파가 영남으로 내려와
충효 가문으로 명성이 났고
대대로 시와 예를 익혀
사람들이 겨룰 자가 없었네
공과 내가 처음 만나
지금까지 사십 년 되었네
모습은 편안하고 꿋꿋했으며
재주는 민첩하고 넉넉하셨네
일찍이 과거 공부 하셨고
만년에 강호에서 즐기셨네
변화를 관찰하고 상점을 살피면서

하늘을 원망하지 않고 사람을 허물하지 않으셨네

아름답도다 공의 높은 정취여

세상 밖에서 노닐던 분이시여

부끄럽도다 보잘것없는 나

이리저리 엎어지는 하류로다

꿈속에 현도를 보고 놀랐는데

몸은 황매산에 붙어 사셨네

공이 사시는 곳 매우 가까워

재 하나 사이였네

옛날에는 백아와 종자기처럼 친했는데

지금은 주진촌[345] 거리였도다

산수간의 정자에

지팡이와 나막신으로 함께 돌아다녔네

꽃 핀 아침과 달 뜬 저녁에

술잔 들고 시 읊었으며

사이사이 좋은 농담으로

백 년을 기약했네

지난해 봄여름쯤에

병 들어 거의 위험했을 때

공이 오셔서 급히 문병하고

좋은 말로 마음을 열게 하셨네

**345** 주진촌(朱陳村) : 중국의 서주(徐州) 고풍현(古豐縣)에서 주씨(朱氏)와 진씨(陳氏) 두 성(姓)이 서로 혼인하면서 화목하게 살았던 촌락을 말한다.

가을되어 조금 차도가 있어

정을 펼칠 생각에

하루 종일 힘을 다해

간신히 계구정에 도착하였더니

공이 내가 온다는 말을 듣고

취한 얼굴로 와서 만났네

손을 잡고 바싹 다가앉아

기쁨이 심하여 먼저 눈물 흘리더니

난곡형 취하셨는지

어찌 이렇게 되었소 물으시네

강양에서 돌아오는 길에

계구당도 함께 와서

등불 하나에 세 늙은이가

나란히 앉아 마음 터놓고 이야기했지

《노사집[346]》에 말이 미치자

자신의 말처럼 외우셨지

어디서 보았습니까 하니

사람들에게 들었다 하셨네

이 말 믿을 수 없었으나

분명 눈으로 보았네

그 뒤에 편지를 보내와

**346** 노사집(蘆沙集) : 노사(蘆沙) 기정진(奇正鎭, 1798~1879)의 문집이다. 기정진은 구한말을 대표하는 학자로 뚜렷한 사승관계 없이 학문에 전념하여 노사학파(蘆沙學派)를 이루었다.

두통이 조금 있는데

이 정도 작은 병은

술 마시는 자들의 보통 일이라 하셨네

가을걷이에 바빠서

가까운 곳도 가로막혔는데

꿈인가요 어찌 사실이겠습니까

부음이 갑자기 이르렀네

병이 급한지도 몰랐으니

어찌 직접 문병했으리오

지난번에 국화를 읊은 것이

영결을 말한 것인가요

공은 진실로 부지런하셨는데

나는 마치 매정한 것 같았도다

친구들은 애석해하지만

누가 장후의 오솔길[347]을 열 수 있으리오

사람들 서로 조문하니

누가 영재를 기르리오

금년 봄 적벽에서

홀로 외론 배에 올라

〈외필[348]〉을 보다가

**347** 장후(蔣詡)의 오솔길 : 한(漢)나라 때 은사(隱士) 장후가 자기 집 대나무 밑에 세 오솔길을 내고 친구인 구중(求仲), 양중(羊仲) 두 사람하고만 서로 종유했던 데서, 전하여 은자의 처소를 가리킨다.

**348** 외필(猥筆) : 기정진이 지은 성리학서로 주기론(主氣論)을 비판하는 과정에서 율곡(栗谷) 이이(李珥)를 비판하는 주장을 전개하여, 그의 사후 많은 학문적 논란을 불러 일으켰다.

한밤중에 탄식하였네
간행을 주간하겠다고 말하더니
내 말은 듣지도 않네
노사는 어떤 사람이길래
율곡을 배척하는가
여러 도에 통고하여
선비들의 논의를 듣고 싶네
만약 공이 살아 있다면
아마도 앞장 섰으리라
공의 문장과 학문은
보고 터득함을 중요하게 여겼지
그 삶은 밝았고
그 행실은 돈독했지
좋은 옥이 값을 받지 못하였으니[349]
세상의 도는 어찌한단 말인가
자신은 막혔어도
후대는 창성하리
세월은 쉽게 흘러
내일이 소상일세
담장의 대숲은

**349** 좋은……못하였으니 : 등용되지 못함을 애석해 하는 말이다. 《논어(論語)》 〈자한(子罕)〉에 자공(子貢)이 묻기를, "여기에 미옥(美玉)이 있다면, 독에 넣어 감추어야 합니까, 충분한 값을 받고 팔아야 합니까?" 하니, 공자가 대답하기를, "팔아야지. 팔아야지. 나는 팔리기를 기다리는 자이다."라고 한 대화를 차용하였다.

여전히 푸르른데

사물은 그러하나 사람은 그렇지 않으니

내 마음 슬프고 상하도다

한퇴지가 말하기를

슬퍼하지 않을 날은 무궁하다 하였으니[350]

나는 또 얼마나 살겠는가

오래지 않아 만날 것이리라

오호라! 흠향하소서

維歲次 壬寅九月二十九丙戌 卽蘭谷宋公先練祥也 前日一夕乙酉 庚弟 前校理 權鳳熙忽患宿泄 不得來哭 替子載壽 操文敬告于靈几之下曰 嗚呼哀哉 有宋名祖 於赫雙淸 積德流慶 賢碩世挺 一派嶠南 忠孝家聲 世習詩禮人莫與京 公我始見 四十年今 儀表偃健 才藻敏贍 早事場屋 晩樂林邱 觀變翫占 不怨不尤 艶公高致 物外形骸 愧余蟄蹇 顚沛末流 夢驚玄島 身寓黃梅公居甚邇 一嶺間之 昔以牙期 今距朱陳 山亭水榭 笻屐聯翩 花朝月夕 把酒吟詩 間以善謔 百歲相期 去年春夏 賤疾幾危 公來亟問 好言開懷 及秋小差思所暢情 窮日之力 艱到懼亭 公聞吾行 醉顔來會 執手促膝 喜劇先淚 蘭兄醉矣 何至於此 江陽歸路 懼公偕臨 一燈三老 鼎坐論心 語及蘆集 如誦己言從何覽觀 謂聞諸人 斯未能信 須且目見 而後有書 首疾微愆 如此些癢 飮者之例 秋穡方殷 尺地貽阻 夢耶豈眞 訃書忽臻 不知病革 詎論躬診 頃來吟菊永訣云乎 公實申勤 我若情● 知舊悼惜 孰開蔣逕 人士相弔 疇育鄒英 今春

350 한퇴지(韓退之)가……하였으니 : 한유의 〈제십이랑문(祭十二郎文)〉에 “슬프지 않을 날이 무궁하리라는 것을 안다. [知不悲者無窮期兮]”라고 한 말을 인용한 표현이다.

赤壁 獨上孤舟 取看猥筆 呼嘆中宵 參語主刊 聽我漠漠 蘆是何人 譏斥栗谷 通告諸省 爲聽士論 使公生在 也或當先 蓋公文學 要在見得 其知之明 其行之篤 良玉莫售 其何世道 嗇于厥躬 或昌厥後 居諸易遒 練期在明 環墻幽竹 不改青青 物是人非 我心悲傷 退之有言 不悲無窮 余生幾何 非久相逢 嗚呼 尙饗

## 종교생 호문의 제문[又 宗教生鎬文]

유세차 임인년(1902) 9월 무오삭 28일 을유에 문중 제자 호문은 삼가 향기로운 차와 제수를 갖추어 고 처사 난곡 대부의 영전에 두 번 절하고 곡하옵니다.

오호라
하늘이 사람을 태어나게 할 때
각각 성품과 천직을 주는데
신령한 것은 사람이 되고
또 그중에 귀한 것이 선비가 되는도다
선비가 마음먹기를
너그럽고 정중하며
선비가 문장을 닦을 때
전중하고 온화한 자를
고을의 평론과 공론이
반드시 좋은 선비라고 칭송하는데
오직 공 자신이 이런 명망에 해당한 것이
거의 사십여 년이었는데
어찌하여 명성과 행적이 기구했던가
문장으로 곤궁함을 보내지 못했고[351]

351 문장으로……못했고 : 송희일의 문장이 뛰어났으나, 일생동안 곤궁하게 살았다는 말이다.

마침내 오두막에서 목숨을 마쳤으니

이것이 어찌 심히 마음 상할 일이 아니겠습니까

오호라

나는 어려서부터

공의 부자간을 따라

책을 끼고 다니며 학업을 익혔으니

공의 속마음을 아는 데

남김이 없다고 할 수 있습니다

대저 뱃속에 육경을 갖고 있었으며[352]

여러 학문에도 눈이 밝아

어려운 글을 해석하여

장구와 문맥이

확실하지 않은 것이 없었으니

옛것을 살피고 견문이 많은 공부는

바록 옛날의 복생[353]이나 환영[354]도

당나라의 대문호 한유(韓愈)가 〈송궁문(送窮文)〉을 지어 자신을 괴롭히는 5개의 궁귀(窮鬼)를 쫓아버리고자 했다.

**352** 뱃속에……있었으며 : 후한(後漢) 때의 변소(邊韶)라는 학자가 있었는데, 어느 제자가 선생을 조롱하기를 "선생은 배가 똥똥하여 글 읽기는 싫어하고 잠만 자려고 한다. [便便腹 懶讀書 但欲眠]"라고 하자, 그가 즉시 "똥똥한 내 배는 오경의 상자이고, 잠만 자려고 하는 것은 경서를 생각하기 위함이다. [腹便便 五經笥 但欲眠 思經事]"라고 대꾸한 고사가 있다. 《後漢書 卷80上 文苑列傳 邊韶》

**353** 복생(伏生) : 복승(伏勝)이라고도 하는데, 진(秦)나라 때의 학자로, 진시황이 천하의 책을 모두 불태울 때, 《서경(書經)》을 벽속에 숨겼다가 한(漢)나라 때 90이 넘은 나이에 제자들에게 전수해주었다.

**354** 환영(桓榮) : 후한 때의 학자로, 집안이 가난해 직접 일하면서도 학업을 게을리 하지 않았다고 한다.

공보다 많지는 않을 것입니다

과거 공부를 하여

우뚝하게 과거장의 으뜸이 되었으니

만약 당대에 한유 같은 자가 있었다면

반드시 기꺼이 학업이 정밀함을 인정했겠으나[355]

운명에 액운이 끼어

여러 차례 시험관에게 굴복당하였고

머리가 다 하얘졌으니

그 불우함을 어찌하리오

다만 만년에는

시와 술로 스스로 즐기며

남북의 여러 곳에서

평상복으로 한가히 보낸 것은

어찌 예전에 귀히 여겨 선비가 된 자가 아니겠는가

오호라

지금의 세상을 차마 말로 다 하리오

옛날에 공맹을 외우던 자들도

격설의 지방[356]으로 도망가고

선비의 의관을 한 자들이

**355** 만약……인정했겠으나 : 송희일이 시험관의 눈에 들지 못하여 끝내 과거에 합격하지 못했다는 말이다. 한유가 과거에 거듭 낙방하자 시험관에게 곤궁한 자신의 처지를 하소연하는 편지를 보낸 고사가 있다.

**356** 격설(鴃舌)의 지방 : 오랑캐들이 사는 지역을 말한다. 격설은 때까치 소리로, 《맹자》 〈등문공 상(滕文公上)〉에 "지금 남만의 때까치 소리를 하는 사람의 말은 선왕의 도가 아니다. [今也南蠻鴃舌之人 非先王之道]"라고 한 데서 유래한다.

오랑캐 지역에서 무너지고 있으며

차라리 몸을 버리고

무덤 사이에서 불쌍히 구걸하는 것[357]을

부끄러이 여기지 않고 있도다

이러한 때에

공은 가난하고 천했으나

몸을 온전히 하여 돌아가 세상을 잊었으니

다행인가 불행인가

오호라 골짜기의 난초에

아직도 향기 있기를 바라는데

무덤가의 풀은

어느새 우거졌네

간결하고도 옛스러운 모습

아득히 보기 어렵네

한잔 술 공경히 올리오니

흠향하시기 바라나이다

상향

維歲次 壬寅菊月戊午朔 二十八日乙酉 宗敎生鎬文 謹以香茶 果鱐之奠 再拜哭侑 于故處士 蘭谷大父 靈椅之前曰 嗚呼 天之有生 各受品職 旣靈而爲人矣 又貴而爲士矣 士之宅心 寬厚簡重 士之治文 典則溫雅者 鄕評物論

**357** 무덤……것 : 옛날에 부인에게 귀족들과 잘 안다고 큰소리치는 자가 있었는데, 부인이 이상하게 여겨 뒤따라 가보니 공동묘지에 가서 장례지내는 자들에게 술과 음식을 얻어먹고 있더라는 이야기가 《맹자(孟子)》 〈이루(離婁)〉에 나온다.

必以善士稱之 惟公之身係此望 迨四十年矣 奈何名跡奇蹇 文不能以送其窮 竟使畢命於蓬蒿之下 此則庸詎非何傷之甚乎 嗚呼 鎬文童穉時 從公父子間 挾册肄業 知公之心肺 可謂無餘矣 大抵腹笥六經 眼燭諸家 以至訓詁盤錯 章句脈絡 無不瞭然 其爲稽古多聞之工 雖古伏生桓榮 未必爲多也 業治公車 蔚然爲詞場巨擘 若使世有韓愈氏 必肯許其業之精勤 而命在磨蝎 累屈有司 白首紛如 轗軻何爲 惟其晩

年 詩酒自娛 南阡北陌 巾服婆娑者 是豈向之所貴乎爲士者歟 嗚呼 今之世尙忍言哉 昔之誦孔孟者 迯於鴂舌之區 戴章甫者 毁於左衽之域 寧棄髮膚 而乞憐於墦間之餘 不恥爲之 於是乎 公之貧且賤焉 全歸而忘世 乃幸也非不幸也 嗚呼 谷之有蘭 尙冀餘馥 墓之有草 遽此云宿 簡古儀形 邈乎難覿 一杯敬奠 庶幾歆哉 尙饗

## 문하생 송종화 송헌인 송중순의 제문
## [又 門下生宋鍾和宋憲仁宋中淳]

유세차 임인년(1902) 9월 정사삭 29일 병술은 바로 우리 난곡 은진 송선생의 소상이다. 전날 을유일에 문하생 송종화 송헌인 송중순 등은 삼가 변변치 않은 제물로 영전 아래에서 두 번 절하고 통곡하며 바치나이다.

오호라
강과 산에 쌓인 정기가
선생을 뽑아 태어나게 했도다
유학을 돕고 보호하였으며
공부가 순수하고 독실하였네
세상에 숨어 살면서도 근심이 없고
남들이 알아주지 않더라도 성내지 않음은
성인의 가르침이요
가난해도 슬퍼하지 않으며
귀하게 되려고 급급하지 않음은
군자의 학문이니
천년토록
그 누가 알 수 있으리오
공이 바로 그분이라
순수하기가 정금 같으셨고
온화하기가 좋은 옥 같으셨네

빛나는 봄 난초가

텅 빈 골짝을 홀로 지키면서

늙은 채마밭 남은 향기인듯했네

학문은 공경과 의리를 주로 했으며

부귀는 바라지 않았고

단사표음에도 즐거워하였으니

사물의 의혹에 어찌 연루되리오

지조를 돈독하게 지켰고

진실로 실천하셨도다

황매산 아래에서

자신을 잘 보양하셨네

두어 이랑 논과 집은

입에 풀칠할 수 있고

시렁 가득 시서요

편안히 먹고 담박하게 사셨네

부지런히 후진을 장려하실 때는

더욱 간곡하셨네

배우기를 원하는 사람이 많아

직접 가르침을 받고자 다투어 오면

재주에 따라 가르치셔서

각자 성취하게 하셨네

술 잡수시고 읊조리시다가

시로 노래하셨으니

지취를 알 수 있었으며

또한 기상의 호방함을 볼 수 있었네
세상에는 반목이 없으니
누가 형산의 옥을 알아주리오
비록 우리는 보잘것없었어도
외람되이 격려하심을 입어
한 집 가까이에서
날마다 옆에서 모셨지
대면하여 가르치시고 귀를 잡아 끄셨으니
이르지 못한 곳이 없고
진실하게 가르치시고 이끄셨네
우리를 아들처럼 여기셨고
우리도 아버지처럼 생각했네
어진 자가 오래 산다는 것은
이치가 분명히 있고
기질이 강건하셔서
우리가 보기에
마땅히 백년을 누리시려니 했더니
귀신의 장난이 저절로 이루어지고
하늘 또한 사람에게 가혹하여
이젠 어디서 우러를까
산이 무너지고 들보가 꺾였도다
우리들은 지금 혼미하여
어디로 갈 줄 모르오니
누가 이끌어 가리키리오

오호통재라

이젠 끝이로다

누가 우리의 슬픔을 알리오

공께서 임종하시며

자신을 온전히 하여 돌아가셨네[358]

우리는 또 어찌하여 흐느끼나

우리가 슬픈 것은

후생 말학으로서

어디에서 덕 있는 스승을 만나겠는가

우리처럼 어리석은 자들은

아직도 공부를 이루지 못했으니

장차 어찌하리요

착한 일을 하면 반드시 보답이 있음은

분명 천도가 있으니

아들과 손자가 있도다

세월이 강물처럼 흘러

소상이 하루 남았네

애통함이 새로워라

지금 어찌 여기까지 이르렀는가요

이 술 한잔 올리옵니다

글로써는 다 말할 수 없어

**358** 공께서……돌아가셨네 : 송희일이 자신의 몸을 태어난 그대로 간직하다 돌아감으로써 효도를 완성했다는 말이다. 공자의 제자 증자(曾子)가 임종에 자신의 손과 발이 그대로 있는 것을 보고 불효를 면했음을 알고 안심했다는 이야기가 《논어(論語)》 〈태백(泰伯)〉에 나온다.

눈물이 젖처럼 흐릅니다

영혼은 어둡지 않으시니

우리의 정성을 살펴주시옵소서

오호라 슬프도다

상향

維歲次 壬寅九月丁巳朔 二十九日丙戌 卽我蘭谷恩津宋先生 練祥之日也 前日夕乙酉 門下生 宋鍾和 宋憲仁 宋中淳等 謹以非薄之奠 再拜慟哭于靈丌之下而侑之曰 嗚呼 河岳儲精挺出先生 扶護斯文 用功純篤 遯世無憫 不知不慍 聖人之訓 貧不戚戚 貴不汲汲 君子之學 千載之下 其誰能識 公其人也 粹然精金 溫如良玉 燁燁春蘭 空谷自守 老圃膹馥 學主敬義 富貴非願 簞瓢是樂 物誘何累 操守之篤 踐履之實 梅山之下 可以頤養 數畝田宅 亦可糊口滿架詩書 晏喫淡泊 奬勉後進 尤致惓惓 人多願學 爭來親炙 因才敎授 俾各成就 酒後吟哦

詩以爲歌 可知志趣 亦見氣豪 世無蟠木 孰知荊璧 雖余無似 猥蒙推奬 一堂几席 日侍其側面命耳提 無所不至 誨誘諄諄 視余猶子 視公猶父 仁者必壽 理所固有 氣質剛强 以余觀 之 宜享期頤 鬼戱無妄 天又酷人 今玆安仰 頹山折樑 余方昏迷 莫知所向 孰導指張 嗚呼

痛哉 今焉已矣 孰知余哀 公啓手足 是乃全歸 我又何欷 所可悲者 後生末學 於何考德 如余顓蒙 亦未收功 其將奈若 善必食報 自有天道 有子有孫 歲月如流 祥日隔宵 痛懷如新 今焉 來斯 薦此一觴 文不盡言 淚出如乳 不昧尊靈 鑑我誠焉 嗚呼哀哉 尙饗

## 재종질 대용의 제문[又 再從姪大用]

신축년(1901) 9월 29일에 재종숙 난곡공이 향년 66세로 금객리 집에서 돌아가셨다. 우리 집안의 대들보가 꺾였으니 우리들은 어디를 우러러보리오. 다음 해 임인년(1902) 9월 28일 을유에 종질 대용은 삼가 마른 제수를 갖추어 영전 아래에서 통곡합니다.

오호라 하늘의 뜻인가
어찌 공에게 얽매이지 않는 재주를 주시고
끝내 충분히 펼치지 못하게 하셨나
어찌 공에게 저절로 반짝이는 황금을 주시고
제 값을 받고 팔지 못하게 하셨나
공이 굳세고 명철하며 정직하셨는데도
상자 속에 숨겨져
마침내 숲속 동산에서 열매만 품게 되었네
공의 우애도
진실로 만년에 더욱 돈독해졌는데
마침내 울면서 동원에 맡기어
사궁민의 으뜸이 되었고
오복의 마지막은 차지하셨네[359]

359 오복의 마지막은 차지하셨네 : 오복은 수명[壽], 부유함[富], 건강함[康寧], 덕을 좋아함[攸好德], 편안히 죽음[考終命] 등을 말하는데, 송희일이 죽음은 편안하게 맞았다는 말이다.

범염의 솥처럼 고기가 놀고 먼지가 끼어[360]

사람들은 그 근심을 감당하지 못하거늘

공은 태연하셨네

막내 누이가 일찍 죽고

둘째 아들이 자식을 두지 못함은

인간의 이치가 매우 어그러졌으나

공은 평소와 다름 없었네

어려운 일 수없이 많았으나

한 번도 마음이 얽매이지 않았네

이것은 모두 태어난 자질이 아름답고

학문의 힘이니

우리들이 감히 엿볼 수 있는 것이 아니었네

눈으로 본 것을 말해보면

선친의 기일엔

반드시 정성스럽고 삼가서

마치 위해서 목욕재계한 어른을 뵙는 듯

정월 초하루와 추석날엔

반드시 선영에 올라가

추모의 정성을 펼치셨네

손님을 대하는 도리는 너그러우시고

360 범염(范冉)의……끼어 : 내무(萊蕪) 고을의 수령으로 임명되었던 후한의 범염이 가난하게 살면서도 낯빛 하나 변하지 않자, 사람들이 "범사운의 시루 속에서는 먼지만 풀풀 나고, 범 내무의 가마솥 속에는 물고기가 뛰논다네. [甑中生塵范史雲 釜中生魚范萊蕪]"라고 노래를 지어 찬미한 고사가 전한다. 《後漢書 卷81 范冉列傳》

사람을 가르치는 방법은 정성스러우셨지
두어 칸 오두막 은거지를 경영하시고
애오라지 그곳에서 세상을 마치려 하시면서도
자손을 성공시키고
시골의 수재를 장려하여 학문에 나아가게 하는 것
이것이 공의 뜻이었고
그들의 소원이었으니
이 소원이 어찌 지나친 것이겠는가
그런데도 끝내 사람을 따르지 않았도다
혹시라도 악이 쌓이고 재앙을 즐기어
망하는 길을 서두는데도
풍부함이 이와 같고
귀함이 이와 같고
수명이 또한 이와 같기도 하니
종숙 어른의 천명은
또한 다른 사람의 천명과 다른 것인가
오호라
종질인 나는 불효의 죄가 쌓여
부모의 상에 곡을 한 뒤에
또 자손도 갖지 못해
일곱 번 넘어지고 여덟 번 고꾸라져
지금에 이르렀으니
살지 않는 것만도 못하다 하겠습니다
하늘의 상제께서

나를 돕지 않으시더라도

부모와 조상은

어찌 차마 나를 버리시나

이것은 종숙어른이 평소에

애달파하고 안타까이 여기시던 것이었는데

저승에서 선조를 뵙는 자리에서

어찌 또 이를 생각하시겠습니까

종숙어른이 돌아간 뒤에

문중의 의탁이 아득해지고

중우의 공부도 막혔지만

아직도 앞길의 바람이 남아있으니

가문의 명성을 다시 떨칠 수 있을까

이는 진실로 종숙어른이 깊이 바라고 생각하시던 것이었습니다

공적으로 애통해하고 사적으로 통곡하니

무슨 말을 하려는 지도 모르겠네

오호라 슬프도다

상향

歲辛丑九月二十九日 再從叔蘭谷公 享年六十六 考終于金客里第 吾家之棟樑折矣 小子 安仰奧 翌年壬寅九月二十八日乙酉 從姪大用 謹具乾鯆之奠 慟哭于靈床之下曰 嗚呼天乎 何賦公以不羈之才 而足竟未展 何賦公以自躍之金 而價終未售 以公之剛明正直 蘊櫝而藏之 竟懷實於林園 以公之友愛 亶宜乎暮年彌篤 而竟泣委於棟原 爲四窮首 居五福末 范釜之游魚生塵 人不堪其憂 而公處之泰然 季妹之夭 次允之不子 人理之極舛 而公處之

以恒 困衡百千 一不累吾靈臺 此皆生質之美 學問之力 匪小子之所敢窺測 而以目所覩先忘焉 必誠必謹 如見所齊 正朝焉秋夕焉 必上先墓 以展追慕之誠 款款乎待客之道 諄諄乎敎人之方 將營數間兎裘 聊以卒歲於其間 而成就兒孫 奬進村秀 是公之志也 渠之愿也 而此愿何濫 而竟莫之遂人 或有惡積樂禍 速其所以凶者 而富也如此 貴也如此 壽也亦如此 從叔之天 其亦異於人之天也歟 嗚呼 從姪罪積不孝 旣哭怙恃 又稽嗣續 七顚八倒 以至于今 可謂不如無生 昊天上帝 則不我助 父母先祖 胡寧忍予 此從叔之平日 哀矜而憫憐者 冥府敍倫之筵 其亦以此爲念 自從叔歸后 門戶之託茫 而仲友工夫硬着 尙有前程之望 而庶幾有家聲之復振耶 實是從叔之深企遠思也 哭公哭私 不知所欲言 嗚呼哀哉 尙饗

# 재종질 철용의 제문[又 再從姪喆用]

유세차 계묘년(1903) 구월 신사삭 29일 을유는 바로 우리 재종숙 난곡공의 대상일이다. 전날 저녁 무신일에 종질 철용은 삼가 변변치 않은 제수를 차려 놓고 두 번 절하며 영전에 곡하옵니다.

오호라
공은 문헌의 시대에 태어나서
규성의 정수를 얻었고[361]
일찍이 과거 공부를 하여
드디어 깃발을 올리고 북을 두드려
높은 관직을 취하기를 지푸라기 줍듯 할 수 있었으나
세상과 맞지 않아[362]
숲과 샘 사이에서 마쳤도다
세상 사람들이
모두 웅비할 줄 알았는데
한탄을 머금고 돌아갔으니
어찌 한 자리를 바라리오라고 하는데

**361** 규성(奎星)의 정수를 얻었고 : 규성은 이 세상의 문장을 담당한다는 별이다. 송희일의 문장이 뛰어났다는 말이다.

**362** 세상과 맞지 않아 : 원문을 그대로 해석하면, 우(竽)라는 악기는 슬(瑟)이라는 악기와 어울리지 않는다는 뜻이다. 제나라 왕이 우를 듣기를 좋아했는데, 제나라에 와서 벼슬을 구하는 사람이 슬을 가지고 궁궐 문 앞에서 3년을 연주했으나 결국 받아들여지지 않았다는 고사가 있다.《古文眞寶 後集 卷2 答陳商書》

이는 공의 나머지 일이요 거친 자취이니
공을 제대로 아는 자가 아니다
오호라 공의 문장과 덕업은
우리들이 엿볼 수 있는 것이 아니나
항상 곁에서 모셔
어려운 일을 당해도 도의를 굳게 지키시고
불안해하지 않으셨으며
콩국조차 배불리 잡수시지 못하셔도
제철 음식을 계절제사 때마다 끊이지 않으셨고
학문에 정진하는 일을 그치지 않으셔서[363]
높고 넓은 학문을 어지러운 제도에서도 보존하셨네
겨울에 햇볕이 없어도
봄바람처럼 화목한 기운이 있으셨고
방이 한 말들이 만큼 작았어도
멀리 우주를 생각하는 기상이 있으셨네
스스로를 위한 학문을
남들이 알아주기를 바라지 않았고
외진 산에 문 닫고 계시며
세상을 마칠 때까지 친구가 적으셨네
오직 자신을 알아주는 것은
저 골짝의 난초 뿐

**363** 학문에……않으셔서 : 원문 현결(懸結)은 상투를 들보에 매달고 허벅지를 송곳으로 찌르며 공부하다는 뜻인 '현량자고(懸樑刺股)'의 고사를 인용한 표현이다.

담담하고 깔끔하셨으며

진실하고 너그러우셨네

육경을 자신의 말처럼 외우셨으며

일천 섬이 혀에 매달린 듯하여

향기를 덮을 수 없었으니

공론이 아직도 남아 있네

녹원에서는 동주로 추천하였고

용정은 비교조차 거두었네[364]

공의 풍도를 듣는 자 옷깃을 여미었고

덕을 본 자는 마음속으로 취했으니

이것은 공의 평소 덕행이

근본은 단단하나 과거 시험을 본 것이 작음이다

안타깝도다 운명이 너무 기이하여

만에 하나도 펴지 못하고

몸을 따라 사라졌음이여

하물며 본성이 저술을 좋아하지 않아

깨진 상자와 짧은 두건에

다만 조각만이 남아있도다

푸른 방석 이미 잃어버렸고

뒤를 잇는 자 없어

수습할 기약조차 없었으니

**364** 녹원에서는……거두었네 : 송희일의 학문과 인품을 주변에서 높이 평가했다는 말이다. 녹원(鹿院)은 주자(朱子)가 중흥한 백록동서원(白鹿洞書院)은 말하고 용정(龍亭)은 나라의 중요한 물건을 운반할 때 쓰는 가마로 보통 대궐을 가리킨다.

이 또한 장차 이미 사라진 것과 함께 없어질 것인가

오호라 우리 가문은 대대로 가업을 이어

하늘의 복은 약속이 빈약했으나

넉넉함을 계승하는 도리는

오직 문장과 학문 한 가지 일이라

이제 공이 돌아가셨으니

우리 문중의 의탁을

그 누가 책임지리오

생각하면 목이 메어

다만 다시 살아나시기 어렵다는 한탄만 절실할 뿐입니다

매고 부군의 묘에 비석이 없어

종숙 어른이 평소 개탄하셨는데

여럿이 논의하여 대상 전에 완성하자고 하였으나

아름다운 일을 이룰 겨를이 없었으므로

바야흐로 원계[365]에게 글을 구하자고 상의했으나

또한 과연 계속될지 알 수 없도다

어둡지 않은 것은 영령이시니

저승에서 도우시기를 바랍니다

배움도 없고 글도 못하여

다 말씀드리지 못하옵니다

오호라! 슬프도다

**365** 원계(遠溪) : 화서(華西) 이항로(李恒老, 1792~1868)가 살던 곳으로, 송희일의 제문을 이항로의 후손에게 부탁하고자 했던 것으로 보이는데, 미상이다.

상향

維歲次 癸卯九月辛巳朔 二十九日乙酉 卽我再從叔蘭谷 終祥之日也 前日夕戊申日 從姪 喆用 謹具菲薄 再拜哭告于靈筵之下曰 嗚呼 公生文獻之世 得奎躔精 早業公車 遂建旗鼓 其取青紫 宜若拾芥 而竿瑟難諧 林泉是終世之人 皆以方雄飛歛恨歸之 冀得一憲 此則公之餘事粗迹 非知公深者 嗚呼 公之文章德業 非小子之所可窺測 然嘗在隅側 觀其固窮處難 無遇不安茹藿不胞 而時物不絶於烝嘗 懸結不弊 而高博尙保於亂制 冬不陽 有春風之和氣 室大斗 有宇宙之遐想 務爲己學 不求人知 杜門窮山 終歲寡儔 惟有知己 彼谷之蘭 淡泊寧靜 朴實寬裕 六經如誦己言 千斛如懸諸舌 香無不掩公議猶存 鹿院推洞主 龍亭撤比 聞風者衽斂 覯德者心醉 此是公平日之德之行 有本固而見試小者 惜其命宮大奇 不得展布其萬一 而徇身以沒也 矧復性不喜着述 弊箱短巾 惟有片爩 而青氈已失 后無承者 收拾無期 此亦將與已沒者俱亡 嗚呼 吾家世襲箕裘 天餉貧約 承裕之道 惟文學上一事 今公之歸也 門戶之托 誰任其責 思之哽塞 只切難作之恨而已 梅皐府君之墓無顯刻 是從叔之當日所溉測 而僉議皆謂及祥前以成 未遑底美事 故方謀乞文遠溪 然亦未知果伸得否也 不眛者靈 庶賜冥佑 不學不文 不能盡言 嗚呼哀哉 尙饗

## 집안사람 치창의 제문[又 族人致昶]

유세차 계묘년(1903) 9월 신사삭 29일 을유는 바로 우리 난곡 송공의 대상일이다. 전날 저녁 무신일에 집안사람 치창은 삼가 짧은 애사를 지어 영전 아래에서 곡하며 아뢰나이다.

오호라
오직 공은 백년토록 한 집안의 친척이고
칠십년 간 마음을 알아주는 교제를 했으며
같은 마을에 살아 서로 따랐고
근심과 즐거움을 함께 했네
한 서재에 기거하며 서로 만날 때
말하고 웃음이 속마음에 맞아
낮에는 해를 이었고
밤에는 새벽까지 이어졌네
공은 자기를 앞세우고 다른 사람을 무시하지 않았으며
이것이 옳다고 저것을 비난하지 않았네
정답게 대화하기가 마치 악기가 어울리듯 하여
삼년이 하루 같았네
어디든지 유람할 때는
지팡이와 소매를 나란히 했으며
글 짓는 장소에서 함께 어울렸고
친구들 잔치에 시를 주고받았으니

늘그막의 좋은 일이었네

내가 앞서고 공이 뒤따라

바쁜 세월 지나가고

헤어진 지 여러 날 되었는데

공이 석장리에서

병이 나 서재로 돌아왔다 하니

이전에 주고받은 시가

곧 시참[366]이 되었네

병이 급하다는 소식을 듣고

와서 서재에서 만나보니

애틋하게 바라볼 뿐

마음은 가득해도 말하기 어려웠네

노인의 정력이

소생하기 바라나

어찌 다시 일어나기 어려운 일을 기대하리오

오호라 공이 돌아갔다는 말을 들었을 때

나도 마침 아내가 병이 들어

간호할 사람 없어

직접 염습하지 못하고

관에 기대어 곡하지도 못했으니

평소의 처지로 보아

부끄럽지 않으리오

**366** 시참(詩讖) : 시를 지으면서 무의식 중에 자신의 미래를 예시함을 말한다.

오호라 공의 언행은

세상의 풍속에 어긋나지 않는

예나 지금이나 진솔한 인품이었고

공의 뜻과 지조는

소탈하고도 강개하여

세상의 풍속을 기약하지 않았네

또한 눈에 좋아하고 싫어하는 기색을 드러내지 않았고

기량이 넉넉하고 너그러워

아는 자들만 알았네

식견이 넓고 풍부하였으며

문장이 기이하고 옛스러워

당세의 추천을 받았으나

현명하고 능력 있는 것으로 자부하지 않았고

온화하고 공손한 태도가

선비이며 군자라고 할 수 있었네

오호라 말세의 인생이

어디서 다시 볼 수 있으리오

삼 년이나 이미 지나

대상일이 되었으니

눈물 닦으며 당에 올라

곡하여도 마음 다할 수 없고

글로도 다할 수 없네

오호라 슬프도다

상향

維歲次 癸卯九月辛巳朔 二十九日乙酉 迺我蘭谷宋公 琴祥之日也 前日夕戊申 族人致祀 謹搆數行矮詞 哭告于象生之筵曰 嗚呼 惟公百歲一室之親 七旬知心之交 居同閈而出入相隨 憂樂相同 處一齋而起居相接 言笑連腸 晝以繼日 夜以達曙 不以己長而短人 不以甲是而乙非 娓娓若塤唱而篪和 奄三載如一日 百場之遊 幷笻聯袂 盤旋乎翰墨之場 唱酬乎朋酒之筵 可謂衰境之勝事 而我先公後 閒忙殊過 分張爲日 公自石墻 輿疾歸齋 日前唱酬 便成詩讖 聞疾蒼黃 來視山齋 則脉脉相看 含情難語 老人精力 庶幾蘇回 豈期難起 嗚呼 聞公之喪 適以我莿憂 扶護無人 斂不含珠 哭不憑棺 平日情境 獨不自愧 嗚呼 公之言行 不違於流俗 而近古眞淳 公之志介 洒落而慷慨 不以流俗自期 而亦不見青白於眼底 器量寬裕 知者可知 識見贍博 文章奇古 見推於當世 而不以賢能自居 溫恭之態 可謂儒子而君子矣 嗚呼 叔季人生 於何處更覿 三霜已闋 掇筵只隔 攬涕登堂 哭不盡情 辭不盡矣 嗚呼哀哉 尙饗

행장
行狀

# 행장(行狀)

공의 휘는 희일(熙馹)이고 자는 승언(升彦)이며 호는 난곡(蘭谷)이다. 은진 송씨의 시조 휘 대원(大原)은 고려 판원사이시고 세 번 전하여 휘 명의(明誼)[367]는 사헌부 집단이셨는데 맑은 풍도와 굳센 절개가 있어 포은(圃隱)과 목은(牧隱) 등 여러 현인들에게 존중을 받았다. 이 분이 휘 극기(克己)를 낳으셨는데 진사이셨고, 극기는 휘 유(愉)[368]를 낳으셨는데 호가 쌍청당(雙淸堂)이시고 덕을 숨겨 벼슬하지 않으셨다. 유가 휘 계사(繼祀)를 낳으셨는데 사헌부 지평으로 추증되었고 계사가 휘 요년(遙年)을 낳으셨는데 문과에 급제하여 감정을 지내셨다. 요년은 휘 여림(汝霖)을 낳으셨는데 양근 군수를 지내셨고 여림은 휘 세적(世勣)을 낳으셨는데 충순위셨고 회덕(懷德)에서 삼가(三嘉) 병목(幷木)으로 옮겨 사셨다. 세적이 휘 관(瓘)을 낳으셨는데

**367** 송명의(宋明誼) : 생몰년이 확실하지 않다. 은진 송씨 시조인 송대원(宋大原)의 증손자로 자는 의지(宜之)이고 호는 건제(乾濟)이다. 1362년(공민왕11) 과거에 급제하여 사헌부 집단(司憲府執端)에 이르렀으나, 조선개국에 참여할 것을 반대하고 두문동(杜門洞)에 거처하다 처가인 회덕(懷德: 현 대전광역시 동구 마산동)으로 내려와 은거하였다. 포은(圃隱) 정몽주(鄭夢周) · 목은(牧隱) 이색(李穡) 등과 교유가 깊었으며 두문충현(杜門忠賢)의 한 분이다.

**368** 송유(宋愉) : 1388~1446. 송명의의 손자로 호가 쌍청당(雙淸堂)이다. 고려 말에 관직을 버리고 고향인 회덕(懷德 지금의 대전광역시 동구)에 내려와 정착함으로써 실질적으로 현 은진 송씨를 번성하게 한 인물이다.

판사이셨고 관이 휘 희길(希吉)을 낳으셨는데 장사랑이셨다. 2세를 지나 휘 지응(之膺)은 호가 매고(枚皐)이신데 우암(尤庵)과 동춘(同春) 두 분 문정공을 따라 배우셔서 온유하고 단아하다는 칭찬을 받으셨다. 이 분이 공의 6세조이다. 고조의 휘는 함전(咸傳)이시고 증조의 휘는 석흔(錫忻)이시고 조의 휘는 일룡(一龍)이신데 호는 행천재(杏泉齋)이시다. 아버지의 휘는 인근(仁根)이시고 호는 매은당(梅隱堂)이신데 모두 문장과 행실이 있으셨다. 어머니는 거창 유씨(居昌劉氏) 응규(應奎)의 따님과 경주 이씨(慶州李氏) 동백(東百)의 따님인데, 공은 이씨 부인이 헌종 정유년(1837) 1월 13일 금객(金客)[369]의 옛집에서 낳으셨다.

공은 어려서부터 특이한 자질이 있으셔서 배우기 시작하자마자 문득 문장의 뜻을 알아서 가르치는 자들을 번거롭게 하지 않았으므로 매은공이 매우 사랑하여 크게 될 것으로 기대했다. 자라서는 경전과 역사서를 널리 통달하였고 한편으로는 제자백가의 여러 서적을 두루 찾아 창고에 가득 찼으며 아름다운 이름이 사방에 널리 퍼졌다. 부모의 명령으로 과거 공부를 병행하여 과거 시험장에서 제법 명성이 있었으나 끝내 관리들에게 뜻을 얻지 못하였다. 드디어 미련 없이 돌아와 문을 닫아 자취를 감추고 부모를 효성으로 봉양하여 정성과 공경을 지극히 하였다. 비록 몹시 춥거나 더워도 부모 곁에서 옷을 단정히 입고 겨울에는 따듯하게 하고 여름에는 시원하게 모시는 일과 부모가 좋아하시는 음식을 준비하는 일을 반드시 직접 맡아 다른 사람이 대신하게 하지 않았으며, 항상 부지런히 농사짓고 글을 읽어 부모 마음을 위로하고 기쁘게 하였다. 당시에 고을 수령이었던 이산(梨山) 신공(申公)[370]

**369** 금객(金客) : 경상북도 합천군 대병면 하금 1구이다.

**370** 이산(梨山) 신공(申公) : 신두선(申斗善)으로 본관은 평산(平山), 자는 앙여(仰如), 호는 이산이다. 성균관장(成均館長)을 지냈다. 《승정원일기(承政院日記)》에 의하면 신두선은 1883년(고

이 그의 행실을 듣고 상을 주었다.

경오년(1870)에 어머니의 상을 당하여 장례를 집행하는데 삼가고 조심하였으며, 아버지를 섬기는데 더욱 부지런하였다. 신사년(1881)에 아버지의 상을 당해서는 장례의 예법과 진정한 슬픔, 마음과 형식[371]을 온전히 갖추어 조금도 섭섭함을 남기지 않았으니 와서 조문하는 자들이 모두 깊이 감탄하며 공경함을 더하지 않는 자가 없었다.

일찍이 어른들의 모임이 있어 매년 마다 강론하는 자금을 마련했는데 풍속이 쇠퇴하고 해이해져서 형편상 다시 일으킬 수 없었다. 이에 공이 임진년(1892)에 마을의 여러 사람들과 다시 조약을 거듭 밝히고 그 일에 대해 서문을 지어 바로 잡았다. 그러자 거리에서 경박한 짓거리가 없어지고 덕업과 예의를 서로 권하며 잘못과 어려운 일이 있으면 법도를 지키고 불쌍히 여겨 서로 훈계하고 힘쓰게 되었다.

어떤 사람이 돈을 빌려 주고 이자를 받는다는 말을 듣고 공이 경계하여 "나는 콩을 길러 먹는 자는 보았으나 돈을 길러 먹는 자는 보지 못했다."라고 하였으며, 또 농사를 게을리 하는 자에게 말하기를 "묵은 땅이 많은 자는 부자가 될 수 없고, 묵은 곡식이 많은 자가 진정으로 부자가 될 수 있다."라고 하였다. 이는 비록 평범하게 항상 하는 말이지만 이치를 명확히 알고 도에 통달함이 깊지 않은 자라면 이렇게 할 수 없고, 또 그의 가슴에 털끝만큼도 기교가 없음을 알 수 있다.

종20)에 삼가 현감(三嘉縣監)을 지냈다. 삼가현은 지금의 경상남도 합천군 삼가면이다.

**371** 장례의……형식 : 원문의 척이(戚易)는 《논어(論語)》 〈팔일(八佾)〉의 "예를 행할 때에는 사치스럽게 하기보다는 차라리 검소하게 해야 하고, 상을 당했을 때에는 형식적으로 잘 치르기보다는 차라리 마음속으로 애통한 심정을 가져야 한다. [禮與其奢也寧儉 喪與其易也寧戚]"는 공자의 말에서 나온 것이다. 정문(情文)은 자신의 속마음과 겉으로 드러나는 문채(文彩), 즉 형식을 가리키는 말이다.

함안 조 운오(趙雲塢)372 공이 소란을 피해 본 마을에 와서 살았다. 그의 기품과 인격, 의지와 기개가 으뜸으로 뛰어나 짝이 없었는데 오직 공에게만 마음을 기울여 교제를 허락하여 두 분이 서로 뜻을 얻어 즐기는 정취가 마치 아교와 옻칠처럼 융합되었다. 술자리에서 속마음을 열고 훌륭한 시를 지으면서 비분강개한 마음을 토해내고, 함께 매화 피고 대숲 있는 깊숙한 곳을 거닐며 같이 속세를 초월하는 풍류를 이루었다. 그런데 운오 공이 고향으로 돌아가자 공은 스스로 처량하게 홀로 지내는 탄식을 이기지 못했다.

매년 봄가을에 여러 제자들과 뇌룡(雷龍)의 관선재(觀善齋)에서 만나 강론하였는데, 잘 이끌고 장려하며 깨우쳐주며 좋게 인도하는 교화가 스승의 자리에 가득하였다. 때문에 유림의 추앙이 점차 높아지고 스스로 지조를 지킴이 더욱 견고하였다. 후산(后山) 허공(許公)373이 공의 거처에 찾아와 시를 지어 주며 말하기를 "텅 빈 골짝에 난초 있어도 사람들 알지 못하고, 그대가 대명천지를 만나지 못함이 한스럽네."라고 하였으니 이는 진실로 공을 묘사한 참된 말이다.

신축년(1901) 9월 29일에 세상을 마쳤으니 향년 65세이시고, 신지(神旨) 비곡(飛谷) 해좌(亥坐)의 언덕에 장사지냈다. 부인은 안동 권씨(安東權氏) 석하(碩夏)의 따님으로 현숙한 부덕과 아름다운 행실이 있었으며, 공보다 5년 먼저 돌아갔다. 아들 하나가 있는데 재용(在用)이며, 재용은 두 아들을 두었는데 호규(鎬圭)와 호경(鎬璟)이다. 호규는 2남2녀를 낳았는데 아들은 부영(富永)과 순영(順永)이며 사위는 권정기(權正基)와 김진수(金進洙)이

**372** 조 운오(趙雲塢) : 조성숙(趙性璹, 1843~1898)으로 본관은 함안(咸安), 자는 성집(聖執), 호는 운오이다.

**373** 후산(后山) 허공(許公) : 허유(許愈) : 1833~1904. 본관은 김해(金海), 자는 퇴이(退而), 호는 남려(南黎)·후산(后山)이다.

다. 호경은 문영(文永), 복영(復永), 금영(金永)을 낳았다. 부영은 종삼(種三), 종갑(種甲), 종구(種九)를 낳았고, 순영은 종흥(種興)을 낳았다. 문영은 종욱(種旭), 종성(宗姓)을 낳았고, 복영은 종명(種明), 종문(種文), 종준(種俊)을 낳았다. 김진수는 아들 용장(容莊), 용경(容敬), 용문(容文)을 낳았고 사위는 이상전(李相塡)이다.

아아! 공은 신체가 건장하고 위엄 있었으며 기량이 크고 넉넉하였고, 세속에 구애받지 않고 옛 서적 읽기를 좋아하였다. 부모를 섬길 때 부모의 뜻에 어긋나는 일이 없었고, 친척들을 대하거나 자식과 조카들을 가르치는 일에 항상 법도가 있어 털끝만큼도 본분 이외의 일을 하지 않았다. 자신에게 있는 천성을 굳게 지켜 마침내 숲과 샘 사이에서 늙어 세상을 마쳤으니 어찌하여 하늘에서 받은 자질이 많았는데도 운수는 곤궁했단 말인가. 공이 덕을 감추고 광채를 숨긴 것은 오히려 없어지지 않을 것이다. 약간의 시문이 사람들의 집에 있는데, 지금 수습하여 책을 만들었으니 이것을 오랫동안 전할 수 있을 것이다. 혹시 덕을 아는 군자가 있다면 아마도 이에 의거하여 말을 세울 수 있을 것이다.

방계 후손 송이옥은 삼가 쓴다.

行狀

公諱熙駟 字升彦 號蘭谷 恩津宋氏上祖諱大原高麗判院事 三傳諱明誼司憲府執端有淸風勁節 爲圃牧諸賢所推重 生諱克已進士 生諱愉號雙淸堂隱德不仕 生諱繼祀贈司憲府平 生諱遙年文科監正 生諱汝霖楊根郡守 生諱世勣忠順衛 自懷德移居 三嘉幷木 生諱瓘判司 生諱希吉將仕郎 歷二世而諱之膺號梅皐 從遊尤春兩文正公 得溫柔端雅之稱許 於公爲六世祖也 高祖諱咸傳 曾祖諱錫炘 祖諱一龍號杏泉齋 考諱仁根號梅隱堂 皆有文行 妣居

昌劉氏應奎女 慶州李氏童百女 公李氏出 以憲廟丁酉正月十三日 生公于金客之舊第 幼有異質 纔上學輒解文義 不煩敎督 梅隱公甚愛之 期以遠大 及長博通經史 傍搜百家諸書 府庫充富 英名四達 以親命兼治公車業 頗有聲譽於場屋間 而竟不得志於有司 遂浩然以歸閉門斂跡 孝奉二親 極其誠敬 雖祁寒盛暑 束帶周旋於親側 溫凊之節 甘旨之供 必躬執不代人 常以勸勉耕讀 慰悅親心 當時知縣梨山申公 聞其實行 爲之表賞焉 庚午遭母喪 執禮禮恪虔 事父尤勤 至辛巳丁憂 備盡戚易情文 無少遺憾 來弔者莫不感悅而加敬焉 里中嘗有父老曾約 爲每勢禮講之資 俗降解弛 勢有少不能振者 乃於壬辰春公與同里諸人 更申明條約爲之 序其事而糾正巷 無偸薄之習 德業禮俗 有所交勸 過失患難有所規恤 而知相飭厲焉 公聞人之以錢取利者 而誠之曰 吾見養菽而食未見養錢而食 又責懶農者曰 陳地多者未爲富 陳穀多者眞爲富 此雖尋常閑談 然非明理達道之深 不能如此 而其胸中無一毫機巧可知也 咸安趙雲塢公 避擾來寓本里 而其氣格志槩 可謂魁傑無雙 而獨於公傾心許交 其相得之趣 如合膠漆 而開肝膽於斗酒千鍾 吐慷慨於傑句耽吟共徜徉於梅竹深院 渾成超世風流 而及雲翁之歸鄕也 公自不勝踽凉之歎矣每春秋率諸生 會講于雷龍觀善之舍 其誘奬啓發之薰化 藹然乎間丈席矣所以儒林之推仰漸高 自家之操守益堅 后山許公來訪 其幽居而贈詩曰 空谷有蘭人不識 恨君不遇大明天 此實爲公寫眞語也 以申丑九月二十九日 終享年 六十五 葬神旨飛谷亥坐原 配 安東權氏碩夏女 有淑德懿行 先公五年沒生一男在用 在用 生二男 鎬圭 鎬璟 鎬圭生 二男二女 富永順永 權正基金進洙 鎬璟生文永復永金永 富永生種三 種甲種九 順永生種興 文永生種旭種晟 復永生種明種文種俊 進洙男容莊容敬容文 女李相塡 嗚呼 公體幹豊偉器量弘瞻 不拘流俗 好讀古書 事父母無違之處 宗族訓子姪 待人接物 皆有常度 無一毫分外之營 固守在我之天 終老林泉而沒世 何其賦之厚而數之窮

也 其隱德潛光 猶有所未泯者 詩文略干遺在人家者 今始收拾成編 是可傳

於久遠矣 或有知德之君子 庶可以據次而立言也 傍裔爾正謹述

## 발문(跋文)

오호라! 이것은 친척 형님 난곡선생이 남긴 저서이다. 공의 문장과 덕업은 세상에서 존중을 받았으며 문단에서는 독보적이라고 칭송했고, 인물에 대한 좋은 평가가 분명히 있었다. 너그럽고 탁 트인 것은 공의 풍모와 거동이요, 윤리와 기강을 명확히 살펴서 이익과 손해를 돌아보지 않은 것은 공의 처신이요, 조상을 받들고 빈객을 대접함에 정성과 공경을 모두 지극히 한 것은 공이 집안을 다스린 것이요, 부지런하고 신중하며 온화한 것은 공의 교제요, 화기애애하여 다른 사람이 이간질하지 못한 것은 공이 친척들과 화목함이요, 물 뿌려 쓰는 것에서부터 효도와 공경에까지 이름은 공이 후생을 가르친 것이다.

애통하고 애통하도다. 돌아보건대 제자인 나는 옛날 어렸을 때부터 자주 옆에서 모시고 다녔는데 내 정수리와 머리털을 쓰다듬으시면서 자상하게 가르치셔서 지금까지 귀에 남아 있는데도 끝내 소인배가 되었으니 부끄러워 얼굴이 붉어지는 것을 어찌 막을 수 있으리오. 지난날을 생각해 보면 눈물이 옷깃을 적심을 금할 수 없습니다.

덕 있는 자는 외롭지 않으니, 반드시 이웃이 있다.[374] 평소에 사귄 분들 중 문중 사람으로는 송상강(宋常岡), 송민용(宋民用), 천방(天放) 송치기(宋

致沂), 송치화(宋致華) 등이었고, 성이 다른 분으로 후산(后山) 허유(許愈), 노백헌(老柏軒) 정재규(鄭載圭), 교우(膠宇) 윤주하(尹胄夏), 석오(石梧) 권봉희(權鳳熙) 등 여러 선생은 도의로 사귀었다. 그리고 절차탁마하여 견문을 넓혀 학식을 돈독하게 하였고, 은거하면서 의리를 행하여 세상의 영욕에는 도무지 관심이 없었으니, 난초가 텅 빈 골짝에 있으나 향기를 품고 있어 저절로 알 수 있다는 말은 진실로 공을 위해 준비된 말이다.

문장을 일찍 이루어 저술이 많았는데 공이 돌아가신지 70년이 가까운 데다가 그 사이에 여러 차례 난리를 겪어 남아 있는 것이 거의 드물다. 어진 손자 송호규(宋鎬圭)가 항상 간행하려고 하였으나 대대로 청빈하게 살았고 자본을 마련하기가 매우 어려워 뜻은 있으나 이루지 못하고 돌아갔으니 오호라, 애통하도다.

요즈음 친족인 송호선(宋鎬宣)과 송이옥(宋爾玉)이 수집하는데 책 상자나 종이쪽지 중에서 얻었고, 사이사이에 교정하여 책을 엮어 겨우 1권을 만들었다. 비록 그러나 우물물은 한 숟가락만 맛보아도 차고 따뜻한 줄 알며, 고기 한 점만 맛보아도 솥 안의 고기맛을 알 수 있으니 어찌 꼭 많아야하겠는가. 만약 미루어 후일을 기약한다면 세상일은 측량할 수 없어 어떻게 될 줄을 모른다. 부득이하여 금산정사에서 인쇄하여 후대에 전하게 되었으니 두 분의 마음에는 미칠 수가 없고 그 뜻은 두텁기가 더 이상 두터울 수가 없으니 누군들 감히 감복하지 않을 수 있겠는가?

아아 아름답도다. 공의 이력은 행장에 다 나타나 있으니 많은 말이 필요없다. 참람됨을 알지 못하고 삼가 이렇게 써서 기록한다.

집안 아우 헌장은 삼가 기록한다.

374 덕 있는……있다 : 《논어(論語)》 〈이인(里仁)〉에 나오는 말이다.

嗚呼 此族兄蘭谷先生遺集也 公之文章德業 爲世所推重 以詞壇獨步稱之而月旦評又自在焉 寬大軒豁 公之風儀也 明察倫綱 而不顧利害 公之處身也 奉先接賓 誠敬俱至 公之家政也 勤愼溫和 公之交際也 雍雍焉人無間言者 公之睦族也 自灑掃至孝弟者 公之敎訓後生也 痛矣痛矣 顧余小子 昔在童蒙時 頻陪杖屨 撫我頂髮 諄諄誨語 至今在耳 而終歸小人 愧赧曷已 追惟往事 自不禁淚下沾衣也 德不孤必有隣 平日追逐 宗黨焉 常岡 民用 天放致華 異姓焉 后山許愈 老栢軒鄭載圭 膠宇尹胄夏 石梧權鳳熙諸先生 爲道義之交 而切磋琢磨 聞見博而學識篤焉 幽居行義 而世間榮辱 都不觀心 蘭在空谷 含薰自知 實爲公準備語也

文章夙就 著述不爲不多 而公之沒 近七十年矣 其間累經離亂 原本草稿頗多散逸 而存者幾希 其肖孫鎬圭 常欲刊行 而累世淸貧 資本極難 有志未就而卒 嗚呼痛矣 迺者族黨 鎬宣 爾玉蒐集 得巾衍亂紙中 間或丁乙而成編僅僅至一卷矣 雖然 飮一勺井中水 冷暖可知 喫一臠全鼎味 甘苦可知 何必以多爲哉 若遷延待後日 世變莫測 不知其如何耳 不得已活印于金山精舍以傳諸後 兩人之心法則極難及矣 情志則厚莫厚矣 孰不敢欽服 猗歟休哉公之履歷 於狀行文 發揮之盡矣 不必多言 罔知僭越 謹書此爲識

族弟 憲章 謹識

## 유학 송희일 삼가 병목[幼學 宋熙馹 三嘉 幷木]

### 〈우공편〉 산천의 이름[禹貢山川之名]

| | |
|---|---|
| 조물주는 하늘이 기뻐도 하늘은 성내려 하고 | 眞宰訢天天欲怒 |
| 집집마다 남쪽에 지도가 걸려 있네 | 家家丁上瑤圖卦 |
| 두 짝에 남북의 형세가 활짝 펼쳐 있고 | 兩條濶展南北勢 |
| 구주는 단청의 경계에 그려 넣어졌네 | 九州畵入丹青界 |
| 현규를 하사한 날 지도가 완성되니[375] | 玄圭錫日畵功成 |
| 큰 강과 높은 산의 이름이 무너지지 않았네 | 大川高山名不壞 |
| 산천은 대부분 우공의 구주에 있어 | 山川盖多禹貢州 |
| 이름난 화가도 그리기 어렵네 | 名世良工所難畵 |
| 하늘과 땅은 헌제의 구역에 나누어 그렸고 | 乾坤分晝帝軒區 |
| 산과 물은 복희씨의 팔괘에 정밀히 갖추었네 | 艮坎搆精神皥卦 |
| 큰 홍수 구 년에 진면목이 드러났고[376] | 懷襄九載露眞面 |

375 현규를……완성되니 : 《서경(書經)》 〈우공(禹貢)〉에 우(禹)가 치수사업을 완성하자 순(舜) 임금이 검은 규옥[玄圭]을 하사했다는 말이 나온다.

| | |
|---|---|
| 금간의 신비한 방법 오직 우임금이 깨달았네[377] | 金簡神方惟禹解 |
| 당시 사관들 잘 그려내어 | 當時史筆善摸寫 |
| 책 한 권에 먹의 물결이 이네 | 一部書中生墨波 |
| 육지로 바다로 먼 땅까지 이어갔고 | 梯航遐土絡繹來 |
| 중원의 도랑은 차례로 이르렀네 | 畎澮中邦次第届 |
| 분명한 마음의 눈 아홉 폭 그림에 벌여있고 | 瞭然心目例九幅 |
| 속세의 볼품없는 그림은 모두 웃음거리일세 | 俗繪冗圖揔笑殺 |
| 산과 물 허다한 곳 | 山山水水許多地 |
| 이 화가 누구길래 빚을 다 갚았는가 | 工畵何人能了債 |
| 하늘을 지탱하는 장대한 형세 제대로 배치했고 | 撑天壯勢好排鋪 |
| 온 땅 가득 큰 물결 잘 그려냈네 | 滿地泓流善揮灑 |
| 편명을 우공이라 했으니 조공에도 이름이 있고 | 名篇以貢貢有名 |
| 그림으로 그리기 어려운 건 글로 말했네 | 畵所難焉書以話 |
| 붓끝에 갈석산은 우뚝 서 있고 | 毫端碣石立磅礴 |
| 그림 위 황하는 힘차게 달리네 | 紙面黃河走澎湃 |
| 서법은 분명 오묘하게 입신의 경지에 들었고 | 分明書法妙入神 |
| 중원 그리는 일 손길에 장애가 없네 | 繪事中州手不隘 |
| 구름은 팽택으로 돌아가고 기러기는 남쪽으로 가는데 | 雲歸彭澤鴈隨陽 |
| 청구에 물 떨어지니 괴상한 바위가 드러나네 | 水落青邱石出怪 |
| 후세에도 약간의 직방도가 남아있으니 | 如于後世職方圖 |

**376** 큰 홍수……드러났고 : 고대 중국에 9년 동안 큰 홍가가 이어져 세상이 피폐해졌다는 말이다. 원문의 '회양(懷襄)'은 홍수가 산을 에워싸고 언덕을 넘는다는 '회산양릉(懷山襄陵)'의 준말이다.

**377** 금간(金簡)의……깨달았네 : 우 임금이 중국 형산(衡山) 남쪽에 있는 구루봉(岣嶁峯)에서 치수의 비결이 적힌 금간옥서(金簡玉書)를 얻었다고 한다.

| | |
|---|---|
| 내가 보기에도 오히려 피곤하지 않네 | 以予觀之猶未�村 |
| 신이한 공로 들것 수레 썰매에 실려 있고 | 神功既載揭車橇 |
| 특산물은 모두 물고기 새 갑각류였네 | 方物咸登鱗羽介 |
| 탁월한 너의 그림 소리 있음을 허여하노니 | 奠兀許爾畵有聲 |
| 감상할 때마다 게을리 하지 마시라 | 玩索時時須勿懈 |

# 한 송이 꽃이 피었네[生出一枝花]

꽃이 해마다 피는 건 만고의 법도　花一度於萬古
아아 요순은 돌아가셨네　噫旣歿兮堯舜
오묘한 열쇠로 조화의 공력에 참여하시고　參化工於妙鍵
향기로운 뿌리에 원기를 기르셨네　毓元氣於芳根
하늘 향기 한 송이에 짙게 배이고　天香濃而一朶
붓끝에서 화신이 생겨나네　筆下生於花神
성인에 매달려 화육의 공로를 돕고　撟贊化於聖繫
천기를 따라 꽃망울이 피어남을 깨닫네　喻發英於天機
태극에 뿌리를 두어 날마다 생겨나고　根太極而日生
아직 피지 않은 꽃도　始未開之一花
희분과 팔색[378]에 연결되어 줄기가 맺히고　連羲索而結莖
문왕에 이르러 발전하여 싹이 나네　逮姬演而抽萌
선천은 하나의 근본을 보호하여[379]　先天護以一本
이전 성인이 다 하지 못한 것을 시작하고　發未盡於前聖
오묘한 이치를 도우며 흐드러진 봄날에 제멋대로 피니　擅春爛而贊妙
위대하도다 영화로움을 말함이여　大哉言於英華
붉은 마음은 극삼을 꿰뚫고　紅心箭於極三

**378** 희분(羲墳)과 팔색(八索) : 희분은 삼황(三皇)의 전적이고, 팔색은 팔괘를 해설했다는 책으로, 모두 상고시대의 전적을 말한다.

**379** 문왕에……보호하여 : 꽃이 피어나는 원리를 《주역》에 비유하여 말했다. 문왕(文王)은 8괘를 연역하여 64괘를 만들었다고 한다. 복희씨가 만들었다는 8괘를 선천(先天)이라하고, 문왕이 지은 64괘를 후천(後天)이라 한다.

현묘한 이치는 사상에 걸렸네　玄理鉤於象四
문장은 빛나고 향기 나니　其文[illegible]而馥郁
어떤 꽃이 비교될 수 있을까　何樣花其堪比
아아 노랗고 붉은 색을 도모하고　嗟圖黃與彩紅
인간의 기교에는 죽은 물건 같구나　一死物於人巧
향기는 그림 속에 은은히 나고　芬登繪而寂香
꽃봉오리는 무늬 안에서 부질없이 빛나네　萼入紋而虛藻
공연히 아름다움에 혹한 눈길 멋대로 하다보니　空花蕩其媚眼
끝내 자연이 지은 것과는 다르도다　終亦異乎天造
문채가 여기에 있어 오래 감상하니　文在玆而熟玩
이거나 저거나 생동감 있도다　一般有此生意
언제 천년을 기다려 꽃 피우나　何千載而花朶
삼 년을 부러워하여 신기한 꽃술 맺혔네　羨三年而神蘂
일찍이 세 번 끊어지고 십익을 지었으며[380]　常三絶而翼十
화보에 가지 하나 더했네　添一枝於花譜
구덩이 물을 퍼내고 떨기를 개탄하며　斞坎水而慨叢
천둥 번개를 두드려 꽃을 꺾네　鼓震雷而折英
공자께서 조화옹으로 내려오셔　尼翁降以化翁
천근을 밟아 기르셨도다　躡天根兮培養
삼십육궁으로 봉오리가 나오고　宮六六而吐萼
육십사 자리에 꽃이 피네　位八八而交葩

380 일찍이……지었으며 : 공자의 고사를 말한다. 공자가 《주역》을 좋아하여 일생동안 읽었는데 '책을 묶은 가죽끈이 세 번이나 끊어졌다[韋編三絶]' 고 한다 공자는 또 〈십익(十翼)〉을 지어 《주역》을 해설하였다.

| | |
|---|---|
| 드러난 덕이 또한 크도다 | 著之德亦大矣 |
| 신명을 도와 피어난 것일세 | 贊神明而生者 |
| 봄 언덕에 콩 꽃잎이 나오고 | 萌苊原之藿瓣 |
| 돌밭에 생강 싹이 돋아나네 | 邁石礴之薑頭 |
| 이십사 장 중에 이 장이 전하고 | 章廿四而傳二 |
| 온갖 붉은 색으로 둘렀네 | 繞萬紅與千紫 |
| 조화옹의 관리에서 뽑혀 활동하고 | 抽化管於活動 |
| 화창한 봄볕에 신이한 봉오리 나오네 | 茁神葩於奥暢 |
| 향기는 지금까지 없어지지 않고 | 芬至今猶未沫 |
| 씹다 보니 어금니에 향기가 남네 | 咀嚼餘而牙香 |

## 저자

**송희일**(宋熙馹, 1837~1901) : 본관은 은진(恩津), 자는 승언(升彦), 호는 난곡(蘭谷)이다. 구한말의 유학자로서 당시 조정의 비리와 부정에 막혀 뜻을 이루지 못하고 초야에 묻혀 학문과 교육에 힘썼다. 저서로 《난곡유고》를 남겼는데, 그 중 〈고향으로 돌아가는 안 연암을 송별하며 절구 12수를 짓다[送安燕庵還鄉詩十二絶]〉는 《한국고금한시선집(韓國古今漢詩選集)》에 수록되었다.

## 역자

**김문갑** : 철학박사, 고전번역가. 『동주집(東州集)』, 『제월당집(霽月堂集)』, 『서경집(西坰集)』, 『설봉유고(雪峯遺稿)』 등의 공동번역과 『전례문답(典禮問答)』, 『고산유고(孤山遺稿)』 등을 부분 번역하였다. 저서로 『일상에서 찾은 천년불교』가 있다.

**이규춘** : 1977년 충남대학교 국어국문학과에 입학하여 1994년 동 대학원에서 문학박사학위를 취득했다. 한문 고전과 관련 자료를 번역하는 일을 주로 한다. 김문갑 선생과 공동 번역한 『서경집(西坰集)』, 『제월당집(霽月堂集)』, 『설봉유고(雪峯遺稿)』 등 몇 권의 번역서가 있다.

**감수** : 아당(峨堂) 이성우(李性雨)

# 난곡유고 蘭谷遺稿

2022년 2월 15일 초판인쇄
2022년 2월 25일 초판발행

**저 자** 송희일
**역 자** 김문갑 · 이규춘
**펴낸이** 한 신 규
**편 집** 이 은 영
**표 지** 이 은 영
**펴낸곳** 문현출판

**주소** 05827 서울특별시 송파구 동남로11길 19(가락동)
**전화** 02-443-0211 **팩스** 02-443-0212 **E-mail** mun2009@naver.com
**홈페이지** http://www.mun2009.com
**출판등록** 2009년 2월 24일(제2009-14호)
**출력·인쇄** ㈜대우인쇄 **제본** 보경문화사 **용지** 종이나무



ISBN 979-11-87505-49-5 93810 정가 32,000원